# 暗殺者は黄昏に笑う 2

Assassin Laughs at Twilight



Author + メグリくくる

Illust + 岩崎美奈子

Assassin Laughs
at Twilight

# CONTENTS 2



イラスト／岩崎美奈子

# 序章

風が、部屋の中へと吹き込んだ。土の匂いを多く含んだ、夜の風だ。

たった今開け放った窓から吹き込んだそれは、俺の服をはためかせながら部屋の中へと舞い込んでくる。蠟燭《ろうそく》の炎が揺れて、部屋の影も小刻みに揺れた。俺の眉間《みけん》には少し、皺《しわ》が刻まれる。部屋の中に風を呼び込むのには成功したが、期待していたような効果を得られなかったからだ。

臭《にお》いだ。

この部屋に充満している、臭《くさ》い。それをもう少しマシにして欲しかったのだが、中々思った通り事が進んでくれない。苦笑いを浮かべた後、俺は窓から離れて、その臭いの発生源に近づいていく。

歩みを進める度、鼻腔《びこう》は徐々にその臭いで満たされていく。安物の蠟燭が燃えて出す、煤《すす》の臭いも酷《ひど》い。だが、それが発する臭いはそれ以上に酷かった。

それは寝台《ベッド》に横たわったものから漂っており、そしていつも俺が嗅ぎ慣れている臭い。

つまり、死臭だ。

俺が寝台に辿《たど》り着くより先に、洋灯《ランプ》を手にしたミルがそれを照らす。照らし出されたそこにいたのは、死体だった。今日俺の下に、『復讐《ふくしゅう》屋』に届けられた死体だ。

「どざえもん？」

「……その言葉、僕、ミルに教えたっけ？」

そう問いかけるが、ミルは感情の宿らない碧色《へきしょく》の瞳をこちらに向けたまま、無言で小首を傾《かし》げるだけだった。

俺は肩をすくめて、目の前の死体へと視線を戻す。そこにはミルが言ったように土左衛《どざえ》門《もん》、つまり、体が膨れ上がり、皮膚が真っ白になった水死体と言えるものがそこにあった。

依頼人の話では、この死体は『開拓者街道《パイオニアレーン》』から引き揚げて来たものなのだと言う。もはや生気を宿す事のない彼の伽藍堂《がらんどう》の瞳は虚空《こくう》を見つめ、口は何かをこちらに伝えようとしているのか、半開きとなっている。だが、遺体となった彼、トゥース・デ・グラーフの唇が言葉を紡ぐ事は二度とない。死人に、口はきけないからだ。

『商業者』のトゥースはイオメラ大陸方面から開拓者街道を通り、グアドリネス大陸へ商品を運んでいる最中、海から突如現れた《魔物《モンスター》》に襲われたのだという。開拓者街道は海にも隣接しているので、こうした不幸な邂逅《かいこう》は、まま発生するのだ。

そうした事態を考慮して護衛に『冒険者』を雇っていたらしいのだが、彼らの健闘も虚《むな》しくトゥースは魔物に海の中へと引きずり込まれたのだという。護衛の『冒険者』たちも必死で戦ったが、魔物を退けた時には既《すで》に、トゥースは、今、俺の目の前に横たわっている状態となっていたそうだ。

　商品の一部も海の藻屑《もくず》と消える中、トゥースを護衛していた『冒険者』たちは回収した彼の亡骸《なきがら》と残った運送中の商品を、グアドリネス大陸で彼を待っていた遺族の下へと送り届けたのだという。

　そんな遺族は最初、護衛に就いていながら任務を全うできなかった『冒険者』たちを責めた。だが次第に、死体であっても魔物に連れ去られそうになったトゥースを取り戻してくれた彼らの働きに気づき、感謝と報奨金を、トゥースを護衛していた『冒険者』たちに渡したらしい。そして真に憎むべきは息子をこのようにした魔物なのだと次第に復讐の炎に炙《あぶ》られ、その勢いで俺の下へとやって来たのだという。

　今回の依頼人であるトゥースの父親、ジェリケ・デ・グラーフの言葉を思い出しつつ、俺はトゥースの遺体を調べていく。トゥースの腹は膨れ上がり、両手の爪だけに砂利が混入している。目立った外傷は胴体には見当たらないが、腐敗が始まっているのか体内で瓦斯《ガス》が発生し、皮膚組織は水を吸ってぶよぶよになっていた。まるでこれでもかと言わんばかりに牛乳泡立《ホイップクリーム》が使われた、薄焼重《クレープ》みたいだ。ただしその薄皮からは具材の臓物が薄《う》っすら見えて、こちらの食欲を絶望的なまでになくしてくれる。ミルが何と言おうとも、今日の食事は絶対に粉物は避けようと心に決めた。

　俺は手にした解剖刀《メス》で、トゥースの体をゆっくりと解剖《開い》していく。

呼吸器系、気道から肺にかけて解剖刀を入れる。予想通りと言うべきか、肺には水が満たされていた。肺の中の水は、特に泡だった状態は見受けられない。

水死、あるいは溺死《できし》は、窒息死の一種だ。心臓発作や体力低下などで水中から顔を上げる事が出来ず、酸素を吸う事が出来なくなり、窒息する。

血液の酸素濃度が低下すると人は必死に空気を吸おうと藻掻《もが》くが、それが逆に血中の酸素を消費する結果となり、脳が酸素不足となって正常な判断が出来なくなっていく。そして足りなくなった酸素を取り込むのは、肺の役目だ。

肺には酸素と二酸化炭素を交換するための毛細血管が無数に走っており、その毛細血管には小さな穴が開いている。血中の血漿《けっしょう》が血管外に染み出し、周囲の細胞に酸素や栄養分を補給、老廃物すら回収するのだ。その染み出す量と戻る量が釣り合っているのが正常な状態だが、この均衡が何らかの原因で崩れ、染み出す量が上回ると細胞のまわりは水浸、やがて肺胞や気管支に水が溜《た》まり、肺水腫という状態となる。

……なるほどね。

小さく頷《うなず》くと、ミルが無言で俺へと手巾《ハンカチ》を差し出している。礼を言ってから、俺は蠟燭の炎で照らされる白いその手から手巾を受け取り、額を拭《ぬぐ》う。拭いながら、俺はトゥースの死体を見下ろした。

繰り返すが、溺死は窒息死の一種だ。人間の体は優秀で、水が喉の中などに入った場合、気管が凝縮し、その侵入を拒んでくれる。肺にはこの水の侵入を防ぐ機能が働いてくれているが、一度でも水が入ってしまえば、肺のこの機能は無意味になるのだ。飲酒後に泳いで溺死する場合、多くはこの機能が麻痺《まひ》して起こる。そうなってしまえば肺は水で満たされ、酸素欠乏に陥り、最終的に窒息死するしかない。

俺は更に解剖刀を動かし、遺体の状態を確認していった。すると骨折、特に頭部、頸部《けいぶ》の損傷が激しい事がわかった。こうした症状は、水難事故の時にも発生し得る損傷だ。例えば、高い所から水面に落下した場合がそれに該当する。

そうした場合、死体の外見はそのままだが内臓破裂、出血多量が発生したり、全身打撲といった症状が生まれる。トゥースの場合、軽度の頭蓋骨骨折、更に頸髄《けいずい》損傷まで起こっていた。

「たたきつけられたみたい？」

「魔物の力で水面に叩《たた》きつけられたら、そりゃ骨も折れるだろうな」

別に高い所から海に飛び降りなくたって、魔物の攻撃を受ければ骨折ぐらいはするだろう。即死ではなかったとしても、頸髄が損傷していれば、命に関わる。

俺はいつものように血だらけになった手袋、そして前掛《エプロン》けを剝《は》ぎ取ると、手巾と共に籠の中へと放り込んだ。その拍子に籠が傾くが、ミルがすかさず中身が零《こぼ》れないように駆け寄っていく。それを横目に、俺は最低限の身支度を整えて解剖部屋を後にする。依頼人のジェリケに、結果を伝えるためだ。

「息子を、トゥースを殺した魔物は、わかったんですか？」

必死の形相となったジェリケが、部屋に入った俺の腕を摑《つか》む。普通は顔を背《そむ》けたいどころか近寄る事すら憚《はばか》るであろう、俺にまとわりつく濃厚、濃密、濃縮された血潮の香りすら、依頼人は気にならないようだ。死体を検死、解剖した直後の俺は自分で言っていてなんだが、俺自身も近づきたくない有様なのだが、彼は構わず俺に詰問する。

「どいつが、どいつがトゥースを殺したんですか！　そいつを必ず殺して見せる！　そんな魔物、根絶やしにしてやるっ！」

完全なる復讐者となったその姿に、俺は僅かばかり目を細める。狂気を宿したその姿は人によっては忌避《きひ》する対象でしかない。だが大切なものを失った、二度と癒える事のない飢餓感を得たジェリケは、その内から湧《わ》き上がってくる仄暗《ほのぐら》い炎の勢いにその身を突き動かされるしかないのだ。そしてその情動に正しい道標を示してやれるのは、『復讐屋』である俺しかいない。たとえその道標が指し示す方向が、依頼人を悪鬼へと導く道であっても、俺はそれを伝えざるを得ない。

「結論から言いましょう、ジェリケさん。トゥースさんを襲った魔物は、わかりませんでした」

「な、なんだとっ！」

悪鬼の表情が、驚愕《きょうがく》、絶望、そして俺への憤怒《ふんど》と変わっていく。そしてその最後の感情を、ジェリケは俺に向かって叩きつけた。

「ふざけるなっ！　こっちは金を払ってるんだぞ！　トゥースの護衛を任せた『冒険者』たちは、息子を守り通せなかったとしても、その遺体を魔物と戦って持ち帰ってくる気概は見せたんだ！　それなのに、お前はなんだ？　本当に、ただトゥースの死体を漁《あさ》っただけじゃないかっ！」

ジェリケの怒りも、もっともだ。仇《かたき》を討ちたいという一心で俺に金を払ったのに、それが成し遂げられないのであれば、彼の内に抱える怒りは俺に叩きつけるしかない。

罵声《ばせい》と怒号が俺にぶつけられ、ジェリケの拳が俺に打ち付けられる。

「この守銭奴《しゅせんど》め！　卑しい死体漁りめっ！」

「ですが、それ以外にわかった事があります。トゥースさんはどうやら、溺れ死んだわけではなさそうなんです」

俺の言葉に、ジェリケは完全に動きを停止する。呆《ほう》けた表情になり、そして意味が解《わか》らないと如実に語るその顔へ、俺はゆっくりと言葉を紡いでいく。

「ジェリケさんのお子さん、トゥースさんの体を拝見させて頂きました。お子さんの肺の中は、溺れ死んだ遺体でも見受けられるように、水で満たされていました」

「そ、それは当然だろう！　トゥースを連れ帰ってくれた『冒険者』たちは、息子が魔物に海の中に連れ去られたと言っていたんだから。何ら矛盾はないっ！」

「ええ、そうです。ですが、溺れていなくても肺は水で満たされるんですよ」

肺水腫という状態がある。肺胞や気管支に水が溜まって、肺の毛細血管が二酸化炭素と酸素を交換出来ない状態に陥る事だ。そして肺には、水の侵入を防いでくれる機能がある。だが、その機能は、働かない事があるのだ。例えば飲酒後に麻痺している場合であったり——

既に、生命として終わっている時がそれに該当する。

「肺には、死んだ後でも水が入るんです」

逆に生きている状態で肺に水が入っている場合、血管外に血漿が染み出し、肺水腫という状態になる。そして溺水した場合、症状として肺の中の水は泡立った状態になる事が多い。この泡は、息を吸い込み、そして吐き出す時に水が攪拌《かくはん》されて出来るものだ。呼吸しながら、水を吸い込む。つまり、水を吸い込む直前まで生きていなければ出来ないものになる。

だが、トゥースの肺の中の水は、泡立っていなかった。

「なのでトゥースさんは、溺れる前から既に死んでいた事になるんです」

「そ、そんな馬鹿な！　それだと、トゥースを護衛していた『冒険者』たちの話と矛盾が出るだろうっ！」

「そうです。だから、その『冒険者』が嘘《うそ》を付いている、と言っているんですよ」

トゥースの遺体には、高い所から水面に打ち付けられたような症状が見られた。魔物に摑まれ、水面に強《したた》かに打ち付けられたのであれば胴体に何かしら外傷があるはずだが、それは見当たらなかった。それに、海の中に引きずり込まれたのであれば砂利が手にしか入り込んでいないのもおかしい。靴を履《は》いていたとしても、魔物に乱暴に扱われたのであれば、足にも砂が入り込んでいてもいいだろう。

それでもトゥースは頭蓋骨骨折、そして頸髄損傷、つまり頭と首に損傷が見られる。

「解剖の結果は、こうです。トゥースさんは海に入る前に頭部、そして首を酷《ひど》く傷つけられた。それはトゥースさんが生きている間に行われ、そしてそれが行えるのは——」

「トゥースの護衛に付けた、『冒険者』たちだけ。陸地でトゥースが魔物に襲われたのであればそう報告するだろうし、海に引きずり込まれただなんて、言う必要がない！　つまり奴《やつ》らはトゥースを殺した後、海の中に上半身を沈めたのかっ！」

「あくまで、可能性ですがね。ですがそれが事実なのであれば、商品の一部が海に消えた、という話も嘘でしょう。その『冒険者』たちはトゥースさんを殺害。商品の一部を奪ってあなたに嘘の報告をした。そんな彼らに、あなたは感謝をし、あまつさえ報奨金すら——」

「ありがとう！　ありがとう、『復讐屋』！　いや、チサトさん！　これで自分はこの後、誰に、何をすべきなのか明確になったよ！　これは少ないが、取っておいてくれたまえっ！」

そう言って俺に依頼料とは別の金を握らせたジェリケの顔は、笑っていた。そう、笑っていたのだ。自分の息子の仇が誰なのか、彼の心を焦がし、そして焦がし尽くそうとし、今なお燃え上がるその炎に焚《く》べる相手が誰なのかを完全に理解したジェリケの表情は、悪鬼の浮かべるそれとなっている。

「こうしちゃいられない！　あいつらは今日、開拓者街道《パイオニアレーン》を通ってイオメラ大陸へ渡る別の護衛任務を受けたと言っていたんだ。今からでも追いかけなければ！　いや、今からなら船でイオメラ大陸に渡った方が早いだろう！　先回りして、たとえ地の果てでも、いや、たとえあの世であっても、別の世界に逃げたとしても追い詰めてやるっ！」

「では、お子さんの遺体は――」

「すまんが、ここで暫《しば》く預かっていて欲しい！」

「は？」

トゥースを殺した魔物《モンスター》はわからないと告げた時のジェリケのように、今度は俺が呆けた表情を浮かべる。だって、そうだろう？　仇を討ちたい程大切な子供の亡骸《なきがら》を、他の人間に預けるか？　普通。

だが、そんな普通の、当たり前の感覚を持っていたら、そもそも『復讐屋《ふくしゅう》』である俺の門を叩かなかったのかもしれない。ジェリケは死んだトゥースの弔いより、彼の仇討《あだう》ちを優先したようだ。

「トゥースは必ず迎えに来る！　何、チサトさんなら息子を悪いようにはせんだろう。奴らにそれ相応の報いを受けさせた後、必ず戻ってくる！　頼みましたよ、チサトさんっ！」

「いや、頼むって言われても、おい！　ちょっと待てっ！」

俺が言い終わるよりも先に、ジェリケは店から出て行ってしまった。解剖の料金だけでなく、トゥースを弔った時にかかる金額よりも遥《はる》かに多い金を渡された。だが、生憎《あいにく》俺が弔ってやれる場所は共同墓地だけで、次にジェリケが戻ってきてもその中からトゥースの亡骸を正確に判別する方法を俺は持ち合わせていない。

……まぁ、開拓者街道を渡られ、別の大陸に逃げた『冒険者』を見つけ出すのは、至難どころか不可能と言ってもいいだろうがな。

そう思いながら肩をすくめつつ、俺は少しだけ口角を緩めた。たとえ復讐という、人によっては後ろ指をさされるであろう行動であっても、人の道を踏み外した行動を取ろうとしているのであっても、ジェリケは今、活力を取り戻している。これを成し遂げるまで、死ねないと思えている。

アブベラントでは、医者は求められていない。たとえ求められていても、今の俺には、前世でのような医者としての活動をする事は、不可能だ。それどころか、それとは正反対の殺す才能を、転生先の異世界で見出《みいだ》されている。

俺の歩む道には、前にも後ろにも屍《しかばね》が横たわっている。その死体を捌《さば》き、漁り、何故《なぜ》死んだのか、どう死んだのか、誰に殺されたのかを暴き立て、曝《さら》け出す。検視で事件性を確認し、検死で具体的な死因や死亡状況を判断し、解剖して更に詳細な死因、死体の損傷を見つけ出す。生を死に転換し、生を謳歌《おうか》している者の命を奪い、死という終焉《しゅうえん》へ誘《いざな》った相手を特定する。

それが誰かの助けになりたいと、嘉与《かよ》を救いたいと医者になった俺がしている仕事だ。

死体漁りと揶揄《やゆ》される仕事だ。

ミルと一緒に生きるために始めた仕事だが、俺はこの仕事を以前よりも肯定的に捉《とら》えられるようになっていた。

何故なら――

「におう」

そう言われて視線を向けると、ジェリケが出ていった扉からミルがこちらを見つめているのに気が付く。既に今日俺が解剖で汚した衣類は血抜きを始めているのか、彼女は籠を持っていなかった。

そしていつものように無表情に、無感情に、そして俺にとって無慈悲に、口を開いた。

「くさい」

何を言われているのか、俺は十二分に理解している。解剖部屋に残したままの、トゥースの遺体の事を言っているのだろう。俺は肩を落として、僅かばかりも笑わない天使に向かって悪態を吐《つ》いた。

「わかってる！　どうにかするっ！」

どうにかすると言っても、まずは一つずつ片付けていくしかない。解剖部屋の血は後で洗い流すとして、最初にすべきはトゥースの亡骸を弔う事だ。

……ジェリケから、もらうものはもらったしな。

手にした紙幣と硬貨の感触を確かめつつ、俺は溜息《ためいき》を吐きながら、ミルの下へと向かっていく。

これは今から俺が、俺とミルが巻き込まれる事件の、半年程度前の出来事だ。

俺にとっては、あまりにも当たり前の出来事だった。そう、いつものように死に塗《まみ》れ、死体で溢《あふ》れ、そして糞《くそ》みたいな人々の思惑に弄《もてあそ》ばれて運ばれてくる屍《しかばね》たち。そのたった一体に紐付《ひもづ》く、何て事のない、俺にとっては見慣れた事件の一つだ。

それでもこうして思い出したのは、いくつかの単語が俺の脳を刺激し、記憶を蘇《よみがえ》らせたからだろうか？

船。

そして、イオメラ大陸。

俺にとって転生したアブベラントで、グアドリネス大陸以外で最初に訪れた大陸であり。

まだ俺がこの異世界で誰かを救えると、生かすために何か出来ると滑稽《こっけい》にも、そして傲慢にも思っていたあの頃。

そんな俺が、自分は助けるのではなく殺す事しかできないと最初に現実を突きつけられた場所であり、挫折を味わわされた場所。

その場所、イオメラ大陸のロットバルト王国に、俺たちは船で出向く事になるのだった。

# 第一章

「こんな所にいたのか、チサト！」

　城の中庭に佇《たたず》む自分の名を呼ぶ声に、僕は躊躇《ためら》いがちに振り向いた。その先にいたのは、白い肌に赤黒い髪を生やし、紅緋《べにひ》色の瞳を持つ少年だった。

　彼の名前は、フリードリヒ・シュタールバウム。この王国の、第二王子だ。本来、このイオメラ大陸に、いや、ロットバルト王国に入国して数日も経《た》っていない僕が気軽に話していいような相手ではない。

　小鳥が飛び立つ木々を横目に、僕は少し緊張した面持ちでフリードリヒに向き合った。

「フリードリヒ王子。この度は――」

「ああ、もう！　そういう他人行儀な呼び方は止《や》めてくれって言ってるだろ？　僕の事は他の親しい人が呼ぶように、フリッツと呼んでくれ」

　そういってフリードリヒ、いや、フリッツは朗らかに笑った。《天職《クラス》》が《闘士《ウォーリア》》の彼は、白と灰色を基調とした衣服に身を包んでいる。それには刺繍《ししゅう》が施されており、一目で上質なものである事が見て取れた。同じように豪奢《ごうしゃ》な帯状帽子《ターバン》を頭に巻き、見ているこちらが思わず目を細めたくなるような笑みを、フリッツは浮かべている。

「チサト。君は僕の妹、マリーたちを救ってくれた命の恩人。もう僕たちの家族みたいなもんじゃないか」

そう言ってフリッツは、じゃれつくように僕の方へとやってくる。まるで緑の多い中庭で主人から餌を待つ、小動物みたいだ。それを見て、僕は思わず苦笑いを浮かべる。

彼が言う通り、僕とフリッツが出会ったきっかけは、マリーたちを助けた事だ。

師匠の下、『三宝神殿《ラトナトラヤ》』を飛び出した僕は開拓者街道を通り、イオメラ大陸へとやってきていた。その際『暗殺者組合《アサシンギルド》』と少し揉《も》めたのだが、どうにかそれも一定の落ち着きを見せた頃。さてどこに向かおうかと思っている最中、『笛吹き男《ラッテンフェンガー・フォン・ハーメルン》』という魔物、それが操る動物たちに襲われていた馬車、そしてその護衛たちと出会ったのだ。

自分の誰かを殺すという才能を認めきる事が出来ず、誰かを救いたいと思っていた僕は一も二もなく行動に移し、マリーたちを襲っていた動物と魔物を蹴散らしたのだ。笛吹き男の姿が見えなくなった所で、そこに駆け付けたフリッツたちと出会ったのだった。

「チサト。僕はあの時、感動したんだ！　そう、満たされたんだよ！　君の正義による行動を見て、僕は満たされたんだ。そう、自分に足りなかったのはこれだったんだ、って！

腹落ちしたと言ってもいいっ！」

「大げさだよ、フリッツ」

「いいや、そうでもないぞチサト。少なくともオレは、フリッツの言葉に賛同している」

そう言ってフリッツの後ろから現れたのは、杖《つえ》を持つ青年だった。肌は黄褐色で、瞳は薄藍色。しかし、肩よりも伸ばした髪の色はフリッツと同じく赤黒い。服装も色は黒地の外套《コート》に金の刺繍が入っているという違いはあるが、そこから窺《うかが》い知れる栄耀《えいよう》さは、フリッツのそれと同じか、それ以上だ。

それもそのはずである。彼の名前は、ルイス・シュタールバウム。フリッツの兄、ロットバルト王国の第一王子。それが、彼の身分だ。

しかし、その外見、肌の色の違いから、この国の複雑さが見て取れる。ルイスとフリッツは、母親が違うのだ。

「ルイス義兄《にい》さん！」

しかし、そんな自分たちに流れる血の事を気にしたそぶりも見せず、フリッツはルイスへと抱き着いた。そんな義弟を、天職が《獣使い》《ビーストテイマー》のルイスは優しい微笑《ほほえ》みを浮かべて受け止める。

だがその表情が、すぐに曇った。

「おい、フリッツ。お前、今日、剣技の稽古の後、服を着替えなかったな？　ここに汚れが付いているぞ！」

「もう、相変わらずルイス義兄さんは綺麗《きれい》好きなんだから」

「何を言っているんだ、フリッツ。オレたちは今後、父上たちの跡を継ぎ、このロットバルト王国を栄えさせなければならないんだ。身嗜《みだしな》みに気を付け過ぎているぐらいがちょうどいいんだよ」

「いいじゃないか、これぐらい。ルイス義兄さんだって、鼠《ねずみ》を使役する時には服なんてすぐに汚れるだろ？」

「……よせ。オレが薄汚い鼠しか使役できない事を気にしているのは知っているだろ？」

そう言われ、フリッツは申し訳なさそうな表情を浮かべる。獣使いの才能を持つルイスは、異常に鼠の扱いに長《た》けていた。いや、鼠の扱いだけに長けている、と言っていい。だが、たかが鼠と侮る事なかれ。ルイスは文字通り、全種類の鼠を手足のように操る事が出来るのだ。

その様は、もはや洗脳と言い換えてもいい。一糸乱れぬ鼠の進行を見た時、思わず僕の背筋は冷たくなった。他の動物を操れないという欠点を除いても、ルイスの能力はずば抜けている。

だが潔癖症のきらいがある、いや、あり過ぎる彼は、自分の鼠を使役出来る力を嫌っていた。

『鼠の血が付いた服は即時焼却処分をするのに、誤って鼠の血を飲んでしまったのなら、オレは迷わずその場で自害するだろう！　たとえ、血族であってもそれを求めるっ！』とは、ルイスの言葉だ。物騒すぎるが、有言実行しそうな迫力を彼は持っている。

……まぁ、今この国で起きている事件の事を思えば、そう考えてしまうのも仕方ないのかもしれないな。

そんなルイスに向かい、僕は少しでも慰めになればと言葉を投げかける。

「そんなに気になるなら、鼠に行水でもさせたらいいんじゃないか？」

「そうだ！　それがいい！　流石《さすが》チサト！　ルイス義兄さん、そうしようよっ！」

「いや、チサト。オレはそもそも、鼠を生理的に受け付けんのだ。笛吹き男が操っていた鼠についていた、何だったかな？」

「ああ、麦角菌の事だね。麦角の中に含まれる麦角アルカロイドで、様々な毒性を示すんだ。あの時笛吹き男が操っていた鼠が原因で、人にも麦角菌が感染する事もあるんだよ」

僕は少し苦笑いしながら、そして少しだけ得意げになって、前世の知識をルイスたちに披露する。自分の才能が《暗殺者《アサシン》》であると定められたこの世界に反発するように、自分はこの世界で誰かを救う事が出来るんだと叫ぶように、僕は早口で麦角菌に罹《かか》った時の症状や危険性、果ては僕の前世で麦角菌による汚染で起きたとされる魔女裁判や、死ぬまで踊り続ける事になった原因の一つに麦角中毒という説がある話まで、一気に捲《まく》し立てる。

捲し立てた後で、僕はルイスとフリッツが呆気《あっけ》にとられている事に気がついた。何かあれば『回復薬《ポーション》』や《魔法》で解決出来るアブベラントの住人には、僕の話は荒唐無稽《こうとうむけい》のものに違いない。

「ご、ごめん！　僕ばっかり、一方的に話をしてっ！」

「い、いや、大丈夫だよ、チサト！」

「そ、そうだな、フリッツ。それに、そんな危険な何かを振りまくかもしれない鼠を、オレはやはり好きにはなれんよ。鼠も操れる笛吹き男も絶滅させたいと思っているのに、それが鼠型の魔物《モンスター》なのであれば、猶更《なおさら》だ。鼠型の魔物は、この世から滅ぼしたいと思っているぐらいだよ」

「何をそんなに熱心に話しているのですか？　皆様」

気難しい顔になったルイスを見てフリッツと共に弱った顔を浮かべている僕たちへ、凛《りん》とした声が放たれる。視線を向けると、そこには二人の女性がいた。

一人は暗褐色の肌に、腰まで伸ばした銀髪を一つに束ねた、虎のような耳をした少女だった。長身で筋肉質な体を持つ《人虎《ウエアタイガー》》の彼女、ロットバルト王国の近衛《このえ》騎士の中でも王族に付き従う従者のピルリパット・チャイカは、黄土色の瞳でフリッツを一瞥《いちべつ》する。

「どうせまた、フリッツ様が余計な事でも言ったのではありませんか？」

「酷《ひど》いよ、ピルリパット！」

「では、どういう状況なのですか？」

「そ、それは、その……」

しどろもどろになるフリッツを見て、ピルリパットは露骨に溜息《ためいき》を吐《つ》く。

「フリッツ様。前から申し上げておりますが、そろそろ王族としての振る舞いを——」

「お、お前！　お前だって僕とカラボス港で初めて出会った時は、こんなもんじゃなかっただろ？　ピルリパットっ！」

「あ、あれは自分の過去の汚点です！　忘れてくださいっ！」

「いいや、忘れないね！　その王族の僕に襲い掛かって来たのは、港の荒くれものをまとめていたピルリパットじゃないかっ！」

「ふ、フリッツ様っ！」

そのやり取りを生暖かい目で見守っていた僕たちを、鈴を転がしたかのような笑い声が包み込む。従者のピルリパットがやって来たという事は、必然的に彼女が付き従う誰かもここに訪れているという事だ。ピルリパットは僕と初めて出会った時と同じように、自分の護衛対象と一緒にいた。

つまり、その優し気な笑い声は、ロットバルト王国第一王女であるマリー・シュタールバウムから発せられたものだった。

「相変わらず、二人は仲がいいのですね」

白い肌。フリッツと同じ、紅緋色の瞳。そして体の線に張り付くような細身の女洋装《ドレス》に身を包み、赤黒い髪を左右に結った儚《はかな》げな少女は、僕たちを見て更に澄んだ声色《こわいろ》で笑う。

「もう、相変わらずピルリパットはフリッツお兄様を見かけると、わたくしの事なんて忘れてしまうんですから。お兄様の事が気になるのはわかりますが、もう少しくらいわたくしに意識を割《さ》いて頂きたいですわ」

「ま、マリー様っ！」

マリーにからかわれ、ピルリパットの顔が朱に染まる。それを見て、自然と僕たちの頬も緩んでいた。緩い風が僕たちを包み、暖かい日差しが中庭を照らす。その光を一心に受けた花々は美しく咲き誇り、その周りを蝶《ちょう》が優雅に漂っていた。

マリーの発言で途端に穏やかになった空気を感じて、僕は彼女を助ける事が出来て、本当によかったと実感していた。彼女はきっと、この王国の中心人物になるだろう。実際の国の運営は、ルイスたちが行うのかもしれない。

しかし、母親が違いながらも三人が仲のいい兄妹で居続けるには、この末の妹の存在がきっと欠かせなくなるはずだ。

……きっと、そうだよな？　嘉与《かよ》。

妹という単語に、どうしても僕はその名前を意識せざるを得ない。前の世界で死に別れ、もう二度とその微笑みを見る事が出来ない妹と彼女の笑顔を重ねていると、マリーの目が

こちらを向いた。

「もう、この国には慣れましたか？　チサト様」

「あ、ああ、おかげさまでね」

年甲斐《としがい》もなく、狼狽《ろうばい》しながらそう答える。これでは、先程ピルリパットにおちょくられたフリッツを笑う事なんて出来ない。でも、どうしてもマリーを目の前にすると、思い出してしまうのだ。魔物に襲われていた彼女を馬車の中から救い出した時の、彼女の言葉が。

『あなたが、あなたこそが、わたくしの渇いた心を愛で満たしてくれる方だったのですね』

「どうされたんですか？　チサト様」

「い、いや、別に、何でもないよ」

小首を傾《かし》げるマリーに、僕はそう返すのがやっとだった。そんな僕を、意味ありげにルイスが見つめている。絶対に、何かを勘違いした表情だ。その間違いを訂正しようと僕が口を開くより先に、マリーがこちらに向かって言葉を紡ぐ。

「ご無理をなさらないでください、チサト様。やはり、気になりますわよね？　このロットバルト王国で起きている、あの事件の事が」

そう言ったマリーの表情は暗くなり、ルイスやフリッツだけでなく、ピルリパットの表情も硬くなる。この国の第一王女が言う通り、この王国は一つの問題を抱えていた。

それは――

「大丈夫さ、マリー！　マウゼリンクスに現れる魔物なんて、僕らが退治してみせるからっ！」

ロットバルト王国はシュタールバウム家が統治している国で、僕たちが今いるのはそのシュタールバウム家が住み、国を守る近衛騎士団が詰めるオディール城だ。そのオディール城の周りにロットバルト王国の国民の殆《ほとん》どが暮らす城下町マウゼリンクスが存在し、漁業や貿易の窓口であり、ロットバルト王国の生命線であるカラボス港が存在している。

この国はオディール城、城下町マウゼリンクス、そしてカラボス港の三つで成り立っていた。

そのマウゼリンクスに、夜な夜な魔物が現れるのだ。しかも、死者も出ているという。

「フリッツの言う通りだ。忌々《いまいま》しい魔物め！　オレが必ず、討伐してみせるっ！」

「でも、ルイスお義兄《にい》様。最近では、この城の中にも魔物の姿を見たという噂《うわさ》も聞きます。わたくし、どうにも心配で……」

「ご安心ください、マリー様。マリー様たちの御身《おんみ》は、自分が必ずお守りいたします！」

そう言ってピルリパットは、自分の手で胸を叩《たた》いた。

「デジレ国王陛下とターリア王妃殿下の期待に応え、必ずや自分が町を襲う魔物を倒してみせましょうっ！」

「……お父様とお母様の言いつけがあるのはわかりますが、くれぐれも無理はしないでくださいね？　ピルリパット」

マリーは心配そうに、従者に向かって声をかける。ピルリパットが口にしたデジレ王がフリッツたちの父親。ターリア王妃がフリッツとマリーの母親で、ルイスにとって義母にあたる。

不安げな第一王女に向かい、その兄は朗らかに笑いかけた。

「大丈夫さ、マリー。散々引《ひ》っ掻《か》き回されたあの魔物には、これ以上好き勝手はさせないさ。何せ、僕たちにはチサトという強い味方が出来たんだからな！」

「……すまんな、チサト。オレの才能がこんな時に役立たずで、迷惑をかける。鼠型であれば、動物でなくともオレの指示に従ってもいいだろうに、完全には使役出来んのだっ！」

悔しそうに歯嚙《はが》みするルイスに向かい、僕は小さく笑いかけた。

「仕方がないさ、ルイス。何事も、出来る事と出来ない事がある。まずは、僕たちが出来る事を一つずつこなしていこう。そうすれば、確実にいい方向に向かっていくはずさ」

「そうだね！　チサ、ト、ふぁ」

元気に頷《うなず》くフリッツだったが、その口からは欠伸《あくび》が漏れ出ていた。それを見て、ピルリパットが心配そうな表情を浮かべる。

「大丈夫ですか？　フリッツ様」

「ああ、大丈夫さ。夜間警備を持ち回りで担当しているから、昼と夜の区別が中々つかないんだよ」

「あまり無理をしない方がいいよ、フリッツ。寝つきが悪いと休養が取れないから」

僕は前世で医者だった経験を踏まえ、フリッツにそう言った。恐らく彼は、ストレスによる睡眠障害、わかりやすく言うと、不眠症になりかけているのだろう。不眠症はなかなか寝付けず、寝ても暫《しばら》くすると目が覚めてしまう途中覚醒や、早く目覚める早朝覚醒。ぐっすり眠った感じがしない熟眠障害といった症状が出る事が多い。

自分の住む生活圏内に魔物が出たという状況。そして王子という立場の責任感。そこから来る、どうにかしなければならないという想《おも》いで、フリッツはストレスを感じているのだ。ストレスの種類は、情動的ストレスになるだろう。これは交通事故や殺人事件などの目撃者が得るストレスで、衝撃的な出来事に遭遇した結果、強い恐怖や不安が発生して引き起こされるストレスだ。

そう思う僕に向かい、フリッツは朗らかに笑った。

「大丈夫さ、チサト。夜間の警備は、チサトも入ってくれるんだろ？　だったら僕の負荷も減るってものさ」

「だからと言って、無理はなさらないでくださいね！　フリッツ様っ！」

「そうです！　ルイスお義兄様も、フリッツお兄様も、体には気を付けてください！」

ピルリパットの言葉に同調し、マリーもここぞとばかりに前に出る。そして彼女の紅緋《べにひ》の瞳が、僕の方へと向けられた。強い意志を宿していたそれは、心なしか潤んでいるようにも見える。

「もちろん、チサト様もです！　チサト様の身に何かあったら、わたくし、わたくし……」

「大丈夫だよ、マリー。無茶な事はしないから」

「本当、ですか？」

濡《ぬ》れる瞳に見つめられ、僕はただ愚直《ぐちょく》に頷く事しか出来ない。その様子をルイスだけでなく、フリッツやピルリパットも温かい目で見ている。

どうにも居辛《いづら》い雰囲気に頭をかく僕の手を、マリーがどこにも行かないでと言わんばかりに、優しく、だが力強く握りしめた。

■■■■■■■■■■■■■■■■■■■■■■■■■■■

水飛沫《みずしぶき》が、舞った。水面の下を二つの影が泳ぎ、馬穴《バケツ》という狭い海の中で弧を描く。しかし、水の中を泳ぐ魚は自分の世界が大海原に比べれば塵芥《じんかい》程しかない場所であっても気にした様子はない。悠々と、そして気ままにその中を揺蕩《たゆた》っている。自分がいる事こそが重要で、それ以外は全くの瑣末《さまつ》な事だと言っているかのような振る舞いだ。

そんな小さく、しかし馬穴の中で完結している世界が、無造作に破壊された。水面に白磁のような手が突っ込まれ、自適に泳いでいた一匹の魚を正確無比に捕獲する。

水飛沫が、舞った。馬穴から魚を左手で摑《つか》み取ったミルは無表情にそれをまな板の上に押し付け、その小さな手に僅かに力を込める。小気味のいい音が鳴り、魚の体が震撼《しんかん》。首の骨を折られた魚の眼《め》から光が徐々に消え、死という終焉《しゅうえん》色へとその瞳が染まっていく。魚の眼が黒に染まり切る前に、ミルは手にした包丁を素早く振るった。

鱗《うろこ》を落とし、頭を落とす。この時、魚の胸鰭《むなびれ》を立てたのは食べられる身を多く残すためだ。更に包丁を腹に入れ、ミルはその刃先で掻き出すように魚の内臓を台所の流し台へ放り込む。そして、魚に少し切り込みを入れた。魚の中骨の根元に溜《た》まっている血を、後で洗い流しやすくするためだ。

一通り下処理を終えた魚を、瞳に感情を宿さない天使の少女は予《あら》め水を張っていた大きめの鉢《ボウル》の中へと無造作に放り込む。

水飛沫が、舞った。その雫《しずく》が流し台へ落ちる前に、ミルは馬穴からもう一匹、別の魚を摑んで捌《さば》き始める。

「朝から、そんなに食べるの？」

思わず俺は、台所で朝食を作っているミルの背中へ声をかけた。彼女が最初に捌いた魚も、決して小さくはない。そして今ミルが捌き終えた二匹目は、その一匹目よりも大きい。鉢の中で魚の血や残った鱗などを洗っているミルが、無表情にこちらへ振り向いた。

「おなかすいた」

揺れもしない碧眼《へきがん》でこちらを一直線に見つめられ、俺は何も言う事が出来ない。肩をすくめて、棚に収納されている皿を取りに行く。戻ってくるとミルが野菜を千切りにしている所だった。彼女の手元で玉葱《たまねぎ》が、人参《にんじん》が、色とりどりの黄青椒《パプリカ》が切り刻まれていた。ミルの作る朝食で彩られるであろう二枚の皿を彼女の作業に邪魔にならない場所に置くと、俺は食事が出来るまでやる事はなくなる。炊事洗濯などは、天使の役目だ。二人分の盃《グラス》に水を注ぎ、それを机《テーブル》へ運んで座って待っていると、やがてミルが朝食を運んでくる。

最初にやってきたのは、皿に美しく彩られた白身魚の肉和調味汁《カルパッチョ》だ。先程切っていた野菜の沙拉《サラダ》に、厚めに切った魚。そこに塩、酢、油、胡椒《こしょう》といった香辛料がふんだんに使われている。一緒に運ばれてきた網籠には、麵麭《パン》が入っている。肉和調味汁を挟んで抱合《サンドイッチ》にするためのものだろう。よく見ると、皿の端に洋辛子《マスタード》が鎮座していた。味を変えて楽しむための工夫だ。

「美味《おい》しそうだね」

「うん」

小さく頷き、ミルはもう一皿運んでくる。それは先程の皿に比べたら、かなり味気ないように見えた。ただ、切った魚が並べてあるだけだ。肉和調味汁に使われたのと同じ白身魚の切り身が、ただただ並べられている。しかし、これでいいのだ。これがいいのだ。何故《なぜ》なら――

「はい、チサト」

そう言ってミルは、醬油《しょうゆ》が入っている小鉢を俺に差し出した。そう、異世界のアブベラントには、醬油が存在している。つまり、ミルの持ってきた二皿目は刺身なのだ。

「いただきます」

前掛け《エプロン》を剝ぎ取り、椅子に急いで座ったミルはそう言うと、手にした肉叉《フォーク》を肉和調味汁へと突き刺した。俺も彼女と同じ言葉を口にして、ミルとは反対に刺身に向かって箸を伸ばす。切り身を半分だけ醬油に沈め、その黒い沙司《ソース》が机に落ちないよう、左手を皿のようにして口へと運ぶ。瞬間、醬油の味が口に広がり、魚自体の旨味《うまみ》が鼻を抜ける。歯を動かして魚の弾力を押しつぶすように嚙《か》むと、旨味が口の中へと更に広がった。

俺より先にアブベラントへ、《転生者《レインカーネーター》》が訪れてくれていて、本当に助かった。生きていく以上、食事は必須であり、異世界にやって来た転生者も例外ではない。ならばそこに食に対しての執着が生まれるのは必然であり、それはつまり終わらぬ探求の始まりだ。アブベラントに住む『冒険者』や『商業者』も、不味《まず》いものより美味《うま》いものを食いたいに決まっている。その結果醤油は生まれ、更には味噌《みそ》といった、俺が前の世界で使っている調味料はだいたい揃《そろ》っていた。酒があるのであれば当然発酵技術は存在しているし、何だったら《魔法》でその手間を短縮出来る。

……本当に、先にやって来た転生者様様だな。

「おいしい？」

「うん、美味しいよ。ありがとう、ミル」

「いい。そーごほかんかんけー」

そう言って、天使は黙々と肉叉を動かし続ける。肉和調味汁を口にし、肉叉で刺身を醤油に漬け、麺麭に洋辛子を塗って肉和調味汁を挟んで両手で持ち齧《かじ》り付く。その光景に、思わず頬が緩んだ。こういう、穏やかな時間だけで人生が占められていたら、一体どれだけ幸せなのだろう。そう思うが、そうも言っていられない現実がある。アブベラントは、優しさや思いやりだけで作られた世界ではない。

「今日はこの後、借金を返しにファルフィルの所へ行くよ」

そう言うと、ミルの肉叉と口の咀嚼《そしゃく》が一瞬、止まった。

先程言ったとおり、ファルフィルとは俺が金を借りた相手であり、その金は『復讐《ふくしゅう》屋』としてこの家を建てる時に充《あ》てたものだ。ある程度まとまった金が出来たので、今日は返済に向かう事にしたのだ。返さなければ、利子ばかりが増えていく。

「わかった」

ミルは無感情な瞳で俺を見つめていたが、やがてそう小さくつぶやくと、また肉叉と口を動かす作業に戻っていった。


ファルフィルが店を構えているのはドゥーヒガンズの南側、つまり色街だ。以前この場所を訪れた時とは違い、今は派手な光源も見当たらない。日が出ている時間帯でも営業している娼婦《しょうふ》、男娼《だんしょう》はいるが、そこまで本腰を入れているわけではないのだろう。多少凹凸がある場所に水が溜まり、異臭を放っている。ミルの手を握りながら、俺たちは汚水で湿った道を歩いていった。

やがて俺たちは、三階建ての煉瓦《れんが》造りの家へと辿《たど》り着く。意図して生やしたのであろう緑葉植物が、煉瓦の外観を損なわない程度に外壁を覆っていた。

木製の扉を開けて中に入ると既に受付は埋まっており、待合席も空いている席の方が少ない状態だ。客層は、ドゥーヒガンズの他の『金貸し』の店と様子が違っている。体格のいい『冒険者』や大陸を駆け回って日に焼けた『商業者』よりも、どことなく艶《つや》があるこの区域の住民、つまり娼婦や男娼と思われる人たちの方が多い。それはこの店が彼らも差別せず、同じように金を貸すという方針で運営されているからというのも理由の一つになるだろう。

「ようこそいらっしゃいました。お客様は、本日はどのようなご用件で？」

紺色を基調とした店の制服に身を包む男性が、にこやかに笑いながら俺に向かって問いかける。彼がまず客の用件を聞き、対応すべき窓口へと割り振っているのだ。

「今日は借り入れではなく、返済に来ました」

「ありがとうございます。失礼ですが、お名前は？」

「荻野《おぎの》知聡《ちさと》と言います」

「……チサト様ですね。確認してまいりますので、少々お待ち下さい」

その言葉通り、僅かばかりの時間待っていると、すぐに俺の名前が呼ばれ、奥に通される。そこには三階へと続く階段があり、俺は手すりを、ミルは俺の手を握ってそれを上っていく。振り返ると、俺たちを案内してくれた係の人がこちらに向かって一礼していた。

三階に辿り着くと、黒塗りの重厚な扉が現れる。扉を叩《たた》こうと手を挙げた所で、部屋の中から声が聞こえてきた。

『鍵は開いているから、入っておいで』

その言葉に従い、俺は遠慮なく取っ手を回す。分厚い扉が開き、金属の蝶番《ちようつがい》が小さく悲鳴を上げた。その掠《かす》れた金切り声を聞きながら、俺はミルと一緒に部屋の中へと入っていく。

部屋に入ると、花の香が鼻孔をくすぐった。俺から見て右側の棚に、水の張られた硝子《ガラス》の花瓶が置かれており、赤や黄色など、色鮮やかな花が生けられている。棚はこの部屋の扉と同じく黒塗りの木製で、反対側に鎮座する本棚、そして中央に来客用の椅子と共に配置されている大きな円机《まる》も、同じ材質で出来ているようだった。それらの家具は、床に敷かれた絨毯《じゆうたん》の上に置かれている。絨毯はこちらの目にその存在を主張する様な、赤色だが、けばけばしさはなく、温かみのある色合いをしていた。

そして、その部屋の一番奥。扉を背にした形で、書斎机の前に一人の美女が座っている。青と金の女洋装《ドレス》に身を包んだ彼女の名前は、ファルフィル・ファゼル。この色街で貸金業を営んでいる女性で、そして俺が金を借りている相手だった。

「なんとか、金は用意できたみたいね。チサト」

そう言ってこちらに振り向いたファルフィルは煙管《きせる》を口にして、煙をこれ見よがしに吐き出した。紫煙は彼女の肩まで伸ばした波巻きの黒髪へとまとわりつく。褐色の指が蠱惑《こわく》的《てき》に煙管をたぐり、柘榴《ざくろ》色の瞳が挑発的に俺の両目を射貫《いぬ》いた。

「それで？　幾ら用意できたの？」

彼女の言葉に、俺は口ではなく行動で返答する。懐から革袋を取り出し、ファルフィルに向かって緩い放物線を描くように、それを投げた。俺の行動を別段気にした様子もなく、彼女は手にした煙管を器用に操って難なく革袋を受け止める。中に入れていた宝石と金が蠢《うごめ》いて袋の表面が波を打ち、ファルフィルの豊満な胸もそれに合わせるように揺れた。

ファルフィルは革袋の中から金品を取り出し、目を細めて品定めを始める。彼女は宝石を宙に持ち上げて、太陽の光に照らした。光が宝石に反射して、天然の万華鏡を作り出す。その様子を、ミルが無表情に見つめていた。

「なるほど、大体わかったわ」

俺の持ってきた金品の勘定《かんじょう》が済んだのか、ファルフィルは本革で出来た椅子に背を預けながら煙管を吸う。そして煙と言葉を、宙に放り投げた。

「私の見積もりじゃ、七万シャイナって所ね」

「……そんなわけあるか。どう見積もっても十万シャイナはくだらないだろうが！」

最後の方は怒気を隠しきれず、俺はファルフィルの下へと詰め寄る。

「現金だけでも四万シャイナはあるんだぞ？　それが何で、宝石四つに金塊三つで三万シャイナにしかならないんだよ！」

「……傷よ」

ファルフィルは呆《あき》れたように、そして見下すように俺を一瞥《いちべつ》すると、紫煙を吹き出した。

「金塊の方は、まぁ、多少傷がついた所で金には変わりないから、値下げ幅はそこまでじゃないわ。でも、宝石は駄目ね」

言いながらもファルフィルは、俺に向かって宝石を投げつけてきた。左手で受け止め、確認すると、確かに傷がついているのが見える。だが、傷はほんの僅かなものだった。

「これぐらいの小さな傷なら、表面を磨くだけでどうにかなるだろ？」

「馬鹿ね。磨くだけでどうにもならないから値下げしてるのよ、私は。表面上じゃなくて、その傷は宝石の中央に向かって出来ている。見た目を整えるには、二回り、いや、三回りは全体的に削らなきゃ駄目ね」

「……三回りは言いすぎじゃないか？」

「だったら、賭けてみる？　二回りでそいつがものになりそうなら、この宝石はあなたの言い値で引き取るわ。でも、三回り削る必要があったら――」

「いいや、いい。悪かった。お前の鑑定を信じるよ」

俺はすかさず、両手を挙げて降参の意を表明する。ファルフィルの賭けに乗って破産してきた男たちがいる事を、俺はこの目で見てきたからだ。

そんな俺の様子に満足したのか、ファルフィルは小さく笑うと煙管の吸殻を書斎机に置かれていた灰皿へと落とす。

「よろしい。それでは今回の返済は、七万シャイナという事で」

煙草《たばこ》を詰めて燐寸《マッチ》で火をつけながら、彼女は今度は俺をからかうような笑みを浮かべた。

「そういう肝心な所で詰めが甘いのは、寝台《ベッド》の外でも変わらないね」

その言葉に、俺は露骨に顔を歪《ゆが》めて舌打ちをして宝石をファルフィルに投げ返す。それを彼女は、笑いながら受け取った。

貸金業を営む前、ファルフィルは娼婦を生業《なりわい》としていたのだ。借金のカタとして娼館《しょうかん》に売られた身であるが、その美貌と智謀《ちぼう》で彼女はここまで成り上がった。上客は取りこぼす事なく、むしろ色香で更に溺れさせ、借金漬けにして、ついにはその金を貸し付けていた『金貸し』すらも彼女は借金させたのだ。その『金貸し』が一発逆転を狙ってファルフィルの賭けに乗ったものの、彼女がこの店の主人として君臨している状況を見ればどのような結果になったのかは、言わずともわかるというものであろう。

そして俺はその話の大半を、まだ彼女が娼婦だった頃に寝台の寝物語として聞いていて、互いに悪知恵を出し合ったりもしていた。つまり俺たちは、そういう関係だったのだ。

手を引かれて視線を下げると、ミルがこちらを感情が全く宿らない瞳で見つめている。

「おかね、かえした」

「ああ、そうだな」

「かえろう」

「あー、もう！　拗《す》ねちゃって、ミルちゃんってば相変わらず可愛《かわい》いんだからっ！」

もう辛抱たまらんと言わんばかりに、ファルフィルが煙管を灰皿に置いて椅子から飛び上がる。そして俺の手からミルをひったくると、遠慮なく抱きしめながら頬ずりした。そこには、俺と金銭の交渉をしていた『金貸し』としての威厳は僅かばかりも残っていない。

「お肌すべすべー！　髪もつやつやー！　気持ちいーっ！　可愛いーっ！」

「……たばこください」

声の主は顔をファルフィルの胸に埋《うず》め、右腕を彼女の左肩へ、そして左腕は彼女の右脇の方へと伸ばし、出来損ないの十字架のような格好になっていた。

……ファルフィルの子供好きは、相変わらずだな。

特にミルの事は気に入ってくれており、危害を加える様子は皆無だ。ただし、たまに愛情表現が強すぎるので、そこは間に入る必要があるのだが。

俺は『復讐屋』を立ち上げる際、店を構える必要があった。だが、それまで自堕落な生活を送っていた俺に『銀行』がまとまった金を貸してくれるわけがない。貸した金が返せる信用がなければ、誰も金を貸そうとは思わないだろう。

そんな俺に手を差し伸べてくれたのが、既にこの店の主人となっていたファルフィルだったのだ。ファルフィルは俺のように信用がない奴《やつ》や娼婦や男娼にも、別《わ》け隔てなく金を貸してくれる。更に子供だけでなく面倒事を抱えている奴らの面倒見も良いため、彼女はドゥーヒガンズの南区画の住民たちからは慕われていた。娼婦は元々自分が生業としていた仕事だったというのも、そうした行動原理の一要素となっているのだろう。

……まぁ信用がない分、金利は高くなってるんだけどな。

『銀行』で金を借りた場合、金利はだいたい二割が相場となっている。一方俺は、ファルフィルから金利二十四パーセントで金を借りていた。だがこれでもファルフィルの店はかなり良心的な金利で、場所によっては三十パーセント、高いところでは三十五パーセントの『金貸し』も存在している。

信用、信頼が足りない分は、金で補わなくてはならないのだ。俺の仕事、司法解剖の結果も『冒険者組合《ギルド》』へ依頼をする際に使われる。立場が変わって、払わせる側から俺が今回は払う側になったというだけだ。

「ちょっと、チサト？　ミルちゃんにちゃんと満足な生活させてるんでしょうね？」

「おなかすいた」

「チサトっ！」

俺は腕を組み、溜息《ためいき》を吐《つ》くしかない。今朝あれだけ食べてもう空腹になるなんて、流石《さすが》に燃費が悪すぎる。ファルフィルは鬼のような形相で俺を睨《にら》んでいたが、すぐにそれを引っ込めて天女のような笑みでミルを撫《な》で回す。

「待っててね？　ミルちゃん。すぐに焼菓子を用意させるから」

「なまがいい」

「果物もあるわよ！」

帰るんじゃなかったのか？　と、口にした瞬間、ファルフィルから思いつく限りの罵声に怒声、そして叱声《しっせい》が飛んでくるのは想像に難くない。俺が特大の溜息を吐く前に、ファルフィルの指は机の上に置かれていた鈴を鳴らし、使用人を呼んでいる。ミルへと視線を向けると、既に円机の前に用意されていた椅子に腰を下ろしていた。天使の無表情の顔が俺に向けられ、彼女が自分の隣の椅子を叩く。座れ、という事だろうか？

俺がミルの隣に座るよりも早く、ファルフィルは既に灰皿と煙管を持って彼女の向かいに座っている。ようやくミルの隣に俺が座ると、ファルフィルの表情は『金貸し』のそれへと戻っていた。

「そういえば今、あの男の所、ごたついてるみたいよ」

「あの男？」

「私があの男って言ったら、あのいけ好かない盗賊顔のあいつに決まってるじゃない！」

忌々しくそう吐き捨てて、ファルフィルは煙管を大きく吸い込んだ。彼女が嫌いなのは金にだらしがない奴と、他責で自分から行動を起こそうとしない奴だけだ。逆に言えば、借金を滞納するような奴は新米『冒険者』であっても容赦なく借金漬けにして、この女は別の大陸へと売りつける。それだけの強《したた》かさと狡猾《こうかつ》さがなければ、この地域で貸金業など営めない。

だが一方で、新米すら飛ばすその苛烈さは冒険者組合からも警戒され、そして新人の面倒見のいいジェラドルとの折り合いが絶望的なまでに悪くなるという結果となっていた。

ここは、性別も種族も年齢も関係なく飲み込む色街。この区画にはドゥーヒガンズの情報が自然と集まってくるし、ファルフィルが娼婦《しょうふ》時代に築いた人脈と彼女が今見ている金の動きから、この街で起こっている事についてはファルフィルの下にかなり正確な情報が集まってくる。

……正確な分、金もかかるんだけどな。

《魔法使い《ウイザード》》大量誘拐事件でも、俺とジェラドルはファルフィルから提供してもらった情報を元に解決に動いていたのだ。が、それがきっかけで、ジェラドルとファルフィルは完全に犬猿《けんえん》の仲となっている。

だからこそ、俺はファルフィルの口からジェラドルの話題が出た事が気になった。

「どうしたんだ？　お前の口からジェラドルの話が出るなんて」

「ただの気まぐれよ。ミルちゃんに、ひもじい思いさせてるみたいだし、揉《も》め事《ごと》抱えてる今の冒険者組合なら金になる仕事があるかもしれないでしょ？　なくてもがっつり毟《むし》り取って来なさいな。そしてそれを私の所に持ってきなさい。情報料は、負けてあげるから」

「……どうしたって、お前に金が行くんじゃねぇか」

「あなた、私から借金してるんだから、当たり前でしょ？」

そう言うと、ファルフィルは煙管《きせる》を大きく吸って、紫煙を吐き出した。煙は宙を揺蕩《たゆた》い、そしてそのまま掻《か》き消える。

「ミルちゃんとこうして定期的に会えなくなるのは寂しいけど、でも、この子のために借金なんて早く返してしまうべきだわ。そういうしがらみがあると、行きたい時、行きたい場所に向かうための一歩目が中々踏み出せないから」

両親に売られたファルフィルのその言葉は、中々に重く、俺の心にゆっくりと、そして深く突き刺さった。

……行きたい場所、か。

横目で見ると、天使の少女は相変わらず何の感情も宿さない瞳で、ただ宙を眺めている。

やがて使用人がやって来て、ファルフィルの注文通り果物を届けてくれた。切られた桃、林檎《りんご》や鳳梨《パイナップル》に葡萄《ぶどう》が載せられた皿が円机に置かれている。

「いただきます」

「どうぞ？　たっぷり召し上がれ」

一緒に置かれた肉叉《フォーク》を摑《つか》み、ミルは遠慮なく果実を頬張っていた。そんな彼女を、ファルフィルが愛《いと》おしそうに眺めている。

それを見て、改めて思った。

誰しも出来る事と出来ない事がある。出来る事は出来るが、やれないものは、やれないのだ。

だが、ミルの傍《そば》から離れるという事を、俺は到底受け入れられない。

このアブベラントで俺の居場所は、ミルの隣だ。この天使の少女が穏やかに過ごせる事こそ、俺の願いだ。彼女のためなら、彼女が笑顔でいられるのなら、俺はなんだってやる

だろうし、事実、今までそうしてきた。そして、これからもそうしていくだろう。

……だがそんな場所、このアブベラントに果たしてあるのだろうか？

ミルと出会う前にこの世界を見て回った記憶が、俺の脳裏に蘇《よみがえ》る。それは、俺は誰かを救う事なんて出来ないのだと、何かを殺す事しか出来ないのだと思い知らされた、絶望の記憶だ。《人族《ヒューマン》》の俺一人で旅をしていてすら数多《あまた》の悲劇とぶつかったのに、《天使族《エンジエル》》のミルを伴ってアブベラントを旅すれば、どんな目に遭《あ》うのかわからない。彼女も俺も、生きていくには食事は必要で、そしてそれには人との関わりが必要不可欠となる。山奥で隠居生活を営もうと思っても、誰かとの交流が発生すれば、必然的にミルが天使族だと露見する可能性が残り続けるのだ。

完全に自給自足の生活を送れる環境を作るにしても、その間にミルの事がバレればまた別の所に移動しなくてはならない。バレずに環境を作れても、隠居生活を続ける俺たちを気になった物好きが訪ねてくるかもしれない。

……ミルに対して敵意を持たないような、そんな人たちしかいない環境があれば、すぐにでもそこに引っ越したいんだけどな。

そう思いながらも、俺は自分の意見を心の中で否定する。ミルに、天使族の特性を前に、己の欲求を抑えられる人ばかりであれば、俺はこんなにも殺してきていないからだ。今まで俺がアブベラントで過ごしてきた経験から、ミルにとっての理想郷がこの世界に存在しないのだと、どうしても考えてしまう。考えてしまうが、でも、とも考えてしまうのだ。

……俺の前世の願いが叶《かな》えられないのなら、せめて今俺の隣にいるミルには幸せになってもらいたい。穏やかに過ごせる場所を見つけてやりたい。

それはきっと、今すぐには叶えられない願いだろう。だからそれを叶えるには生き続けなければならず、生きるためには金が必要だ。

「食べ終わったら、冒険者組合に向かおうか？　ミル」

俺の言葉に、ミルは無表情に振り向いて、小さく頷《うなず》く。その瞬間、彼女の小さな口の中で噛《か》まれた果実が、弾《はじ》けた。


冒険者組合の門を開くと、その騒がしさに俺は眉を顰《ひそ》めた。掲示板に貼られた依頼書を、戦鎚《ウォーハンマー》を背負う《地人《ドワーフ》》と弓矢を脇に持つ《妖人《エルフ》》が眺めている。端の机《テーブル》では、朝から酒の入った盃《グラス》を片手に怒鳴り散らす熊面の《亜人《デミ・ヒューマン》》を褐色肌の人族と両手剣《ツヴァイヘンダー》を椅子に立て掛けた色白の人族が諌《いさ》め、その様子を《蜥蜴人《リザードマン》》が短剣《ナイフ》を研ぎながら笑って見ていた。

いつ来ても、ここは『冒険者』たちで賑《にぎ》わっている。ある者は次の冒険を求め、ある者はその冒険へ旅立つための仲間を探しているのだ。常に騒がしいこの場所も今日は特に受付が騒々しい。ファルフィルの言っていた通り、どうやら揉め事が起こっているようだ。

その揉め事の中心にいるのは、間違いなく見物客が遠巻きに見つめる、あの二人組だろう。その二人組に絡まれている受付の相手は盗賊顔の男、ジェラドルだった。二人組の一人が、ジェラドルに食って掛かる。

「何故《なぜ》だ？　どうして自分たちの護衛を用意出来ない？」

「いや、だから何度も言っている通り、護衛を出せないとは言ってないだろ？　そういうのの管轄を取りまとめてる奴が今は出払っていて――」

「だったらそれまでの間、貴方《あなた》が自分たちの護衛を指揮してくれればいいと言っているだろう！」

「だから、俺の管轄は違法『魔道具』の取り締まりで、俺がそれをやるとそっちに穴が空いちまうんだってっ！」

「ならば、イオメラ大陸から逃れてきた自分たちの身の安全はどうでもいいと？　それがこのグアドリネス大陸の冒険者組合の正式な見解と、そう受け止めてもいいわけだなっ！」

「ああ、もう！　だからそういうわけじゃねぇって言ってんだろっ！」

「だったら、どうだと言うのですかっ！」

人虎《ウエアタイガー》の女性に詰め寄られ、ジェラドルは忌々しげに頭を掻きむしる。人虎の相方、顔を含め全身を漆黒の隠体套《アバヤ》で身を隠している、は一言も言葉を発していない。ただ所在なげに佇《たたず》んでいるだけだ。そうしている間にも人虎に詰め寄られたジェラドルの顔は苦渋に歪《ゆが》んでいく。その百面相を暫《しばら》く眺めていてもよかったが、俺の右手を引くものがいた。当然、ミルだ。

「しごと」

その言葉に、隠体套が微《かす》かに揺れる。こちらに振り向いたのだろうか？　では、次に相手から返ってくるのは、戸惑いという反応だろう。『冒険者』が集うこの場所で、俺とミルの組み合わせは異質だ。

しかしその相手は、俺の予想を裏切り、こうつぶやいた。


「チサト、様？」


……俺の名前を、知っている？

そして俺は、この声に聞き覚えがあった。狼狽《ろうばい》する俺に向かって、今度は人虎が振り向く。目が驚愕《きょうがく》に見開かれた後、その表情が苦虫を百匹ほどまとめて噛み潰したような表情を浮かべる。

「お前、チサトかっ！」

「ピルリ、パット？　じゃあ、そっちにいるのは……」

「そうだ。マリー様だ……」

俺を睨むピルリパットから、視線を隠体套に身を包むマリー、ロットバルト王国の第一王女へと向ける。彼女が何故その身を隠しているのかも、そしてイオメラ大陸にいるはずの彼女たちが何故この場にいるのかも、俺にはさっぱり理解できない。しかし当の本人であるマリーは手を祈るように組み合わせ、こちらに向かって一歩踏み出した。

「チサト様、お久しぶりです」

「お下がりください、マリー様！　チサト！　貴様、よくもマリー様の前に姿を現せたな！　貴様の過去の狼藉《ろうぜき》、忘れたとは言わせんぞっ！」

マリーを庇《かば》うようにピルリパットが前に出て、俺を威嚇する。彼女の言っている事の意味が十二分過ぎる程理解出来る俺は、無様に口を歪めるしかない。

そうこうしているうちに、俺は人だかりが増えている事に気がついた。今まで受付に絡んでいた相手が『復讐《ふくしゅう》屋』の俺に敵愾心《てきがいしん》を剝《む》き出しにした事で、遠巻きに見物をしていた『冒険者』たちの興味が増しているのだ。中には口笛を吹いたり手を叩《たた》いて、囃《はや》し立てる奴《やつ》らもいる。ジェラドルも『冒険者』の中にいる俺に気づいたようで、口角を少し歪めた。その表情を見て、俺は思わず舌打ちをする。

「どうやら、お前の知り合いみたいだな、チサト」

ジェラドルが何かを思いついたように、人の悪い笑みを浮かべる。

「見ての通り、冒険者組合《ギルド》は忙しいんだ。知り合いなら、まずはお前が話を聞いてやったらどうだ？　チサト」

「ふざけるな。どう見ても冒険者組合に持ち込まれた話で、『復讐屋《俺》』に持ち込まれた依頼じゃねぇだろ？」

「おいおい、随分冷たいじゃないか、チサト。知り合いが困ってるんだ。助けてやろうとは思わねぇのか？」

「よく言うぜ。お前はただ、厄介事を俺に押し付けたいだけだろ？」

俺の言葉を聞き、ジェラドルは肩をすくめる。こういう時、俺はこいつが嫌いなファルフィルの気持ちに深く同意する事が出来た。

ファルフィルは金になりそうなのであれば冒険者組合から金を毟り取って来いと言っていたが、正直俺はもうこの場を立ち去りたい気持ちになっている。金になるのはいいが、その額に見合わない厄介事に巻き込まれるのはごめんだ。それに、マリーたちとも再会したくなかった。助けたかったのに助ける事が出来なかった、あいつの事を思い出すから。

殺したくて、殺したわけじゃない。


『でも、殺した』

幻聴だ。だが、俺の耳元にははっきりと、あいつの声が聞こえていた。だから当然、俺を抱きしめるように背中から伸ばされた腕も、そしてそれが首元に絡みつくように這《は》い上がってくるのも、幻覚だ。何故ならその手の持ち主は、もうこの世に存在していない。

そいつは俺が、既に殺している。

そう、燃える教会の中、俺が命を奪ったのだ。

物理的に存在し得ないはずの《獣人《セリアンスロープ》》の両手が、俺の頸部《けいぶ》をゆっくりと摑む。そして今度は一転し、気道を圧迫するように、一気に首元を鷲摑《わしづか》みにした。首が絞められているわけでもないのに感じる幻痛に、俺は少しだけ口元を歪めて耐える。

黙り込んだ俺の右手の指先が、少し、強く握られた。俺の思考が、幻想から現実へと引き戻される。見下ろすと俺の手を握るミルは、ただ黙って、無表情に、無感情に目の前を見つめていた。

「チサト様！」

ピルリパットを押しのけ、そして人を搔《か》き分けて、マリーがこちらに駆け寄ってきた。ピルリパットが俺を睨《にら》んで舌打ちをするのを、そして心中、再会を喜んでいない俺をよそに、王女は一心不乱に歩み寄る。

「チサト様っ！」

そしてマリーは『冒険者』たちの間を抜けて、俺の前に立つ。そのまま俺に抱きつきそうな勢いだったが、俺の右側を見て、その動きが止まった。

「チサト、様？　そ、の方は？」

「……この子は、ミルだ」

嘆息し、そして改めて天使の右手を握り直す。誰しも出来る事と出来ない事がある。俺がどれだけ望んでいなくとも、こうした再会が避けられないように。起きてしまったのであればそれを嘆くより、一つずつ処理していく方がきっと少しはマシな結果になるだろう。

だから俺は、マリーと向き合った。

「お前は、どうしてこんな所にいるんだ？　マリー」

「え、っと……」

俺の言葉を受けて、マリーが戸惑ったのが隠体套越しにもわかった。確かに、マリーと出会った頃の僕と今の俺では、かなり印象が違うだろう。しかし、これが俺なのだ。今の俺は、こうなのだ。

やがてマリーは気を取り直したように、俺に向かって懇願する。

「お願いです、チサト様。わたくしたちを、お救いください。そう、あの時のように」

「お待ち下さい、マリー様っ！」

そこでようやく、ピルリパットが『冒険者』を押しのけてこちらにやって来た。長身の彼女の力に押され、ドゥーヒガンズの『冒険者』たちもたたらを踏む。

「お考え直しください！　見てください、こいつのふてぶてしい態度を！　これがあの時、こいつが隠していた本性なのですっ！」

唾《つば》を飛ばしながら怒鳴り散らし、ピルリパットはマリーの手を掴むと『冒険者』たちを威嚇しながらまたジェラドルの下へと戻っていく。

「早く護衛を付けてくれ！　金なら払うと言っているだろうっ！」

「これも何度も言っているが、長期間、しかもいつその依頼が終わるのか時期が不透明な依頼を、あんたらの手持ちだけで賄うのは難しいんだよ」

「だから、足りない分はロットバルト王国に戻る事が出来たら支払うと、そう言ってるだろうが！」

「だから、その条件で依頼を受けられるかどうかは俺じゃ判断出来ねぇんだよ！」

「国から連れてきた護衛の数も減り、ようやくこの町に逃れて来た自分たちへの仕打ちがこれなのか？」

「確かにそれは気の毒だと思う。だがな？　冒険者組合が受ける依頼はあんたたちだけじゃねぇし、他にも仕事は山積みなんだよっ！」

ジェラドルが言った通り、ドゥーヒガンズの冒険者組合は問題が山積みだ。いるかどうかも不明瞭な『聖　水《ホーリーウオーター》』が効かない『吸血鬼《ヴァンパイア》』への対応、そして出どころ不明の『幸運のお守り』への対応と忙しい。

……イマジニットを殺して、まだ一ヶ月ぐらいしか経《た》ってないからな。

奴が町に撒《ま》いた『人魂尊犯毒《クード・ド・プードル》』はまだ残り、数は減ったが『幸運のお守り』もまだ市場に出回っている。あの事件の残り香が消え去るには、もう暫く掛かるだろう。

しかし、これでマリーたちの状況はおおよそ把握できた。彼女たちは、何らかの理由でロットバルト王国からドゥーヒガンズへ逃れてきたのだ。しかし逃げ出すのを優先して、そこまで多くの金銭を持ち出せなかったのだろう。国の維持・運営もあるので、連れてきた護衛の数もそこまで多くはあるまい。そしてその護衛たちは数を減らし、結果ピルリパットは望むような人員補充が受けられない状態となっている。

……問題なのは誰に、そして何故《なぜ》彼女たちが狙われているのか？　だな。

こちらを見上げるミルに頷《うなず》き、俺は小さく溜息《ためいき》を吐《つ》くと、受付に向かって歩みを進め始める。まるでそれを待っていたかのように、ジェラドルがピルリパットに向かって口を開いた。

「だが、そんなあんたの抱える問題を叶《かな》える方法が、一つだけある。うちよりも安く、そして腕を保証出来る奴を紹介出来るぜ」

「何？　そんな案があるなら、何で先にそれを言わなかったんだ！」

「さっきまでいなかったからな。それに、あんたが受け入れてくれるかどうか、ちょっとわからない」

「ふざけるな！　マリー様の身の安全を守れるのなら、自分の意見などどうでもいい！　早くその相手を紹介しろっ！」

「だってよ、『復讐屋』！　ご指名だっ！」

その言葉にピルリパットは振り向き、ジェラドルが誰の事を言っているのか理解して、その顔が盛大に歪む。それを無視して、俺は盗賊顔の男に向かって言葉を吐き捨てた。

「堂々と冒険者組合の受付で仕事斡旋《あっせん》してくるんじゃねぇよ」

「そう言うなよ。こっちはこの後『聖女』様とやらの受け入れ準備で忙しいんだ。もう今日起こる面倒事は、全部お前に任せたいぐらいだぜ！」

「『聖女』様？」

「じょ、冗談じゃない！　ふざけるなっ！」

俺の疑問は、ピルリパットの罵声にかき消される。彼女のそんな反応を予想していたジェラドルは、皮肉げに笑った。

「さっきあんた、自分の意見はどうでもいいと言ったばかりじゃないか」

「しかし、こいつは、チサトは信用できない！」

「その気持ちはわからんでもないが、それでもあんたが一番気にすべきなのは、そこのマリー様とやらのお気持ちなんじゃねぇのか？」

「……わたくしは、チサト様に護衛をお願いしたいと思います」

マリーが手を組み、ジェラドルとピルリパットたちの会話に入る。ピルリパットは相変わらず、マリーの提案には否定的だ。

「ですがマリー様っ！」

「ピルリパット。あなたの気持ちも、想《おも》いも、理解しています。ですがチサト様は冒険者組合にお知り合いもいますし、身元もはっきりしています。それに、チサト様の実力はピルリパットもご存知でしょう？」

ピルリパットは、何か言い返そうと口を開く。だが、代案が浮かばないのだろう。犬歯を剝き出しにして、俺の方を睨んで唸《うな》る。ジェラドルはというと、もう面倒事は俺に押し付けたと言わんばかりに、既に奥の部屋へと引っ込んでいた。

残されたのはマリー、ピルリパット、俺とミル。そしてそんな俺たちを好奇心と、奇異と、忌々し気な目で見る『冒険者』たち。

……俺が依頼を受けるとは、言ってないんだけどな。

金になるのはいいが、その額に見合わない厄介事に巻き込まれるのはごめんだ。それに、マリーたちとも再会したくなかった。

しかし、何事にも出来る事と出来ない事がある。

だが、何が出来て何が出来ないのかは、話を聞いてみなければわからない。

「ひとまず、俺の店で話を聞こうか」

そう言って俺は、溜息を吐いた。

いつものように、俺は依頼の話を聞くため、机《テーブル》越しに依頼人と向かい合う。その依頼人、マリーとピルリパットへ、ミルが水の入った硝子《ガラス》の盃《グラス》を運んできた。ピルリパットは軽く頭を下げて礼を言うが、俺への敵愾心は隠しもしない。

「何でお前なんかと、こうして膝を突き合わせないといけないんだ！」

「ピルリパット。ここまで来たのです。全てチサト様にお話ししましょう」

片肘を突き、ピルリパットは不服そうな態度を見せる。だが、マリーの事を止めるつもりはないようだ。俺は少しだけ肩をすくめる。

「では、ようやく依頼の話を聞けるのか？」

「ええ、お話しいたします。でも、見ていただいた方が早いでしょう」

そう言うと、そこで初めてマリーが身につけていた隠体套《アバヤ》を脱ぐ。現れたマリーの姿に、俺は愕然《がくぜん》とした。俺が知っているマリーは、一国の王女という以外は可愛《かわい》らしい少女だった。しかし、目の前に現れたマリーは、全く違う姿をしている。

全身から、毛が生えていたのだ。

過去、王女がそのような姿ではなかった事は、俺自身が知っていた。だが眼前の少女からは、マリーの全身からは、獣のような毛が生えている。まるで、小さな獣が無理やり人の形に成長したかのような異形《いぎょう》。灰色のような、茶色のような毛だ。

それはまるで、鼠《ねずみ》の毛のようにも見えた。

「ルイスがマリー様にかけた、呪いのせいだ」

二の句が継げない俺に向かって、渋々とでも言うようにピルリパットがそう言った。だがその言葉が、更に俺を混乱させる。

「ルイスって、第一王子の、あのルイスか？」

「……それ以外に誰がいると？」

「でも、何でルイスが？」

「突然の事でした。ルイスお義兄《にい》様が、お父様とお母様を手に掛けたのです……」

「反乱だ！　ルイスは突然、デジレ国王陛下とターリア王妃殿下を手に掛ける、凶行に及んだんだ！　きっと、自分以外の血族を殺し切った後に、王位を簒奪《さんだつ》する手筈《てはず》だったに違いない。だが、マリー様は既《すんで》の所でその魔の手から逃れる事が出来た。しかしその途中、卑劣な奴《やつ》の《魔法》で呪われ、このような醜い姿になってしまわれたのだ……。そうですよね？　マリー様」

「ええ、その通りです、ピルリパット」

ピルリパットの言葉に、マリーは小さく、しかし確かに頷いた。だが一方の俺は、動く事が出来ない。

俺が気にしていた、マリーたちが『誰に』追われているのか？　という、その疑問の答えはわかった。マリーたちは義兄であるルイスに追われてここまで逃れてきたのだ。しかし、わからない。いや、よりわからなくなったと言っていい。

……ルイスが、マリーを呪う？

人間の体から、突然獣のような毛が生えてくる。そう聞いて俺が思い出すのは、多毛症という疾患だ。アムブラス症候群とも呼ばれるこの病気は、遺伝子の異常やそれ以外にも悪性腫瘍、摂食障害などの関係で、体の軟毛《なんもう》が硬毛《こうもう》に変化する。この多毛症にはいくつかの分類があり、ある分類では俺の前世の世界で十八歳から四十五歳の女性の内一割程が発症する、実はそこまで珍しくない病気だ。

そう思いながらも、俺はマリーを見ながら腕を組む。今の彼女を治療する方法は、ないのだろうか？　例えばマリーの全身の皮膚を削《そ》ぎ落とし、回復薬《ポーション》で修復すれば獣のような毛を取り除く事は出来ないか？

……それは、無理だな。

自分の考えを、俺は自分で否定する。

まずこの残酷な治療方法をピルリパットが許すはずもないし、許したとしても効果がない。

遺伝子が原因で多毛症が発生している場合、回復薬で修復したとしても濃い毛が過剰に生える細胞が増殖するだけだ。全く解決にならない。

「だから自分はルイスに呪われたマリー様と持てるだけの金品、そして護衛を引き連れ、船でグアドリネス大陸まで逃れてきたのだ」

船が出るまでの間とここに辿《たど》り着く航海中に、かなりの数犠牲になってしまったがな、とピルリパットが苦々しげにつぶやいた。その横に座るマリーが、思わずと言った様子で身を乗り出す。

「チサト様、お願いします。わたくしたちをルイスお義兄様からお守りください！」

マリーの目が、俺を射貫《いぬ》く。出会った頃と変わらない紅緋《べにひ》色のその瞳が、そこに俺だけを映し出していた。そんな彼女へ、ピルリパットが反論する。

「お言葉ですが、マリー様。自分はまだ、こいつに護衛を頼むのは反対です！」

「ピルリパット！　まだ貴方《あなた》はそんな事をっ！」

「マリー様こそ、正気ですか？　こいつは、チサトは、あなたのお兄様であるフリッツ様を殺したんですよっ！」

ピルリパットの言葉が、俺の心を容赦なく抉《えぐ》る。僅かに奥歯を噛《か》みしめる俺の隣に、ミルが無言で佇《たたず》んでいた。

マリーはピルリパットの言葉に少しだけ、顔を歪《ゆが》める。

「ですが、あれは！　わたくしたちも、チサト様がお兄様を殺《あや》めた所は見てはいないではないですかっ！　あれは何かの間違いで――」

「……いや、ピルリパットの言う通りだ」

マリーの言葉を遮《さえぎ》り、俺は小さく、そして確かに言葉を紡ぐ。あの時は言葉を尽くせず、その場を離れる事しか出来なかった。だが今は、今こそは、はっきりと口に出来る。そして、今でも思っている。どうにか助ける事が出来なかったのか？　と。

殺さなくていいのなら、殺したくはない。

死ぬ必要がないのなら、誰しも生きていて欲しい。

でも——

「ロットバルト王国第二王子、フリードリヒ・シュタールバウムを殺したのは、俺だ」

「やっぱり貴様がっ！」

「やめて、ピルリパットっ！」

机越しに俺に向かって飛びかかろうとしたピルリパットを、マリーが抱きつくようにして押し止《とど》める。自分の護衛対象である王女を、今この時、この瞬間だけ、人虎《ウェアタイガー》は忌々しく気に唸って睨《にら》んだ。

「何故止めるのです、マリー様！　こいつが、こいつはあなたのお兄様の仇《かたき》なんですよっ！」

「何かの、何かの間違いです！　でなければチサト様にも何か理由があったはずです！　そうでなければ、あんなに仲が良かったお兄様をチサト様が手に掛けるだなんてっ！」

「いかなる理由があろうとも、こいつがフリッツ様を殺した事には変わりはないのですよ、

「マリー様っ！」

ピルリパットとマリーの座っていた椅子は倒れ、人虎は犬歯を剥《む》き出しにしながらも、傷つけないように獣の姿となった少女を振りほどく。ピルリパットが手加減をしていても、マリーには力が強かったのだろう。彼女は床に尻餅をつき、木の床が軋《きし》みを上げる。それでも王女はすぐに顔を上げると何かを求めるように、迷子の少女が母親を捜すように、俺の方へと振り向いた。何か、そう、何か、俺が言うのを待っているのだろう。マリーが先程言った、何かの答えを求めて。

だが俺は、ただ黙って、腕を組んでいるだけだった。

「どう、して？　どうして、何も言って下さらないのですか？　チサト様。あなたは、そんな方ではなかったはずです。何か理由が、それとも、本当に変わられてしまったのですか？」

……言えない理由があるし、あの頃と比べて変わったからだよ、マリー。

心の中でそうつぶやくが、当然それが伝わるわけがない。伝えるつもりもない。

だから代わりに、俺は仕事《ビジネス》の話を口にした。

「一週間。護衛だけなら一万ユマヤで引き受けるが、どうする？」

イオメラ大陸から訪れた二人なら、向こうの大陸の通貨であるユマヤで伝えた方がいいと思い、俺はそう告げる。一万ユマヤはグアドリネス大陸で流通している通貨に換算すると、だいたい一万三千シャイナが相場となるだろう。

俺の言葉にマリーは悲し気に顔を歪め、ピルリパットは全身の毛を逆立てて激昂《げきこう》した。

「この期《ご》に及んで金の話とは、貴様はこの世のどの魔物《モンスター》よりも、どんな人間よりも、最低で最悪で最凶で最狂の害悪だっ！　何でフリッツ様が死んで、お前みたいな奴が生き残っているんだっ！　死ね！　今すぐ死ねっ！」

マリーの悲哀もピルリパットの憎悪も真正面から受け止めて、俺は手を組んで肘を机の上に置く。俺の見立てでは王女を守る人虎は一週間、いや、最低でも二週間は護衛を必要としているはずだ。マリーの安全を確保し、その状態を維持しながらイオメラ大陸のロットバルト王国へ帰るには、それぐらいの期間をかけたいはず。何せ相手は、あのルイスなのだ。手持ちの護衛も少ないのであれば、足場を固める事を優先せざるを得ない。今のピルリパットは、拙速より巧遅を選ぶだろう。

そして俺の提示した金額、一週間で一万ユマヤ、二週間で二万ユマヤという金は、ピルリパットたちがロットバルト王国から持ち出した金でなんとか払えるという金額設定になっているはずだ。冒険者組合《ギルド》が後払いになるため依頼を即決で引き受けなかったという事を考えると、この予想はそう外れていないだろう。冒険者組合は金を積めば強力な味方にもなるが、積めなければ敵よりも冷たくなる。

そして何より重要なのが、二万ユマヤあれば、生活費などを除いてもファルフィルへの借金返済がかなり現実的なものになる、という事だ。

……今日、三万シャイナも値切られたからな。

借金返済の目処《めど》が立てば依頼も安全なものを選べるようになり、ミルを危険な場所へ連れて行く確率も下がる。そうなれば、ミルが天使族《エンジェル》だと露見する可能性も減らせるはずだ。

……いや、もう戦場に出ない、という選択肢も選べるかもしれない。

届けられた遺体を捌《さば》き、漁《あさ》り、何故《なぜ》死んだのか、どう死んだのか、誰に殺されたのかを暴き立て、曝《さら》け出す。検視で事件性を確認し、検死で具体的な死因や死亡状況を判断し、解剖して更に詳細な死因、死体の損傷を見つけ出す。生を死に転換し、生を謳歌《おうか》している者の命を奪い、死という終焉《しゅうえん》へ誘《いざな》った相手を特定する。

そう、復讐《ふくしゅう》する所まで俺が手を下さなくても、復讐する相手まで特定するだけでも需要はあるはずだ。その仕事に集中するだけなら、ミルの安全性も格段に向上する。

「そもそも、『復讐屋』とは一体何なんだ？　仇討《あだう》ちをしてくれるというのなら、金は幾らでも払うからフリッツ様の敵討《かたき》ちを是非お願いしたいものだなっ！」

ピルリパットの皮肉に、俺はただ苦笑いを浮かべるしかない。そんな俺を、人虎は蔑《さげす》んだ眼差《まなざ》しで一瞥《いちべつ》する。

「……行きましょう、マリー様。やはり自分は、こいつを信用する事が出来ません。ルイスが反乱を起こし、マリー様の危機だというのに金の話しかしないのであれば、金で簡単に自分たちの事も裏切るでしょう」

その言葉に、俺は笑みの中に広がる苦味が増した気がした。へたり込むマリーの手を引いて立ち上がらせるピルリパットは、今の俺の事をよくわかっている。だが、信じる事が出来ないという点で言えば、俺も似たようなものだ。

……ルイスが、デジレ王たちに反旗を翻《ひるがえ》す理由がわからない。

いや、正確には心当たりはある。だがあの事実に、ルイスが気づくわけがない。その可能性は、もう俺が殺《消》して《して》いる。

「ルイスは、そんなにデジレ王たちと仲が拗《こじ》れていたのか？」

「……ルイスお義兄様、というより、お父様と皆さんの関係が悪化していたんです」

俺の言葉を無視し、マリーの手を引いて部屋を出ていこうとしたピルリパットとは違い、隠体套《アバヤ》を被《かぶ》り直していた王女が振り向きながら、そして躊躇《ためら》いがちにそう言った。その言葉に釣られて、怒れる虎のような目が俺を射貫く。

「ロットバルト王国の国民たちが、デジレ王たちに反感を持ち始めていたのだ。それにルイスが乗じたのだろう」

「チサト様！　わたくしたちは今、この町の西側の区画に宿を――」

「もう行きますよ、マリー様っ！」

そう吐き捨てて、今度こそピルリパットはマリーを引き連れてこの場を去っていく。その背中を、俺は黙って、そして釈然としない気持ちを抱えたまま見送った。やはり、ルイスが凶行に及んだ理由に納得がいかない。

……だが、依頼を受けていない以上、俺はとやかく言う立場にはいないな。

そう思っていると、俺と同じようにマリーたちが出ていった部屋の入口を見つめていたミルが、小さくつぶやいた。

「くさい」

「……ああ、そうだね、ミル」

俺は小さく頷《うなず》いて、天使の頭をなでた。

マリーとピルリパットに期せずして再会した、その晩。俺の下には一件の依頼が、つまり、一体の死体が運び込まれていた。

寝台《ベッド》に横たわる骸《むくろ》を、俺は見下ろす。遺体には無数の咬傷《こうしょう》、つまり動物に噛まれたような創傷が見て取れた。創口、噛まれたような傷から、小さな歯を持つ動物に襲われたのだと推察する。傷口によっては、炎症が始まっている箇所もあった。

ちなみにこの遺体を運び込んだ依頼人の話では、この故人が亡くなっていた場所の周りには、大量の鼠《ねずみ》がいたらしい。死人の家を取り囲む鼠の群れを見た時、依頼人の背筋に怖気《おぞけ》が走ったそうだ。

鼠が原因、特に噛まれる事によって引き起こされる病気は、実は多い。その名の通り、鼠咬症《そこうしょう》という病気がある。症状は消長を繰り返す発熱と発疹《ほっしん》、それに関節痛やリンパ節腫脹《しゅちょう》などが現れるのだ。

鼠咬症は鼠に噛まれた際、細菌が体内に侵入する事で引き起こされる。レンサ桿菌《かんきん》型の鼠咬症は鼠だけでなく、鼬《いたち》などに噛まれる事でも発病するものだ。また、この細菌を含んでいる無殺菌の飲料を飲む事で感染、発熱する場合もある。一方、らせん菌型の鼠咬症も鼠に噛まれる事で発病するが、この種類は原因菌を口から摂取しても感染は起きないという違いがある。

細菌ではなく、噛まれた事で発病する病気には腎症候性出血熱があげられる。原因となるハンタウイルスを鼠が媒介する事で軽症で微熱や上気道炎症状、血尿、蛋白《たんぱく》尿などが発生。重症では発熱や低血圧、ショック症状、腎不全を引き起こす。そしてこの感染症は噛まれるだけでなく、鼠のウイルスが含まれている排泄物《はいせつぶつ》からでも広がる病気だ。

蠟燭《ろうそく》の炎が揺れて、解剖刀《メス》を死体へ差し込んでいく俺の影が揺れる。

解剖を進めて行き、俺は死因をハンタウイルス肺症候群、新世界ハンタウイルスによる急性呼吸器感染症だと判断した。

ハンタウイルス肺症候群は腎症候性出血熱と同じく、ウイルスを含む齧歯類《げっしるい》の排泄物や唾液により汚染された埃《ほこり》を吸い込む、傷口を汚染される、あるいは、ウイルスを保有する齧歯類に噛まれる事によって感染する病気だ。症状は発熱と筋肉痛に始まり、咳《せき》、そして急激に呼吸困難が進行する。肺に水が染み出して溜《た》まった状態となっており、肺水腫の症状がこの遺体には見受けられた。

依頼人へ診断書を書きながら、俺はどうしても考えてしまう事がある。

鼠。

その単語から、昼間にマリーとピルリパットが話していた、ルイスの事を紐付《ひもづ》けてしまうのだ。

彼の天職《クラス》は獣使い《ビーストテイマー》だ。そして鼠の扱いだけに長《た》けており、だが逆に鼠たちをルイスは自分の手足のように使役する事が出来る。

……考えすぎか。

そう思うものの、結局俺はその考えを依頼人へ診断書を渡した後も引きずっていた。その依頼人は死体の処理を俺に任せたため、弔う代金も受け取り、俺はミルと共に墓地へと向かう。夜の帳《とばり》が下りた共同墓地で、ミルは相も変わらず手伝う素振りを微塵《みじん》も見せない。そんな洋灯《ランプ》と聖水《ホーリーウォーター》を手にする天使を横目に、俺は円匙《シャベル》を使って遺体を埋める。聖水を撒《ま》き、弔いを終えた辺りで、俺は異変を感じ取った。ミルも、ドゥーヒガンズの富裕層が住む区画、西側の方へと視線を向けている。

「におう」

ミルがそう言った瞬間、闇夜に沈む墓地、その端の暗黒色の影が蠢《うごめ》いた。墓標の、そして木々の足から伸びるそれは、まるで黒く、小さい風船がそうするように膨らむ。膨らんだそれは動物の形となり、それはどう見ても鼠にしか見えなかった。そしてその風船は、影の中から次々に膨らんでくる。暗くて見え辛《づら》いが穴が掘られており、そこから次々に鼠が湧き出ているのだ。無数の鼠の鈍色《にびいろ》に光る目が、俺とミルを見つめている。

俺は舌打ちをするとミルに手を伸ばし、解剖刀を抜き放ってその場を跳躍。ミルの手にした洋灯の炎が揺れ、俺の《技能《スキル》》が発動して砕け散った解剖刀を照らす。《切除《レセクション》》で空気が抉《えぐ》り取られ、夜風を突風に変えて俺たちは大跳躍を成功させた。直後、俺たちのいた場所に鼠たちが殺到する。

俺の下へ運び込まれた、鼠に齧《かじ》り殺された死体。鼠を操る動物使いに狙われた王女と従者。そして今眼前に迫る、俺たちを狙う鼠たち。これらを結びつけるな、という方がどうかしている状況が揃《そろ》っていた。

切除で移動し、解剖刀を振るって鼠たちを墓地に眠るのに相応《ふさわ》しい姿に変えながら、俺は抱えているミルの横顔を一瞥する。ドゥーヒガンズが喧騒《けんそう》と険呑《けんのん》な雰囲気に包まれ、険難な様相を見せる中、天使の少女は無表情に、ただ町の富裕層を見つめ続けていた。

……どのみち、ここにいるのは安全ではないな。

現れた鼠は俺たちを狙うために放たれた、というより、獲物を炙《あぶ》り出すために無作為に攻撃を仕掛けるように現れたように見えた。だったら、わざわざここで俺が戦い続けなくても逃げるという選択肢も取り得る。それにドゥーヒガンズの西側、富裕層の居住区には、その住民たちを守る護衛もいるはずだ。その中にはマリーを守護する、ピルリパットもいるだろう。

横目で見れば、ミルは小さく頷いてくれる。ならば、俺たちが向かう先は決まった。

俺は解剖刀を投擲《とうてき》。空間を切除し、墓地を離脱した。そしてその勢いを保ったまま、更にもう一本解剖刀を投げ放つ。

向かうのは、ドゥーヒガンズの西地区だ。

東地区の襤褸《ぼろ》家《や》の屋根を踏み抜き、折れた木材が屋根を抜け切る前に、俺はもう別の家屋の屋上へと立っている。風に乗り、飛び立つ俺の鼓膜を、鼠たちに襲われる人々の悲鳴が叩《たた》いた。切除を放ち、鼠たちを疾駆《しっく》しながら、俺は目の見える範囲、手の届く範囲で解剖刀を抜刀。投げ放って鼠たちに襲われている『商業者』や苦戦している『冒険者』たちにも手を貸していく。この中の誰かが恩義を感じ、俺の下へ次の依頼を運んできてくれるのなら、安い投資だ。

ミルが俺を無感情に見つめるのを振り払うように、俺はまた解剖刀を投げ放った。ドゥーヒガンズの西側へ向かえば向かうほど、町の喧騒はその大きさを強めていく。そしてその騒動の原因である、鼠たちの姿も増していた。『冒険者』たちは手にした剣で、槍《スピア》で、斧《おの》で、迫りくる鼠たちに対抗している。『商業者』たちも自分の商売道具を守ろうと、棒切れを必死に振り回し、突如現れた獣害に抗《あらが》っていた。

西地区、一際《ひときわ》高い煉瓦《れんが》作りの家屋の屋上に降り立つと、俺は辺りを見回す。俺の予想が正しければ、この騒乱の中心にはあいつらがいるはずだ。

「あっち」

墨を流したような暗黒の夜の中でも映える純白のミルの指先が、町のある一点を指差した。そこは一際鼠が集まった場所で、そして隠体套でその身を隠す王女と、そんな彼女を守るために勇敢に戦う人虎《ウエアタイガー》の従者の姿があった。

ピルリパットは彼女の得物、三メートル程もある先端回転銛《トグリング・ハープーン》を豪快に振り回し、鼠たちを蹴散らしていく。その銛《もり》がまた振るわれ、死の暴風が発生。その風に巻き込まれた鼠たちが、弾《はじ》けたように肉塊へと変貌。血煙となって夜の町を鮮血に染める。その隙間を縫うように忍び寄ってきた鼠たちを、俺は切除で迎撃しながら彼女たちの下へと降り立った。

「お前は！」

「チサト様っ！」

「ルイスだな？」

俺に駆け寄ろうとするマリーを押し止《とど》めたピルリパットに、俺は短くそう問いかける。

自分の愛《いと》しい人を殺した俺を前に、しかしピルリパットはマリーを守るために、今必要となる言葉を口にした。

「そうだ。殆《ほとん》どの護衛は、自分たちを逃がすため、犠牲に……」

確かに、ピルリパット以外ではマリーの傍《そば》に立っているのは二人ほどしかいない。その二人は手にした剣を振るい、ピルリパットも鼠たちを蹴散らしていく。鼠たちがまた裂けて臓器をぶち撒け、建物の壁をその血で汚す。消化しきれていない汚物が壁を伝って地面に落ちきる前に、また別の鼠が裏路地からその姿を現した。俺も解剖刀を抜刀しながら、口を開く。

「もうルイスは、お前たちがここにいる事に気づいていると思うか？」

「流石《さすが》に気づいているだろうな。鼠も数が増えている」

鼠を射殺しながらも、俺はその言葉に小さく頷いた。ピルリパットの言う通り、地面を、壁を、そして時には建物を伝って空から落下してくる齧歯類の姿はその数を増していた。

俺は殺すのではなく、空間ごと鼠を削り吹き飛ばす方針に切り替え、解剖刀を投擲する。

「今、鼠たちの隠れる場所が多い町の中に残り続けるのは、こっちを好きに強襲してくれと言っているようなもんだ。俺がドゥーヒガンズの外まで先導するから、ついてこい」

「お前を信じろと？　それに、お前がルイスに金で雇われていて、自分たちの隙《すき》を作ろうとしていないと、何故《なぜ》言い切れる？　そもそも、自分たちの護衛を引き受けていないお前が、何故自分たちを助けるのだ？」

「ピルリパット！　こんな時に何を言っているのですっ！」

マリーが従者を叱責するが、ピルリパットの疑問も、疑念も、懐疑的な眼差《まなざ》しも、全て正当なものだ。だから俺は、人虎にも理解出来るように、言葉を紡ぐ。

「獲物がどこにいるのか気づいたとはいえ、ルイスはお前らがこの町に留まり続ける限り、ドゥーヒガンズ中を襲うだろう。つまり、俺たちにも危害が及ぶ可能性がある」

そう言って俺は、抱えているミルをピルリパットに見せる。彼女の手にする洋灯の光が、感情を宿さない碧色《へきしょく》の瞳を照らし出した。マリーとピルリパットが、天使の少女を静かに見つめている。

「……」

「……つまり自分たちがここにいる事こそが、お前にとって不利益を生む、と？」

「ありていに言えば、そうだな」

マリーと同じように黙り込んだピルリパットに向かい、俺は出口の方を指差す。

「まだ、ドゥーヒガンズの富裕層もほとんど町の外まで脱出できていない。つまり、彼らの護衛も残っている。今なら奴《やつ》らに鼠たちを押し付けつつ、逃げ出す事も出来ると思うが？」

ピルリパットの逡巡《しゅんじゅん》は、一瞬だった。彼女は大きな舌打ちをすると、マリーの手を取って俺を射殺《いころ》さんばかりに睨《にら》みつける。

「マリー様の身に何かあっても、貴様を殺すっ！」

「……こっちだ」

どのような結果になっても俺を殺す事が確定しているその物言いに、苦笑いしながら歩みを進めようとして、止まる。俺が抜刀、投擲した解剖刀を視線で追ったピルリパットの表情が、変わった。その瞳は建物の屋根の上、そこに現れた二つの人影を映している事だろう。その人影の一つは、俺も知っている顔だ。

ルイス・シュタールバウム。ロットバルト王国第一王子であり、マリーの義兄であり、そして彼女を狙う、追跡者だ。

ルイスは迫りくる解剖刀を前に、彼はただ静かに杖《つえ》を振る。そして、それで全てが済んだ。

鼠《ねずみ》だ。

屋根の上に大量の鼠が湧き上がり、肉の壁を作ってルイスたちを守る。鼠を使役する王子の前で、その身を犠牲に主を救った獣たちが金切り声を上げ、血と肉片の雨となって地面に降り注ぐ。まるで、狂信者たちの集団投身自殺を見ているようだ。

次から次へとルイスたちの周りに現れる鼠たち、その数匹を、獣使いの隣に立っていた猫背の大男が、無造作に摑《つか》む。そしてそれを、巨大な口を開けて放り込んだ。

「ねぇ、ルイス。ぼくがやっつければいいのって、あいつら？」

「そうだよ、ジーク」

　ルイスにジークと呼ばれた男は、見た目に反して、その声色《こわいろ》は可愛《かわい》らしい。だがその可愛らしい声色を発した口が動く度、今度は口にした鼠の骨が嚙《か》み砕かれ、皮膚が食い破られて、唇から血が溢《あふ》れ出す。頭から覆うように、赤錆《あかさ》びた鎖帷子《チェインメイル》を被《かぶ》っているため、その表情全てをうかがい知る事はできない。だが鎖帷子を下から押し上げるような強靭《きょうじん》な筋肉と、黒い肌故、爛々《らんらん》と輝く柳染《やなぎそめ》色の瞳が一層映え、嫌でもジークの好戦的な雰囲気を感じる事が出来る。咀嚼《そしゃく》した鼠を飲み込んだ巨漢は、その後すぐに懐から瓶を取り出した。

……あれは、回復薬《ポーション》か？

　俺の疑問を知る由もなく、ジークは鼠と回復薬を食べ、飲み続ける。自分の操る鼠たちが食われ続けているというのに、王子は咎《とが》める素振りも見せない。

　その巨漢を見ていたミルが、小さく頷《うなず》いた。

「おなかすいた」

「ルイス！　貴様、自分の父親、義母だけでなく義妹のマリー様まで手をかけ、血族を根絶やしにして国を乗っ取るつもりなのだろう？　そんな狂王に、国民がついてくると思っているのかっ！」

「オレたちは、存在してはいけないんだ」

　ピルリパットの罵声とは正反対に、ルイスは冷静に言葉を紡いでいく。目に少しくまが出来た以外、俺の記憶の中の彼と相違点が見つからない。だが、それは見た目だけだ。ルイスとピルリパットの会話は、完全に嚙み合っていない。温度の宿らぬ薄藍色の王子の瞳が、義妹に向けられる。

「マリーは、オレたちは、そしてフリッツも、存在してはいけなかったんだ。何故なら、汚いから。悪だから。だからマリーに必要なのは、死という幸せだ。今すぐ死ぬ、即刻死ぬ、直《ただ》ちに死ぬ、即座に死ぬ。それがマリーの、そしてオレの幸せだ」

ルイスの独白に、俺は戦慄する。そんな俺を置き去りに、ピルリパットはもう自分の言葉がルイスに届かないと知っていながらも、それでも口を開いた。

「そんなわけがあるか！　フリッツ様が愛したマリー様が、ルイス様が、存在してはいけなかっただなんて、そんなわけがあるかっ！」

フリッツが生きていた時の事を思い出したのか、思わずと言った様子で、ピルリパットは昔呼んでいたようにルイスの事を呼んでしまう。それに気づいた人虎は、自らの失態で顔を歪《ゆが》め、それでも吐き捨てるように咆哮《ほうこう》した。

「死ぬというのなら、ルイス！　狂った貴様一人で死ね！　それが貴様の幸せだというのなら、マリー様を巻き込むなっ！」

「……そこにいるのは、チサトか。久しいな」

そこでようやく気づいたのか、ルイスが俺を一瞥《いちべつ》する。だが、その言葉も返答を期待し

ていたものではなかったのか、俺が何か言うより早く王子は納得したように小さく頷くと踵《きびす》を返した。

「チサトがそちらについているのなら、今はまだ無理だな」

「え、かえっちゃうの！　ルイスっ！」

ジークが、不満げな声を上げる。しかし、ルイスは淡々と頷くだけだった。

「力押しで善戦は出来るだろうが、当たれば即死の相手と戦うのは、骨が折れる。戦略が必要だ」

「でも、いまおいこんでるよ？」

「……グアドリネス大陸では、地の利があるのはチサトだ。逃げに徹せられれば、こちらにも隙が生まれる。オレは、無理な勝負は仕掛けない。確実に、殺し切る」

狂ったと言われ、父と義母を殺害した男の思考は、しかし義妹を殺す事に関してはあまりにも冷静に状況判断を下す。彼の考えは、逃げの一手を打とうとしていた俺の考えを言い当てていた。その身に狂気と冷淡さを秘めたルイスのそのちぐはぐさが恐ろしいのか、ピルリパットは小さく唸《うな》った。

だが、ちぐはぐと言えば、次に発したこの男の発言もちぐはぐだった。

「でも、ぼくならかてるよ？　かったら、ほめてくれる？」

そう言って、ジークは両手に岩とも思えるような拳鍔《ナックルダスター》をはめる。そんなジークを、ルイスは一瞥した後、小さく頷いた。

「好きにしろ」

「ねずみはのこしていってね！」

その場を後にするルイスの背中に、ジークは手を振りながらそう告げた。巨漢の言葉は聞こえていたのか、鼠たちも一緒に主人が立ち去るのを見送っている。

「待て！　逃げるな！　消えるなら、マリー様の呪いを解いてからにしろっ！」

そのピルリパットの叫び声が宙に消えるのに合わせるように、ルイスは闇夜へその姿を消していく。その代わりとでも言うように、巨大な影が空から降ってきた。軽い地震が起こったかのような振動。舗装された道がひび割れ、割れた石と埃《ほこり》と砂が噴き上がる。

ジークが、顔を上げた。好戦的な柳染色の瞳が、街灯の光で煌《きら》めく。猛禽類《もうきんるい》を思わせる笑みを浮かべると、ジークは地面を踏みしめた。ひび割れた地面が更に悲鳴を上げ、道は蜘蛛《くも》の巣が張られたように裂ける。そしてついに耐えきれなくなったように、地面が陥没。踏み込んだその反動で、ジークが弾丸のようにこちらに向かって疾駆した。

いや、弾丸という表現では控えめ過ぎる。あの巨体は砲弾、いや、落石となり、触れるもの全てを薙《な》ぎ倒す岩みたいだ。

俺は解剖刀《メス》を抜いて、回避を選択。切除《レセクション》で建物の屋根へミルを抱えながら移動する。が、岩石のようなジークと真正面からぶつかる姿があった。

ピルリパットだ。ピルリパットは先端回転鋸を斜めに構えるようにして、マリーとその護衛の前に立つ。

ジークとピルリパットが、激突した。金属を無理やり豪腕で捻《ね》じ切ったような金切り声の如《ごと》き轟音《ごうおん》が、夜のドゥーヒガンズ中に響き渡る。巨漢の力に押し負け、人虎《ウエアタイガー》が後方へと吹き飛んだ。砂煙が舞い、ピルリパットがマリーたちを巻き込まないよう、先端回転鋸を地面に突き立て、無理やり方向転換をする。地面が更に抉《えぐ》り取られ、土煙で視界が僅かに悪くなる。だが、ピルリパットを吹き飛ばしたジークの姿を捜すのは容易だった。

人虎を吹き飛ばしたが、代わりに巨漢は進行方向を変えられ、宙を飛翔《ひしょう》している。そしてそのまま、煉瓦《れんが》造りの建物、その三階へと突っ込んでいった。壁が破砕し、煉瓦が粉砕、砕かれた煉瓦同士がぶつかり合い、更に互いを撃砕して磨砕する。ジークが破壊した建物からは砂塵《さじん》と風塵《ふうじん》が漂い、瓦礫《がれき》が壊された事への抗議をするように、地面に落下して音を立てた。

「いたぞ、こっちだ！」

「遠距離攻撃が出来る奴は、奴が出てくるのに合わせて攻撃しろ！」

立て続けに起こった騒音と喧騒《けんそう》と喧囂《けんごう》に、武器を手にした人たちが辺りに集まってきた。この辺りに住む、富裕層の護衛として雇われた『冒険者』たちだ。騒ぎの元凶が現れた事で、主人に危害が及ぶ前に対応しようと集まってきたのだろう。

……まぁ、放っておけば次は自分の雇い主の家が壊されるかもしれない、という危機感もあるんだろうがな。

一対多数という状況に陥ったジークの方へ、俺は視線を戻す。塵埃《じんあい》が収まったその中から、巨漢の姿が徐々に露《あら》わになってくる。中から出てきたジークは、食事の真っ最中だった。

鼠を、食っているのだ。

ひと噛みする毎《ごと》に口から鼠の骨が砕け、獣の断末魔が上がり、鮮血が唇を怪しく濡《ぬ》らす。ルイスにジークが頼んだ通り、鼠たちは自分たちの捕食者の前から、片時も離れようとしない。その場に残れば食い殺される定めだと、仲間の死を目前で見ているはずなのに、主からの指示をただ従順に守っていた。

……ジークの傍《そば》にいる鼠は、人を襲うような事はないみたいだな。

ジークの傍に佇《たたず》む鼠はただ巨漢の後を追い、一切の抵抗を見せず、ただただ食われていく。そしてその鼠を当然と言わんばかりに食らうジークの異様さに、『冒険者』たちも一瞬たたらを踏んだ。

「あれ？　なんかいっぱいあつまってきた」

面倒くさいな、とジークはつぶやくと、本当に面倒そうに今度は回復薬を取り出し、瓶ごと口の中に放り込む。咀嚼し、硝子《ガラス》が砕け、破片が口に、舌に、喉に突き刺さって血が噴き出す。だがそれもすぐに回復薬に修復され、白煙が巨漢の口から立ち上った。

「ま、いっか。ぜんいん、ころしちゃえば」

ジークが身を屈《かが》め、その拍子に床が陥没。ジークは強制的に二階へ落下するが、それを全く気にした様子もなく、彼は弛《ゆる》めたその力を解放した。巨漢の岩石の如き強襲が、またマリーに向かって放たれる。

それを、今度は『冒険者』たちが阻んだ。棘盾《スパイクシールド》、提灯盾《ランタンシールド》を手にした『冒険者』たちだ。

だが、ジークの突撃に耐えきれずに盾が陥没。甲高い打撃音が響き渡る。しかし、声を上げたのは盾だけではない。それを受け止めた『冒険者』も、同様だった。盾から直接衝撃を受けたその腕は折れ曲がり、骨が腕から飛び出して、鮮血と悲鳴が夜空を駆ける。

しかしその甲斐《かい》あってか、ジークの速度はかなり抑えられていた。その隙を見逃さず、引き絞られた矢が、投矢が、槍《スピア》が降り注ぐ。それを一瞥し、巨漢は小さく舌打ちをした。

そしてジークは、自分の動きを止めた『冒険者』たちを無造作に摑んだ。そして、自分に降り注ぐ矢と槍の雨に向かって掲げる。

だが、それで終わらない。ジークは『冒険者』たちを摑むその手に、力を入れる。すると、どうなるか？　簡単だ。『冒険者』の体が、弾《はじ》け飛ぶのだ。水の入った風船を握りつぶすと、水が勢いよく弾けて周りを濡らす。それと同じだ。それと同じ事を、ジークは『冒険者』で行ったのだ。

握りつぶされた『冒険者』たちの血が、肉片が、残片が、眼球が、脳漿《のうしょう》が、そして身につけていた武具たちも一緒に、勢いよく弾けて宙に飛び散る。ジークの強靭《きょうじん》で強硬で強剛な握力で握りつぶされたそれらは、散弾銃の弾丸の如き威力で、巨漢に迫る矢や槍を迎撃した。

潰された『冒険者』の臓物に突き刺さった矢が進行方向を変え、別の槍とぶつかって進路を変える。頭蓋に槍が深々と刺さり、宙に停滞。そこに別の槍と矢が突き刺さって、その矢羽にまた別の矢が絡め取られる。砕けた骨が投矢を撃ち落とし、一緒にぶち撒《ま》けられた鮮血は液体の盾となった後、重力に引かれて血の雨として落下。砕かれ、ひび割れた地面の中へ、まるで競うようにして染み込んでいく。

矢と槍、そして血の雨が降り終わったその場で、ジークは五体満足で立っていた。鼠《ねずみ》たちに襲われているのであろう悲鳴も、ドゥーヒガンズの西側に集まりつつある。この巨漢を倒さない限り、この町で起きている狂乱は収まらないだろう。

立ち止まったジークに向かい、躍りかかる姿があった。マリーの傍にいた、二人の護衛だ。その勢いに導かれるように、『冒険者』たちもそれぞれの得物を掲げて駆け出していく。その姿を見て、猫背の体を揺らし、ジークは凶暴な笑みを浮かべた。

「きみたちじゃ、かてないよ。だってぼく、つよいから」

背後から迫る『冒険者』の顔を、ジークは裏拳で粉砕。後頭部が弾けて脳漿が血煙と化すより早く、巨漢の腕は他の『冒険者』の体へと、その拳を叩《たた》きつけている。殴られた『冒険者』の上半身と下半身は捻《ね》じ切れ、背骨と臓物を撒き散らしながら、他の『冒険者』たちも巻き込んで吹き飛んでいく。別の『冒険者』はジークに蹴り上げられ、五体破砕した状態で夜空を彩る花火となった。ただしその花火は、血と肉片が木《こ》っ端《ぱ》となった、目を背けたくなるような不気味なものだったが。

ジークに向かった『冒険者』、そしてマリーの護衛たちが鏖殺《おうさつ》された後、進んでその巨漢に向かっていくのは一人の人虎だけとなっていた。

そもそも、『冒険者』たちの仕事は自分を雇った富裕層の護衛だ。このまま人海戦術で押し通せばジークに勝てると皆思っているのだろうが、それで自分が死ぬのは割に合わないと考えたのだろう。それにドゥーヒガンズにはまだ鼠たちの脅威が残っており、ジークを積極的に倒そうとしなくてもそちらの対処を優先した、と雇い主に言い張れる大義名分が残されている。

そんな及び腰となっている『冒険者』たちの合間を縫って、人虎は咆哮した。先端回転銛《トグリング・ハープーン》の先端が眩《まばゆ》く光り、炎が灯《とも》る。ピルリパットの《魔法》、《自然魔法《エレメンタル・ソーサリー》》が発動したのだ。

その名の通り銛《もり》が回転し、灼熱《しゃくねつ》の刃となってジークを襲う。迫りくる紅《ぐ》蓮《れん》の炎に向かって、巨漢は両の拳をぶつけ合わせて、歓迎するように轟音を発した。そして炎を恐れず、拳鍔で殴りかかる。

火の粉が弾け、金属と金属がぶつかり合って、更に火花が夜空に飛び散る。弾かれた銛が上空からジークを狙うが、彼はそれを左腕で受け止めた。手が灼熱に炙《あぶ》られ、有機物が燃焼した時に発する特有の異臭が辺りに漂う。だがジークは燃える左手を気にした素振りも見せず、ピルリパットに向かって一歩踏み込んだ。

その踏み込みで地面が破砕、瓦解して地面が振動。重心を崩したピルリパットに向かって、ジークの正拳突きが放たれる。既の所で人虎はそれを防御。するが、その力を全て受け流す事が出来ずに、ピルリパットは後方へと吹き飛ばされた。

「チサト」

ミルの言葉と指差す方へ、俺は視線を向ける。そこには、自ら進んで鼠たちを《魔法》で駆除しているマリーの姿があった。彼女の天職《クラス》は《狩人《ハンター》》で、自然魔法と《付与魔法《エンチャント・スペル》》の適性もある。

今もまた風を操り、建物や傷つき動けなくなっている『冒険者』たちから獣を追い払っていた。だが、その鼠たちの目標は、マリーなのだ。彼女を狙い、鼠たちが集まってくる。

俺は解剖刀を抜き、鼠を蹴散らした後、ミルと一緒にマリーの下へと降り立った。

「マリー、何をやっているんだ？　護衛もいなくなったんだから、早くこの場から離れろ！」

「ですが、チサト様！　今わたくしが逃げても、ここから逃げられない方は鼠に襲われる事になってしまいますっ！」

その言葉に、俺は思わず舌打ちしそうになる。誰かを助けたい、という想《おも》いは立派だが、優先順位が致命的に間違っている。それが罷《まか》り通る世界なのであれば、そもそも義理の兄《ルイス》から命を狙われるような事もないだろうに。

「まずは町から離れるぞ！　話はそれからだ」

「チサト様っ！」

「マリー様、まだこんな所に！」

額から血を流しながら、息を荒くしたピルリパットがこちらにやって来た。ジークはというと、別の建物の中へ突っ込んだらしい。激しい剣戟《けんげき》の音が聞こえるので、今はその家の護衛たちと戦闘を続けているのだろう。

それを横目に、ピルリパットは叫ぶ。

「早くお逃げください！　貴方《あなた》に何かあれば、自分はフリッツ様に顔向け出来ませんっ！」

「でも、ピルリパット！」

「聞き分けてください、マリー様っ！」

ピルリパットに一喝され、マリーは悔しそうに俯《うつむ》いた。隠体套《アバヤ》でその表情をうかがい知る事は出来ないが、悔しさで歪《ゆが》んでいるであろうという事は、想像に難くない。

視線を上げると、ピルリパットの黄土色の瞳が、俺を真《ま》っ直《す》ぐ見つめていた。

「お前に任せるのは業腹《ごうはら》だが、背に腹は代えられん」

「なに、俺も自分たちの安全を確保したいからな」

鼻を鳴らすと、ピルリパットは革袋を俺の方に投げてくる。摑《つか》む感触から、俺はその中身が貴金属であると判断。つまり今、マリーを護衛する任務を俺は引き受けた事になる。

だが——

「これだと、数日分の費用しかないぞ？」

袋を開け、中身を確かめていると、ピルリパットが憎々しげにこう言い放った。

「そこまで信じられていると、どうして思える？」

その言葉に、俺は肩をすくめた。確かに、ピルリパットの言う通りだったからだ。

……それに、マリーたちがロットバルト王国に帰るための路銀も必要になるだろうしな。

革袋をミルに差し出すと、彼女はそれを無造作に受け取り、懐に収めた。その様子を、マリーが黙って見つめている。

「マリー様、行ってまいります」

「待てよ」

駆け出そうとしたピルリパットに向かって、俺は一つの小瓶を放り投げる。中身は、回復薬《ポーション》だ。

「ある程度時間を稼いだら、お前も逃げろ。落ち着いたら、ドゥーヒガンズの冒険者組合《ギルド》に集合だ」

ピルリパットの返事が、爆音でかき消される。ジークが『冒険者』たちを蹴散らし、こちらに向かっているのだ。

額の傷を治すため、回復薬を自分の頭からかけるピルリパットと今度こそ別れる。俺はミルを抱えて、マリーと共に走り出した。暫《しば》くして、マリーが俺に問いかける。

「チサト様？　少し、気になる事があるのですが」

「何だ？」

「今わたくしたちを追っている猫背のあの方、どうして回復薬をお飲みになられているんでしょう？」

小首を傾《かし》げるマリーに向かって、俺は小さく首肯した。それは、俺も確かに気になっていた。

回復薬はその名の通り、自らの傷を治す力を持った『魔道具』だ。だから体の傷を回復させる時、その傷ついた部位に回復薬を振りかける。そう、先程別れたピルリパットがやっていたように。

……だとしたら、ジークは何を治そうとしている？

思考に沈む俺に向かい、マリーは更に問いかけてくる。

「それに、鼠さんをあんなに食べて、大丈夫なんでしょうか？」

……大丈夫、ではないだろうな。

今晩俺が解剖した遺体は、鼠のウイルスに感染して死亡していた。鼠咬症《そこうしょう》には口から摂取しても感染が起きないものもあるが、鼠をあれだけ捕食しているジークが何かしらの疾患に感染していないわけがない。

「それは……どうやら、本人に聞ける機会がありそうだな」

「え？　チサト様、何を──」

マリーの話を遮り、俺は彼女の腰を抱いてその場から跳躍した。瞬間、俺たちの進行方向、その側面の壁を突き破り、灰塵《かいじん》の間から何かが現れる。それは、巨漢だ。全身を覆う赤錆《あかさ》びた鎖帷子《チェインメイル》、その頭部は僅かに欠け、そこから刈り上げられた白髪が覗《のぞ》いていた。俺たちの姿を見て、ジークは獰猛《どうもう》に笑う。

「だめだよ、にげちゃ。きみたちをころさないと、ルイスにほめてもらえないだろ？」

「待て！　貴様の相手は自分だと言っているだろうがっ！」

ジークの後を追い、ピルリパットがこちらに向かって駆けてくる。そんな人虎《ウエアタイガー》に向かい、俺は露骨に舌打ちをした。

……あれだけ大口叩いたんだから、もう少し足止めしておけよ！

とは言え、ジークが自分から向かってくるのではなく、ピルリパットを放置して目標《こちら》に向かわれてしまえば、その行動を防ぐ手立てはそう多くないだろう。今のように壁を突き破れる相手は、袋小路というものが存在しない。壁を無視して自由に行動出来る相手を牽《けん》制《せい》し続けるのは、中々難しい。それに――

「きみ、ルイスがみとめるぐらい、つよいんでしょ？」

子供っぽい言葉が、巨漢の口から零《こぼ》れ落ちる。その言葉に、俺はジークの言っていた言葉を思い出した。

『でも、ぼくならかてるよ？　かったら、ほめてくれる？』

……最初から、俺が目当てだったのか。

出来れば戦闘は全てピルリパットに押し付けて、逃げる側に回りたかったのだが、向こうがこちらを狙うのであれば仕方がない。俺が危害を加えられそうになれば、ミルが問答無用で戦闘に介入してくる。そうなれば、ミルが天使族《エンジェル》である事が露見してしまう。

前回ミルが天使族だとバレなかったのは、町外れ、しかも教会という建物の中だったという条件が揃《そろ》っていたからだ。それだけ条件が揃っていて、あの時は本当に最悪な状態を防げただけだった。結局俺は、口封じのために自分の力を使っている。

前回ですら綱渡り以外の何物でもなかったのに、こんな町中でミルが翼を発現させたら、その事実を、ミルが天使族だという事実を隠蔽するのは不可能だろう。

……なら、選択肢は一つしかないな。

それに、ジークには聞きたい事もある。マリーから手を放して鼻を鳴らすと、俺は解剖刀《メス》を引き抜いた。

「マリーは、ピルリパットと合流しろ。鼠《ねずみ》が出てくるだろうが、お前らなら無理せず自分の身を守る事に徹すれば、大丈夫なはずだ」

「チサト様！」

「ピルリパット！　役割交替だっ！」

そう叫ぶと同時に、俺は二本、解剖刀を放っていた。一本は移動のためで、もう一本はジークへの攻撃のためだ。闇夜を削り、突風に背を押されながら、俺はミルを抱えて夜空を疾駆する。見下ろせばジークは傍《そば》にいた鼠を投げて俺の切除《レセクション》を防いでいた。絶命の定めを押し付けられた鼠は、宙で弾《はじ》けて四散。木っ端微塵《みじん》となった骸《むくろ》を見向きもせず、巨漢はこちらに向かって駆けてくる。そこから少し遅れて、ピルリパットがマリーと合流。鼠たちの駆除を始めていた。

「くさい」

「わかってる」

背後に向かって小さくつぶやくミルに小さくそう答えて、俺はまた解剖刀を引き抜き、切除を発動。マリーたちから距離を取りながら、僅かに視線を後ろへ向ける。見ると、ほぼ一直線にジークが壁を突き破りながら俺の方へと迫ってきていた。そしてその巨漢が破壊の限りを尽くした道ならざる道を、無数の鼠が追いかけてくる。そして自分に追いつ いた鼠を、ジークは喰《く》らいながら足を動かし、そして回復薬を口にしていた。

「そろそろ？」

ミルの言う通り、そろそろ頃合いだろう。俺は移動用に切除を放った後、体を旋回。ジークの方を向きながら、俺の体は後方へ吹き飛ばされる。そして四本の解剖刀を抜き、放った。ジークは先程と同じく、鼠を投げて身代わりとする。俺が投げた解剖刀、その一本が鼠とぶつかり、先程の再現が起こった。血の花が夜空に咲いて、ジークの視界を一瞬覆う。その脇を、二本の解剖刀が疾走した。構わず巨漢は鼠を投げ放つ。だが、今度は先ほどとは違う事態が起こった。

最初に投げた解剖刀とは違い、あの二本には空間を切除《殺す》するという意味を宿している。その能力通り、空間が削り取られた。鼠と、その鼠を投げたジークの両腕ごと。

ジークの口から獣のような咆哮《ほうこう》と、その両腕から鮮血が迸《ほとばし》る。悲鳴にその身を捩《よじ》る巨漢を、果たして鼠たちは、黙って見上げているだけだった。ルイスの指示通りジークに傅《かしず》き、食われるがままに従っていた鼠たちは、その捕食者の両腕から零れ落ちる鮮血の雨がその顔に降り注いだとしても瞬《まばた》きもせず、相も変わらずその場から動こうとしない。

そして、それだけでは終わらない。ジークに向けて俺が放った解剖刀は、四本。その最後の一刀《いっとう》が、地面に崩れ落ち、のたうち回る前に巨漢の影へと突き刺さる。ジークの動きが俺の切除によって、宙に縫い止められたように停止《ころ》した。巨漢は痛みに体を動かそうとするが、身動きが取れず、ただただその両腕から血を流し続けるしかない。

雑に遊ばれ、壊れかけの人形のようになったジークを、鼠たちが見つめている。そしてその間を、俺はミルを地面に下ろして歩いていく。その俺たちに向かって、ジークは悪態を吐《つ》いた。

「ころす！　ぜったいころしてやるっ！」

その言葉に、俺は苦笑いをしてジークの傍に立つ。見上げるぐらいしか出来ない、動けなくなった猫背の巨漢に向かって、俺は口を開いた。

「虚勢を張るのも大概にしろ。いや、お前、虚勢って言葉知ってるか？」

「な、なに？」

疑問符を浮かべるジークに向かい、俺は先程交わしたマリーの言葉を思い浮かべながら、言葉を紡ぐ。

「お前、見かけ通りの年齢じゃないだろ？　本当は何歳なんだ？　少年」

俺の言葉に、初めてジークの瞳が不安で揺れる。

そう。立ち上がれば俺が見上げなければならないような長身だが、ジークは見かけ通りの年齢ではない。俺が切除した左腕を一瞥《いちべつ》すると、その手には傷が見当たらなかった。ピルリパットとの戦闘で出来た傷は、回復薬を使い、鼠を食って治したのだろう。

やがてジークは、震える口でこうつぶやいた。

「き、きゅうさい」

九歳。その言葉に、俺はジークが抱えている遺伝子疾患が、何であるのか確信する。

……ジークの体は、ミオスタチンの機能阻害が起こっている。

ミオスタチンは、筋肉増殖を負に制御する因子の事だ。主に骨格筋で合成され、骨格筋の増殖を抑制する。通常、激しい運動をする事でこのミオスタチンの生成が少なくなり、筋肉が発達するのだ。だが稀《まれ》に、このミオスタチンの生成がそもそも少ない、あるいは筋細胞がミオスタチンを受け付けにくい体質の子供が生まれる事がある。すると、どうなるのか？

簡単だ。ミオスタチンの生成が少なくなり、筋肉が凄《すさ》まじい速度で成長。異常に発達するのだ。

そう、目の前のジークのように。

俺が元いた世界では、ミオスタチン関連筋肉肥大というこの病気の事例で、生後二日で立ち上がり、一歳未満で鉄の棒を曲げ、十字懸垂も軽くこなしたという報告が行われた事もある。

……この病は先天性かつ遺伝的なもののため、治療方法は存在していないと言われている。

それ故、その患者の意思とは関係なく、運動をせずとも勝手に筋肉が成長、それも異常に発達してしまう。筋肉が成長するのだから、当然体のエネルギー消費量も増えていく。この疾患を患えば幼児ですら体脂肪は殆《ほとん》ど付かず、空腹にも陥り易《やす》い。そして、その体を維持するために常人の倍以上の摂食をしなければならないのだ。

……ジークが常に鼠を食べ続けていたのは、これが理由だろう。

消費されるエネルギーを補うため、ジークは常に食べ続けなければならないのだ。そして鼠を食べる事は、病原菌やウイルスを一緒に摂取する事は、ジークにとってエネルギー摂取の目的以外にも利点がある。病原菌、もしくはウイルスの熱で、痛みが緩和される。麻酔の代わりにしているのだ。

体の成長は、脂肪や筋肉だけが成長すればいいというわけではない。

骨だ。

骨も一緒に成長しなければ、体は歪《いびつ》な形となっていく。そして歪になれば痛みが、オスグッド病が発生する。

体が成長する事で感じる痛みには、有名なもので成長痛がある。成長痛は、骨が筋肉を引っ張る事で出る痛みだが、オスグッド病は筋肉が骨を引っ張る事で出る痛みだ。オスグッド病では飛び上がった動作での膝屈伸時や、足を強く動かした事で脛骨《けいこつ》結節部が強く引っ張られ、同部が剝がれたり、炎症を起こして痛みが発生する。

……ジークは、慢性的なオスグッド病なんだ。

九歳の子供、それも自分の意思とは関係なく肥大していく筋肉のせいで感じる痛みに、ジークは耐えられなかったのだろう。だから痛み止め、麻酔代わりにルイスの鼠を食べていたのだ。だが、それでは彼が鼠の病気で死んでしまう。それを抑止するために、回復薬《ポーション》を飲んでいたのだ。だが、回復薬は鼠の菌、ウイルスに侵されたジークの体だけでなく、その骨、そして筋肉まで回復させ、更に筋肉を成長させた。だからジークは、猫背になっているのだ。骨の成長が、筋肉の成長に追いついていないのだ。

……いや、案外逆なのかもしれないいな。

肥大化する筋肉に追いつくため、骨を成長させるために、痛みを止めるために回復薬を飲み、それで余計に筋肉が成長。その痛みに耐えきれず、麻酔の代わりを求めた。まぁ逆であっても、結論は変わらない。

ジークは生きていくために、鼠と回復薬を口にしなければならない体なのだ。巨漢という見た目と『冒険者』を薙《な》ぎ払った強さで騙《だま》されそうになるが、中身は九歳の子供。戦闘経験が、足りていない。だから俺の変則的な攻撃に対応しきれず、今のように手玉に取られる事になる。

俺は回復薬を手にすると、それをジークの両腕にかけてやった。傷つけた相手の手当をする俺に向かい、ジークが不思議そうな目でこちらを見つめてきた。

「どう、して？」

「ルイスの事が、聞きたいんだ。あいつは、何でマリーを追っている？」

「え、し、しらない、しらないよ」

その言葉に、俺はジークに向かって小さく笑いかけた。

「早く話したほうが、楽になれるぞ」

本当に、ここにいるのが俺とミルだけでよかった。まぁ、ドゥーヒガンズの『冒険者』たちがいても別にどうでもいいのだが、ピルリパットと、そして特にマリーが近くにいるのはとても具合が悪い。俺がこれからしようとしている拷問は、あの甘い所がある王女にとても見せられるものではないからだ。

……そう、これから始めるのは、拷問だ。

俺に危害を加え、ミルが天使族であるという情報が露見する可能性を作ったジークについては、もう殺す事は確定している。しかし、いつでも彼を殺せる状態となっているにも拘《かかわ》らず、俺はまだ手を下していない。それをする前に、俺はルイスが何故《なぜ》あれほど心変わりをしてしまったのか知りたかったのだ。

……まだわからない、何故ルイスがマリーたちを狙うのか？　という理由。俺は、それが知りたい。

だから俺は、ジークの両腕を治したのだ。だって、そうだろう？　両腕を修復させれば細胞分裂が活発化して、体のエネルギーが消費する。身動きが取れず、鼠というエネルギー源兼麻酔と、そして鼠でその身に取り込んだ病を治すための回復薬を摂取できない状態が続けば、どうなるか？

そう、その答えは、病と筋肉の成長で発熱し、額から玉のような汗を流すジークが体現しているものだ。ミルが手にした洋灯《ランプ》の光に、汗が煌《きら》めいた。

「……あつい、あついよ、ルイス」

「答えたら、楽にしてやる。何故ルイスは、マリーたちを狙う？」

「しら、ない。ぼく、しらない。ルイス、たすけてよ、ルイス……」

「たぶん、ほんとう」

洋灯を手にしたミルが、小さくつぶやいた。確かにミルの言う通り、ジークが嘘《うそ》をついているようには見えない。戸惑う俺の前で、彼は喘《あえ》ぐように言葉を漏らす。

「ルイス、ルイス、ルイス……。あのときみたいに、たすけて。ぼくを、むらからおいだされたぼくを、すくってくれた、みとめてくれたとき、みたいに」

ジークの柳染色の瞳から、透明な雫《しずく》が流れ落ちた。人工の光に照らされたその光は、この世のどんなものよりも澄んでいるように思えた。

「ルイス、ぼく、なんでもやるから……。わるいことでも、いまいじょうに、やるから。

たすけて、みとめて、ほめてよ？　ルイス。おねがい、ぼく、ルイス、だけなんだ。おねがい、たすけて。おねがい、すてな──」

　最後まで言わせず、俺は解剖刀《メス》をジークの喉元へ投げ放っていた。首がもげ、血潮で地面が濡《ぬ》れる。もう一本解剖刀を投げて、宙に縫い止めていた巨大な骸を解放した。それが地面に落ちると、血と砂と煙が舞う。それが合図だとでも言うように、今までジークの周りで佇《たたず》んでいた鼠《ねずみ》たちが散り散りになって走り出した。もう主の命令を遂行する必要がなくなった途端、ジークの周りには何もいなくなったのだ。いや、俺がそうした。俺が九歳の子供を、殺したのだ。

　だが、そんなジークの周りに、何かが集まってきた。

　鼠だ。

　鼠たちが屍肉《しにく》を求めて、今度は自分たちの餌として、ジークの下へ集まってきたのだ。自らの飢餓感を潤すために、その亡骸《なきがら》に群がろうとしているのだ。

　その群れに向かい、俺は無造作に解剖刀を引き抜くと、切除《レセクション》を放つ。金属の粒子が宙に舞い始めた時には鼠どもは蹴散らされ、生き延びたものも逃げ出していった。それを見届ける事もせず、俺は思考に沈んでいく。

　……余計にわからなくなったよ、ルイス。

　ジークの話から、彼の歩んできた道がなんとなく見えてくる。ミオスタチン関連筋肉肥大が起こると、食事量が増える。貧しい村では、ジークのようによく食べる子供はさぞ疎まれただろう。それに、成長を続ける筋肉は、周りの人間も不気味がる。そんな状態のジークが、たった一人で長く生きていけるわけがない。

そこでジークは、ルイスと出会ったのだろう。自ら操れる鼠だけでなく、ほぼ無尽蔵に回復薬を、ルイスはジークのために渡していたはずだ。そうでなければ、ジークがここまで生き延びられる道理がない。ルイスの下でなら、ジークは生きる事を許され。認められた。両親から見放されたジークは、ルイスによって救われたのだ。

ジークは、その発言、行動以上に聡《さと》い子だ。自らが行っている行動の、その善悪がわかっている。わかっているが、それでもジークはルイスに従う事を選んだのだ。

許されたからだ。生きる事を。

認められたからだ。生きる事を。

救われたからだ。受け入れてもらって。

だからジークは、ルイスに従っている。委ねている。望んでもいないのに膨らんでいく筋力、その凶暴な暴力の方向性を。彼の心の中にあったのは、たった一つの、純粋な願いだけだ。

『でも、ぼくならかてるよ？　かったら、ほめてくれる？』

『だめだよ、にげちゃ。きみたちをころさないと、ルイスにほめてもらえないだろ？』

　ジークはただ、ルイスに褒《ほ》めて欲しかったのだ。子が親に求めるように。たとえその過程で、人を殺す事になろうとも。

「チサト」

　洋灯を片手に、もう片手にジークの首を持ったミルが、俺の名前を呼ぶ。ジークの首から血がまだ零《こぼ》れ落ちて、洋灯に怪しく照らされた。その光を受けてなお感情を宿さないミルの瞳が、俺を射貫《いぬ》く。

「おはか、うめよう」

「……そうだな、弔ってやろうか」

「おなかすいた」

　その言葉に、俺は苦笑いを浮かべる。マリーたちの事も気になるので、今すぐジークの遺体を墓地に連れて行く事は出来ない。安置というには程遠いが、顔についた血などを拭ってやり、彼の亡骸を道の脇に移動させ、ひとまず俺はミルを抱えてその場を離れる。

　ミルを抱えて解剖刀を引き抜き、また俺は夜空を駆けていく。

「ありがとうな、ミル」

「……どれ？」

「さっきの。埋めよう、ってやつ」

「いい。そーごほかんかんけー」

今の抱え方だと、ミルの顔が見れない。でもきっと、いつものように無表情なのだろう。それでいい。俺たちはきっと、これがお似合いなのだ。

マリーたちと別れた場所に戻ると、先端回転銛《トグリング・ハープーン》を下ろすピルリパットの姿が見える。周りには鼠も見えず、一段落したようだ。近づくと最初に人虎《ウェアタイガー》の険のある瞳が、そして彼女に続くようにその護衛対象が、近づく俺たちに気づいた。ミルを下ろし、彼女たちに向かって歩いていく。

「チサト様！　ご無事ですかっ！」

「終わったのか？」

「ああ。死体の処理があるから、俺はすぐにここから離れるがな」

「行って、しまわれるのですか？」

こちらに一歩前に出て、マリーはそう口にする。

「……ルイスお義兄様《にいさま》は、まだわたくしたちの事を諦めてはいないでしょう」

「だが、さっきの金で俺が引き受けた依頼はもう完遂している」

「……マリー様。こいつは、こういう奴《やつ》なんですよ。やはり、こいつに護衛を依頼するのは適任ではありません」

「でも、ピルリパット。今わたくしたちが頼れるのは、チサト様以外いません。実力が衰えていない事も、今回の件であなたも理解できたでしょう？」

その言葉に、不服そうではあるがピルリパットは黙り込む。なんとなく結論が出た雰囲気を感じるが、俺はそこに口を挟む。

「金が払われないなら、俺は依頼を引き受けないぞ」

「わかっております、チサト様。でも、正直申し上げてわたくしたちの手持ちでは、十分な報酬をお約束する事が出来ません」

「なら――」

「ですので、後払い。わたくしたちが、無事にロットバルト王国へ帰還できたらお支払いする、というのはいかがでしょう？　後払いになりますし、前回ご提示頂いた依頼料にもう少し、色を付けさせていただきますわ」

その言葉に、俺は少しだけ黙り込む。依頼は恐らく、前回見積もったのと同期間の二週間。その代わりに手に入るのは、二万ユマヤという大金だ。更にそこに増額されるとなれば、借金返済も現実的なものとなるだろう。

……それに、マリーをこのままにしておくのも気が引ける。

俺がかつて殺した相手の、その妹。フリッツを殺した事を、今更どうこう言い訳する気はない。だがそれでも、身勝手と言われても、兄を失い、そして義兄のルイスに狙われるマリーの事が、どうしても気になってしまう。

……ルイスの事もあるしな。

ジークを救うというルイスの行動は、昔の彼なら違和感なく、彼ならそういう事もするだろうと、容易に想像出来るものだ。だが、それでいてジークに悪に手を染めさせるような行動をさせた今のルイスと、どうしても結びつかない。

そして何より、ミルが天使族《エンジェル》であるという情報が露見する可能性を作ったジークを率いていたルイスを、俺は放置する事が出来ない。

ミルの顔を横目で見ると、いつもの無表情だった。なら、決まりだ。

「では『復讐屋《ふくしゅうや》』として、その復讐、請け負おう」

「復讐？」

「ルイスを止めない限りお前らが狙われ続けるのなら、ルイスを討つ以外ないだろう？だったらそれは、マリーの両親、デジレ王とターリア王妃の仇討《あだう》ち。つまり、復讐だろ？」

小首を傾《かし》げたマリーにそう言うと、彼女は鈴を鳴らしたように笑い、ピルリパットは気色《けしき》ばんだ。訳がわからずにいると、マリーは隠体套越《アバヤご》しに涙を拭うような仕草をして、こう言った。

「チサト様がお帰りになる前に、ピルリパットと話していたのです。チサト様は今回、なんだかんだと言いながらわたくしたちの事を助けてくださいました。ですからわたくしは、ルイスお義兄様の件もチサト様はどうにかしてくださるはずだと信じている、と。そのような事を」

「自分は護衛期間だけ滞在して、契約が切れればすぐさま雲隠れする、と言っていたのですが……」

「そんな事ありませんわ。チサト様は、わたくしの渇いた心を愛で満たしてくれた方です。それに」

そう言って少し笑った後、マリーはこう言った。

「チサト様、根性ありますもの」


『ならアンタ、根性あんな』

幻聴が、脳裏にあの獣人《セリアンスロープ》の少女の影が一瞬蘇《よみがえ》る。記憶の中ではしゃぐその姿が、従者とやいのやいのと言い合う目の前の少女と重なった。

ミルが、俺の手を引く。視線を下げると、洋灯に照らされた碧眼《へきがん》が、俺の両目を射貫いた。無表情の天使の蕾《つぼみ》のような唇が、開かれる。

「そーごほかんかんけー」

それを聞いて、俺は小さく笑う。
そんな俺たちを、マリーが一瞥《いちべつ》したように思えた。

# 第二章

「大丈夫かい？　フリッツ」

　大きな欠伸《あくび》をしながらこちらに向かってくるフリッツへ、僕はそう言った。城の中庭には、心地よい陽射《ひざ》しが降り注いでいる。欠伸の一つも、確かにしたくなるだろう。だが、魔物《モンスター》の討伐のため城下町マウゼリンクスの警邏《けいら》から戻ったフリッツの目には、薄《う》っすらくまが出来ていた。

「心配ないよ、チサト。少し眠れば、元通りさ」

　フリッツは、大丈夫だと言って手を振る。しかし、前世で医者だった僕は不眠症、睡眠障害を甘く見る事は出来ない。

「いいかい？　フリッツ。睡眠障害は酷《ひど》くなると、眠っている間に自覚なく動き回る睡眠時遊行症や、恐怖様症状となる夜驚症を引き起こす事もあるんだ」

「なるほど、それなら確かに、僕はずっと眠たいわけだね。眠っているのに、動き回っているんだから」

「笑い事じゃないぞ、フリッツ。体調には気をつけるんだ」

そう言って義弟を窘《たしな》めたのは、僕の背後からやって来たルイスだった。ロットバルト王国第一王子は、仕方ない、と溜息《ためいき》を吐《つ》くと、今度は朗らかな笑みを浮かべる。

「ま、その底抜けの明るさにオレたちが救われている所もあるのは事実だがな。いつ魔物が出現するのか分からない状況では、やはり気が滅入《めい》る」

「ほら、やっぱり僕は笑ってないと駄目じゃないか」

「……調子に乗るんじゃないぞ、フリッツ！」

ルイスが義弟の方に手を回し、笑いながら戯れ始める。片方の血が繋《つな》がっていなくても、彼らの結束は決して解かれる事はないだろうと、僕はそう確信した。そしてその結束に名を連ねる、もう一人が従者を連れてこちらにやって来る。

「お戻りになっていたのですね、フリッツお兄様」

「おかえりなさいませ、フリッツ様」

近づいてきたマリーとピルリパットへ、フリッツとルイスは満面の笑みで出迎える。もちろん、僕も拒む理由はない。

しかし、手をふる僕に気づいたマリーは、一瞬だけ表情を硬くする。

「……フリッツお兄様。戻られたら、まずピルリパットに顔を見せてあげてとお願いしていたではないですか。そんなすぐにチサト様の下へ向かうなんて」

「……マリー様。その発言はご自分を言い訳にして、フリッツ様をチサト様の下へ向かわせないように仕向けている様にしか聞こえないのですが」

「オレの義兄妹《きょうだい》は、本当にチサトが好きだな」

苦笑いを浮かべるルイスの腕を、フリッツが振り払い、気色ばんだ。

「いいじゃないか、ルイス義兄さん。チサトは僕の妹たちの命の恩人だよ？　もっと話したいと思って、何が悪いんだい？　それに、僕に足りなかった正義を埋めてくれたのはチサトなんだよ？」

「そうですわ、ルイスお義兄様。チサト様は、わたくしたちを助け、そしてわたくしの渇いた心を満たしてくださる方なのですから、むしろわたくしたちの行動は正しい行動だと思いますけど？」

ピルリパットが溜息を吐き、ルイスは肩をすくめて僕を一瞥する。

「そんな、大した事はしてないつもりだけどね」

前世で救えなかった嘉与《かよ》と、この世界に来てから突きつけられた自分の才能の事を思い出し、僕の胸には何とも言えない苦味が広がる。

……でも、そんな僕でもマリーたちを救えて良かったと思っているよ。

少し黙った僕に向かって、マリーが呆《あき》れたような顔を浮かべた。

「またご謙遜《けんそん》を。それより、マウゼリンクスに出没する魔物の調査はどうなっているのですか？　フリッツお兄様が寝不足だと、ピルリパットも安心して眠れないようでして」

「ま、マリー様っ！」

赤面するピルリパットを脇に、ルイスは苦々し気に口を歪《ゆが》める。

「残念ながら、進展はなしさ」

「警備体制も、ルイス義兄さんと見直してるんだけどね」

「……オディール城の、隠し通路はどうなのでしょう？　お城の中に魔物が出たという噂《うわさ》もあるようですし、そこは手薄になっているのかもしれませんわ」

マリーがフリッツへ放った言葉に、僕は激しく狼狽《ろうばい》した。

「そんな城の防衛上の秘密、僕なんかが知っていてもいいのかい？」

「何を言ってるんだい？　チサト。既に魔物討伐に力を貸してもらっているのに、何で情報を君に隠さないといけないんだ？」

「フリッツお兄様の言う通りですわ」

「まぁ、それについてはオレも義兄妹の意見に賛成だな」

ルイスの言葉に、ピルリパットも小さく頷《うなず》く。ただの通りすがりの関係でしかなかったが、彼らに受け入れてもらえたという事実が、僕にはとても嬉《うれ》しかった。

いずれ僕はこの場を離れる事になるかもしれないが、こう思わずにはいられない。

……この義兄妹たちと、その周りの人たちが、いつまでも幸せに過ごせますように。

「あらぁ、集まって皆さぁん、一体どうしたのぉ？」

舌っ足らずなその言葉に、僕たちは全員声のする方へと振り向いた。そこにいたのは、一組の男女だ。

僕たちに声をかけたその人は、小柄な女性だった。マリーより背の低い彼女は、ともすれば少女のようにも見える。だが、その笑顔は瞬《まばた》きをする度、可憐《かれん》、妖艶、華麗と、刻一刻、彼女の美しさの観点が変わっていく。

万華鏡のような笑みを浮かべる彼女は腰まで伸ばした金髪を左右で結い、瞬く瞳は紅緋《べにひ》色。そう、細身でありながら豊満な体を持つ彼女はフリッツとマリーの母親、ロットバルト王国の現王妃、ターリア・シュタールバウムその人である。

《天職《クラス》》が《踊り子者《ダンサー》》のターリア王妃は、絹のような金髪と、首元と袖、そして裾の長い純白の女洋装《ドレス》を揺らしながら踊るようにこちらにやってくる。陽射しが柔らかいとは言え、僕にはその格好が少し暑そうに見えた。機能よりも、見た目を重視したのだろうか？　いや、発汗作用には種族的な違いがあるのかもしれないので、彼女にとってはあの姿が一番過ごし易《やす》いのかもしれない。

人族《ヒューマン》ではなく《妖精《フェアリー》》で、元々『芸人《パフォーマー》』だった王妃を見初《そ》めたのは隣に佇《たたず》む巨漢。ロットバルト王国を治める国王、デジレ・シュタールバウムだ。

デジレ王の体は《天職》の《開拓者《パイオニア》》であると言わんばかりに、筋骨隆々。褐色の肌に、赤黒い髪は乱暴に腰よりも伸ばされている。灰色の瞳が、僕たちを睥睨《へいげい》した。

「ここの生活にも慣れたか？　チサト」

「ええ、おかげさまで」

「わたしぃ、チサトさぁんが皆さぁんと仲良しで、嬉しいわぁ。義兄妹、仲が良いのが一番だものぉ」

その言葉に、僕の表情は一瞬固まる。義兄妹が仲良く過ごせる。それは僕も、さっき全く同じ事を思った。でも、それを現王妃のターリア王妃がデジレ王と前妻、ルイーゼ王妃の子であるルイスの目の前で言うと、意味合いが変わってくる。ターリア王妃の言葉を悪意的に受け取れば、自分の子供たちと面倒を起こさないよう、ルイスへ牽制《けんせい》しているようにも受け取れた。

内心冷や汗をかく僕の予感は、しかしルイスの笑顔で杞憂《きゆう》である事がわかる。

「ええ、オレもそう思ってますよ、ターリア様」

「それはぁ、良かったわぁ。じゃあ、行きましょう？　デジレさまぁ」

そう言ってターリア王妃はデジレ王の腕に絡みつき、国王はこちらを振り返りもせずその場を立ち去っていく。それを合図にしたかのように、フリッツはピルリパットへ話しかけ、その議論の中にルイスも入っていった。先程マリーが言っていた、隠し通路に対しての対策を確認しているようだ。

「先程は、緊張していらっしゃいましたね、チサト様」

　少し苦笑いを浮かべ、マリーがこちらに近づいてくる。

「お母様は、何というか、あまり言葉に気をつけない方ですから、ご容赦くださいね」

　そう言われても、僕としてはただ頰を掻《か》く事しか出来ない。そんな僕に向かって、マリーはフリッツとルイスが話に夢中になっているのを一瞥すると、更に一歩踏み込み、小声で話しかけてきた。

「あくまで噂ですが、いずれチサト様のお耳に入ってしまうと思うので、お伝えしたい事があるのですが」

「何だい？」

「ルイスお義兄《にい》様のお義母《かあ》様と、わたくしたちのお祖母《ばあ》様の事です」

　その言葉に、僕の心臓は僅かばかり跳ねた。そんな僕を気にした様子もなく、マリーは言葉を続けていく。

「ルイスお義兄様のお義母様であるルイーゼお義母様と、お父様のお母様であるクララお祖母様は既に故人となっております。それは、もうご存知ですよね？」

「ああ、それは知っているよ。でも、それが何か？」

「ルイーゼお義母様とクララお祖母様を手にかけたのは、わたくしたちのお父様なのです」

あくまで、噂ですが、とマリーは小さな唇を動かした。それを告げられた僕はというと、マリーの後ろで議論するルイスに自分の動揺が伝わらない様に、必死に自分の体を抱きしめるしかなかった。

「その事は、ルイスも？」

「ええ、ご存知です。ルイスお義兄様だけでなく、フリッツお兄様、ピルリパットを始め、この国に住む人は情報の密度は違えど、全員知っているのではないでしょうか？」

「そんな――」

馬鹿な、という言葉が出てこない。何故《なぜ》デジレ王は、自分の前妻であるルイーゼ王妃を殺害するに至ったのだろう？

その疑問が顔に出ていたのか、マリーが溜息のような小さな声を紡ぐ。

「噂では、お母様に嫉妬し、狂ったルイーゼお義母様をお父様が討った、と。そしてルイーゼお義母様の標的はお母様ではなく、わたくしたち兄妹だった、と言われています」

その頃、わたくしたちはまだ子供だったので、真偽がわからないのですが、とマリーはつぶやいた。

悲哀の笑みを浮かべるマリーを、僕は混乱を以《もっ》て見つめるしかない。話を、自分の頭の中で整理する事が出来ない。

「そ、それが事実だとして、何故デジレ王はクララ王太后、自分の母親まで？」

狼狽《うろた》える僕へ、マリーは更に僕の思考を掻き乱す情報を追加する。

「クララお祖母様も、わたくしたちを殺そうとしたのです。いえ、ルイーゼお義母様よりも先に、殺そうとしたのです」

「は？」

「つまり――」

ルイスお義兄様のお義母様とクララお祖母様は、わたくしたち双子を殺そうとしたのです。

……意味が、わからない。

仲睦《むつ》まじく見えた義兄妹たちの関係が、酷《ひど》く歪《いびつ》で、そして脆《もろ》いもののように感じる。マリーたちの関係は薄氷の上どころか、既に奈落の底へ落下している最中なのではないだろうか？

義兄の母と、祖母に命を狙われた双子と。

その双子を助けるために母と祖母を殺された義兄。

それなのにも拘《かかわ》らず、笑い合う義兄妹たち。

本当に、わけがわからなかった。わからない。本当に、わからない。

一番訳がわからないのは、どうしてそんなに簡単に家族に手をかけるという発想になるのか？　という事だ。嘉与を救おうと足掻《あが》き、結果この手で殺《あや》めて絶望の底に沈んだ僕には、この複雑な家族関係を理解する事など出来るのだろうか？

「……デジレ王は、君のお父さんは、この噂についてなんと？」

「……何も」

「何も？」

「好きにさせよ、と。わたくしには、それ以上の情報は、何も。だから城下町には、お父様がお母様と結婚したせいでおかしくなったと、そう噂する人もいらっしゃるんです」

「でも、クララ御祖母様が僕たちを殺そうとしたのは、事実みたいだよ」

弾《はじ》かれた様に顔を上げると、目尻を下げるフリッツと朗らかに笑うルイスの姿があった。

「ひょっとしたらクララ御祖母様は、僕たちの事を食べてしまいたいほど可愛《かわい》かったのかもね」

「確かに、それは言い得て妙ですわね、フリッツお兄様」

「自分で言うか？　お前ら」

あの噂話、義母殺し、祖母殺し、言い換えれば二つの双子殺害未遂事件を聞いて、三人が何故そんな落ち着いた表情を浮かべるのか、どうして渦中の三人が談笑出来るのか、もう僕の理解の範囲を超えている。君たちはあの噂を、過去を全て乗り越え、許し、今、笑いあっているのか？

……でも、僕は彼らから目を離す事が出来ない。

その理由に気づき、僕はどうにか全身が脱力しないように堪《こら》えるので必死になる。そうだ、僕は、羨ましいのだ、彼らが。血縁同士が殺し、殺される関係である彼らは、しかしそれでも笑いあえている。僕も、そうでありたいのだ。

……僕は、嘉与《かよ》に許されたいのか。

この手で殺めた妹に、僕はどうしても、もう一度笑いかけて欲しいのだ。もう再び出会えないとわかっていても、それでも嘉与に会いたいのだ。笑って欲しいのだ。笑っていて欲しいのだ。そのためなら僕は、きっとなんだってやるだろう。

だが、自分を殺した相手を、人は簡単に許せるだろうか？　その答えは問わなくとも、明確で明瞭で明白過ぎる。

……どうすれば僕は、嘉与に許してもらえるのだろう？

医者でありながらもう患者へ解剖刀《メス》を入れる事も出来ない僕が出来る事なんて、殺す事ぐらいだ。殺し、殺され、死んだ相手を更に捌《さば》き、漁《あさ》る事しか出来ない。

それでも嘉与がもし許してくれるなら、彼女はきっと僕が誰かを助ける事を望むだろう。自分を助ける事が出来なかった代わりに、到底無理なこの難題を押し付けるだろう。

思考に沈み、二の句が継げない僕をよそに、三人の義兄妹とその従者は笑いあっている。

それを見て僕は、小さく拳を握り込んだ。

その晩、また城下町マウゼリンクスに魔物《モンスター》による被害が出た。

まだまだ魔物を追い詰めるための情報に乏しく、もう少しこの事件は鼬《いたち》ごっこが続きそうな気配を醸《かも》し出していた。

■■■■■■■■■■■■■■■■■■■■■■

ジークを共同墓地に弔い、身支度を整えた後、俺たちはグアドリネス大陸の東、ラット平野から北東方面に位置する、キフェラー埠頭《ふとう》へとやって来ていた。この埠頭はイオメラ大陸に一番近く、そこから更に東側に位置するウフェデオン大陸とも海路で繋《つな》がる、グアドリネス大陸の海の窓口とも言えるような場所だ。ここに訪れる船は積荷の種類も大きさも千差万別のため、大きさの違う船舶の喫水にあわせた双子式突堤が採用されている。

「ふね」

「そうだね、ミル」

ミルの声に合わせて視線を向けると、丁度積荷を運ぶ船がキフェラー埠頭へと着港した所だった。グアドリネス大陸へ訪れたその船を、空を旋回する鴎《かもめ》の鳴き声が出迎える。その鳴き声は浜風に後押しされるように、澄み渡る青空と眼前に広がる大海原《おおうなばら》へと消えていった。潮風が、俺の鼻腔《びこう》を擽《くすぐ》る。

鼻を鳴らして背後へ振り返ると、そこには一隻《せき》の船が海へ漕《こ》ぎ出すのを今か今かと待ち構えていた。大きさ的には、三十メートル程のキャラック船のような形をした船だ。そびえ立つ三本の帆柱《マスト》の帆は畳まれており、複層式の船首楼と船尾が見える。その甲板や帆柱の表面には、所々塗装が剝げ落ち、木材がめくれ、抉《えぐ》れている箇所もあった。

……ルイスから襲撃を受けた傷、か。

つまりこの船は、マリーたちがロットバルト王国からグアドリネス大陸へ逃げてくる時に使ったものだった。ロットバルト王国を出る時は存命だった護衛たちも、もはや全員土の中だ。しかし、動かせる人手が足りない船でロットバルト王国へ戻るというのが、俺の考えた計画だった。

その話をした時のピルリパットの不機嫌そうな顔が、今でも容易に思い出せる。

「馬鹿を言うな、チサト！　船を補修、運用するための人員を船の中に入れるという事は、ルイスだけでなくジークのような奴《やつ》の手下が紛れ込む確率を上げる事になるんだぞ？」

「だが昨日の様子だと、ルイスは俺たちの地の利を気にして真正面からやり合うような事はしない。グアドリネス大陸に残っていれば、いつまで経《た》っても問題は解決しないだろ？」

「膠着《こうちゃく》状態を維持出来るのなら、時間を稼ぐという意味でも自分たちに有益なのでは？」

「ルイスの才能を忘れたのか？　あいつに時間を与えれば与える程、グアドリネス大陸中の鼠《ねずみ》は奴の手下になっていくんだぞ？」

　そうなれば、後は物量で押しつぶされるだけだ。生き延びるだけなら何とかなるかもしれないが、その場合ドゥーヒガンズに留《とど》まっていれば、あの町はもう人が住む事が出来ない状態へと変わってしまうだろう。

「わたくしは、賛成です！　一緒に国へ帰りましょう？　チサト様っ！」

　マリーはそう言うが、俺を国へ連れ帰りたくないピルリパットの苦渋の表情は、一向に晴れる気配がない。そんな人虎《ウエアタイガー》に向かって、俺は口を開いた。今までとは違い、依頼は既に受けている。依頼人と意見の折衝ぐらい、金がもらえるのであればいくらでもやろう。

「よく聞け、ピルリパット。グアドリネス大陸に留まるのではなくロットバルト王国へ戻る事で、ルイスの行動を読み易《やす》くする効果もあるんだ。あいつは俺たちが移動するなら、その後を付いてこざるを得ないからな」

「……逆に、待ち受けられると？　だがそれなら、開拓者街道《パイオニアレーン》を通るという方法もあるだろう？」

「時間と、安全性の観点から却下だ。お前だって、それは理解しているだろ？」

　俺の言葉に、ピルリパットは歯噛《はが》みする。地理的に陸路を通るより海路の方が早くロットバルト王国へ着けるし、陸路ではいつ、どれほどの鼠が襲ってくるのかもわからない。

……船にも鼠は仕掛けられるだろうが、積める鼠の多さにも限度がある。

だから理想な状態は、最速でグアドリネス大陸を脱出。ロットバルト王国へ帰還し、逆にルイスを待ち受ける事なのだ。突然起こされた謀反《むほん》とは違い、今度は戦闘に備える事が十分に出来る。それにオディール城に戻れば、シュタールバウム家に仕える近衛《このえ》騎士たちとも合流が可能だ。つまり、純粋に戦力が増加する。

ピルリパットも、頭ではその方がいいと理解しているのだろう。しかし、フリッツを殺した俺に対する感情が邪魔をして、中々決断が出せないのだ。だから俺はそんなピルリパットの耳元へ、駄目押しとなる言葉を口にする。

「早くこの問題を解決して、マリーにかけられた呪いとやらを解きたいんじゃなかったのか？」

……まぁ、ルイスを倒したとして、マリーの姿が元に戻るとは限らないんだがな。

ピルリパットが一瞬憤怒の表情を浮かべた後、隠体套《アバヤ》でその全身を隠すマリーの方へと振り向いた。その顔が、苦悶《くもん》で歪《ゆが》められる。

暫《しばら》く黙った後、ピルリパットは絞り出すようにこう言った。

「……補充する人員は、全て自分が面談する。いいな？」

もちろんその言葉に、異論があるわけがなかった。

……だが、陸路を避けた本当の理由は、別にある。

開拓者街道で、もしミルがあの光の翼を広げるような事態が発生した場合、ミルが天使族《エンジェル》である事を隠蔽するのは不可能だろう。だが、海路であれば、海の上であれば、目撃者が乗っている船ごと沈めてしまえば、証拠は全て海の中だ。

俺は思惑通り海路でロットバルト王国への帰還出来る事に小さく頷《うなず》きながら、ミルの手を取り、今もピルリパットが行っている面接会場という名の倉庫へとやって来た。

扉を開けると、ピルリパットが簡素な机《テーブル》を挟んで、船の乗組員候補者たちと向かい合っている。人虎が座る椅子は彼女の体重にどうにか耐えているというように、常に悲壮な金属音を響かせていた。彼女が全力で椅子にもたれかかっているのだ。ルイスの仲間が紛れ込まないよう、人虎は神経質になっている。

血走った目のピルリパットと対峙《たいじ》する今日の候補者五人は、《半魚人《ビショップ・フィッシュ》》、妖人《エルフ》、人族《ヒューマン》。人族が三人と一番多いが、黒髪を束ねている男や、額に傷が残る童顔の青年、色白の痩せた禿頭《とくとう》など、種族に外見と多種多様だった。だが五人とも、ピルリパットの気迫に押されている様に見える。

……気持ちはわかるが、あまり時間をかけすぎるなよ？　ピルリパット。

時間をかければかけるほど、ルイスに有利になっていく。かといって、俺が止めに行くのもあまりよくない。海路での逃亡を許す代わりに、人員についてはピルリパットが面接をする事になったのだ。ここで彼女を俺が諌《いさ》めれば、約束を反故《ほご》にする事になる。本格的にルイスとぶつかる時、ピルリパットとの関係が拗《こじ》れすぎているのはまずい。何より、せっかく回避した陸路の選択をされたら、たまったものではない。

どうしたものかと思っていると、俺の気持ちを代弁してくれる声が聞こえてくる。

「馬鹿野郎！　いつまで時間をかけとるんだっ！」

ピルリパットに怒り顔で近づいて行くのは、一人の男だった。肌は浅黒く、葉巻を咥《くわ》える口周りの髭《ひげ》も、髪も白い。だがその白髪は、今は帽子で殆《ほとん》ど隠れている。焦茶色の瞳を持つ恰幅《かっぷく》のいい彼の名前は、スィトレン・カンネ。先に面接を終えた、今回採用する船の船長だ。更に視線を下げると、スィトレンの足が奇妙な事に気づくだろう。

スィトレンの右足は、木製の義足だった。

生まれつき右足が悪く、水難事故をきっかけに右足を切断し、それ以降義足で生活しているのだという。話を聞く限りスィトレンは先天性内反足だと思われるが、その足を回復薬《ポーション》で元に戻しても、また同じ不自由な足になるだけだ。ならば治さずに義足を貫くというのは、ある意味理に適《かな》っていた。義足には『魔道具』を用いた性能の良いものもあるが、彼は昔から利用している木製の義足を好んでいるらしい。

そのスィトレンに向かって、ピルリパットは煩わし気な目線を向ける。

「……何だ？　諸々《もろもろ》問題が出たとしても、余計な口出しはしないよう、十分な金は払ったつもりだぞ？」

そのピルリパットの言葉に、俺は苦笑いを浮かべた。その金を用意出来たのは、俺が当面の支払いを延期したのと、更に俺がピルリパットに金を貸したからだ。どのみちロットバルト王国で残りの代金を受け取る予定だったのと、借金の利子で更に稼ぐ事が出来ると判断したからだ。

ちなみに金利は二十五パーセントと良心的な数値となっており、この分もロットバルト王国へ帰還した際支払ってもらう予定となっている。

だがそんな事、スィトレンは知る由もない。彼は純粋に、ピルリパットのやり方が気に入らないようだ。

「確かに、わしは金をもらった。だが、横柄な雇い主に文句を言う権利まで売りはらったわけではないわっ！」

「どの口が横柄だと言うのです。こちらとしては貴方《あなた》を解雇して、新しい船長を雇う事も出来るのですよ？」

両者は暫《しば》し睨《にら》み合っていたが、先に視線を外したのは船長の方だった。

「……けっ、金の話で誤魔化しやがって」

そう捨て台詞《ぜりふ》を吐き、スィトレンはこの場を後にしようとする。彼が出ていこうとした入口付近で、スィトレンを呼び止める存在がいた。

それは黒い髭を生やし、紙煙草《たばこ》を咥えた小柄な男で、深緑の肌に灰汁《あく》色の髪。そしてスィトレンと同じ帽子を被《かぶ》っている。今回副船長に任命された地人《ドワーフ》のウォリア・サージだ。砂色の瞳を怒らせ、ウォリアはスィトレンと口論を始める。内容的に、ピルリパットを怒らせて賃金を下げられたらどうするのか？　というものだった。

……俺たち依頼人の前で、よくもまぁ明け透けに金の話が出来るものだ。

自分の事は棚に上げ、俺は矢継ぎ早に言葉を交わしながらこの場を後にする二人を見送る。それをピルリパットが一瞥《いちべつ》し、まだ残っている候補者たちの値踏みを再開。その傍らには、ピルリパットと候補者を見つめる隠体套姿のマリーの存在もあった。そしてそんな彼女たちを、俺の傍らに佇《たたず》むミルが無表情に眺めている。そして小さく、こうつぶやいた。

「におう」

船から延びる帆柱から、真っ白な帆が棚引いている。その帆は全身で海風を受け止めると、大きく揺らめいた。ピルリパットの面接を勝ち抜いた五十名程の船員たちが、甲板上を行き来している。キフェラー埠頭《ふとう》を出向して、もう五時間程経過しようとしていた。俺は手すりに背中を預けて、船員に怪しい動きがないか、また今では小さくなったキフェラー埠頭から飛来物がこちらに向かっていないか確認する。俺の傍《そば》にいるミルはというと、手すりの隙間へ顔を入れ、感情を感じさせない瞳で海を覗《のぞ》いていた。天使の行動に少し笑いながらも、俺は自分に近づいてくる存在に気づいていた。

「お疲れ様です」

そう言って黒髪を後ろに束ねた、色白だが少し日に焼けている男性が、俺に笑いかける。紺色の瞳と目を合わせながら、俺は彼が以前ピルリパットの面接に来ていた五人の内の一人だと気がついた。名前は確か――

「メイアさん、であってましたか？」

「ええ、そうです」

その言葉に、俺は安心したような笑みを浮かべた。これからロットバルト王国まで、何日か一緒の船に乗るのだ。ピルリパットが合格を出した全員の顔と名前を、覚えておいて損はない。如何《いか》にピルリパットが厳しく確認したとしても、ルイスの息の掛かった人間が紛れ込んでいる可能性は、排除は出来ないのだ。出来ないが、ミルが天使族なのを隠し切るのが最優先なので、それはもう致し方がない。

「確かチサトさんは、この船の護衛として雇われたとか」

「まぁ、そんな所です」

正確にはマリーの護衛なのだが、細かい事を訂正する気にはならなかった。それにこの船を守る事でマリーの身を守れるという意味で、メイアの言っている事は正しい。

「そう言えば俺が面接会場に行った時にいた五人は、メイアさん含め全員この船に乗っているんですよね？」

「ええ、何とか合格する事が出来ました」

そう言ってメイアは、眉尻を下げる。残りの四人は、今も甲板上で仕事をしている。その内の一人、背の高い色白の痩せた禿頭へ目を向けると、メイアが口を開いた。

「帆柱《マスト》に登って双眼鏡を見ているのは、人族のトラッシャーです。昔は『芸人《パフォーマー》』だったみたいですが、売れずに『船乗り』になったようですよ。でも芸人だった時に水芸で使っていた『魔道具』の操作が得意で、ああやって船の進行を助ける役目を担っているんです」

「昔取った杵柄《きねづか》ってやつですか。何が役に立つのか、世の中わかりませんね」

「全くですね。あ、今魔物《モンスター》が船に近づいていないか甲板で見回りをしている妖人と半魚人が、ナンドゥとジュノットです。ナンドゥは水を操る《信仰魔法《ディバイン・マジック》》が得意で、魔物からの迎撃だけでなくトラッシャーと一緒に船の補助も務めます。ジュノットは、ああいう外見なので差別をされた事もあったみたいですが、悲壮感は全く感じさせない気さくな奴《やつ》ですよ。今度、お子さんが生まれるみたいです」

メイアの言葉に、俺は小さく頷いた。容姿の整っている妖人と違い、半魚人の外見は醜いと思われる事が多い。その外見は巨大な魚そのもので、脚は尾鰭《おびれ》、鉤爪《かぎづめ》のついた腕は胸鰭《むなびれ》が発達したように見える。頭は円錐形《えんすいけい》となっており、言葉が通じ合わなければ魔物として見られていてもおかしくない。メイアの話でも、彼は迫害を受けた過去があるらしい。

だが半魚人はその見た目の特性通り、海を縦横無尽に駆け巡れ、《魔法》の取り扱いにも長《た》けている。メイアの話では、ジュノットは水と雷を操れるという。船の補助だけでなく、戦闘要員としても優秀なら、『船乗り』はジュノットにとって本当に天職《クラス》と言えるものなのだろう。彼がその外見から差別され、傷ついてもああしてナンドゥと笑いあえているのは、自分にあった仕事と家族がいてくれたおかげだろう。

……それにしてもピルリパットの奴、ちゃんと仕事はしているみたいだな。

ルイスの事で疑心暗鬼になり、船の運行に必要な人材まで面接で落としてはいないかと少し心配していたが、それは杞憂《きゆう》だったようだ。

そう思っていると、更にメイアが指を差す。

「帆柱の根元にいるのが、人族のディグ。元々『冒険者』だったみたいなんですが、その時の仲間と死に別れ、『船乗り』へ転向する事にしたみたいです。額の傷は元『冒険者』としての箔《はく》を付けるために、わざと残しているようですよ」

「……へぇ」

そう言いながら、俺は脳裏に一瞬思い浮かんだ、『地下迷宮《ダンジョン》』でディグと同じ様に仲間と死に別れた新米『冒険者』の幻影を頭を振って追い出す。

その代わりに、俺はメイアに向かって口を開いた。

「そういうメイアさんも、すごいですね。両手両足に『魔道具』付きの義手義足を揃《そろ》えているなんて」

俺の言葉に、メイアの表情が一瞬固まる。そしてばつが悪そうな笑みを浮かべた。

「あ、ははは。バレましたか？　昔、水難事故で両手両足を失いまして」

「それは……」

「ええ、スィトレン船長と同じ理由です。船長が義足で仕事をしているのを知って、私もこっちで仕事をしようとキフェラー埠頭にやって来たんです」

まさか、こんな簡単に一緒に仕事が出来る機会に恵まれるだなんて思わなかったですけど、とメイアはつぶやいた。だが俺は、首を傾《かし》げる。

「ですがスィトレン船長の場合、義足から戻さない理由は元々の先天性の疾患が原因だったと伺ってますが？」

「あははは。確かに私の場合、手足は回復薬で元に戻ります。ですが役に立たない手足からもっと便利なものに換えられるならいっそ、と」

そう言ってメイアは、自分の義手を動かした。簡単な『魔道具』が仕込まれており、それが作動して手足の伸縮運動を可能としているのだろう。

「ですが、その手足を用意するには、かなり掛かったんじゃないですか？」

「ええ、なので私は今、借金返済のために頑張って働いている、という所です。実家はそれなりに裕福ですが、私が『船乗り』になると飛び出してからは、連絡も取ってません」

「……欲しい物を手に入れるのにも、元手が掛かりますからね」

「……ええ、全く」

同じ借金を背負っている者同士からか、俺とメイアは何となく互いの苦労を理解し合えた気がした。俺は最初にメイアと会った時に見た、もう一つの苦労事へ言及する。何となく事態は把握しているが、現場の意見も聞いておきたい。

「さっき話に上がったスィトレン船長ですが、ウォリア副船長とは折が悪いみたいですね」

「……悪いだなんてもんじゃないですよ。あの二人の言い争いを船員が聞いたのは、一度や二度ではすみません。二人共常に葉巻と紙煙草を咥えている、同じ愛煙家なんですけどね。やっぱり、理想と現実、伝聞と事実には、大きな乖離《かいり》がありますね」

疲れたように笑うメイアに俺が返せるものは、苦笑いぐらいしか持ち合わせていなかった。どちらからともなく空を見上げると、少し雲が出ているのに気が付く。それを見て、メイアは言葉を紡いだ。

「海の天気も、変わりやすいですからね。まるで、生き物ですよ」

「生き物？」

「ええ。私たちが乗っている船も浮かんでいるだけなら座標は変わりますし、気圧だって常に一定ではありません。その時その時の状況に合わせなければならないというのは、なんだか人同士の会話に似てませんか？」

「確かに、そうかも知れませんね」

深く同意したわけではないが、世間話としてここは同意しておくのが吉だろう。視線を下げると、海の方を向いていたミルが、俺を見上げていた。俺と目が合うと、天使の少女はすぐに海の方へと視線を戻す。そして小さな唇で、こう言った。

「くさい」


「船首、右舷側に取りつかれたぞ！」

「人をまわせ！　これ以上近づけさせるな！」

「船の操縦は他の奴に任せて、戦える奴は魔物を追い払うのに全力を注げっ！」

暗雲渦巻く空の下、船員たちの罵声が響く。甲板上から怒声が発せられる度《魔法》の、そして『魔道具』の煌《きら》めきが輝いた。だが叫声《きようせい》が上がるのは、船の中だけではない。渦巻く闇色の海の中から俺たちに向かって、魔物たちの蛮声が叩《たた》きつけられる。海に住まう魔物、『干上がらせる女《セイレーン》』たちだ。

干上がらせる女の襲撃を受けたのは、船が岩礁付近を通過した時の事だった。最初に違和感に気づいたのは、確か帆柱に登って周りを警戒していたトラッシャーだったと思う。

「船長！　前方右舷側の岩礁地帯に、人影が見えますっ！」

「何？」

不機嫌顔のスィトレンが苛立《いらだ》たし気に葉巻を吸い込み、紫煙を吹き出しながら手にした双眼鏡を覗く。ジュノットのような半魚人《ビショップ・フィッシュ》であれば単独で海中の長期移動も可能だが、魔物に襲われる危険を冒してまでこんな所に来る理由はないだろう。十中八九トラッシャーが発見したのは魔物、もしくは《魔法》で船を隠蔽している『海賊』のどちらかで、どちらにせよこの船にとって友好的な存在だとは思えない。俺もスィトレンと同様に、双眼鏡を掲げる。

最初に見えたのは、女性の笑顔だった。美しい女性は楽しそうに隣の女性にも笑いかけ、嬉《うれ》しそうに歌っている。しかし彼女たちは一糸纏《まと》わぬ姿で、たわわに実った両の乳房は笑う度に重力に抵抗する様に揺れていた。その揺れる乳房には赤く、そして粘度を持った液体が付着している。双眼鏡を動かすと、その液体は彼女たちの手にしているものから零《こぼ》れ落ちているのだと気がついた。彼女たちの手、鉤爪に握られているのは握りつぶされた小動物で、その死骸を彼女たちの背中から生えている翼が揺らしている。その揺れに呼応する様に彼女たちの下半身、魚、というより海蛇のようにも見える尾が揺れ、岩礁から海水を上空へと打ち上げていた。

そして次の瞬間、干上がらせる女たちが一斉にこちらへ振り向く。俺たちの存在に、気づいたのだ。怪しく光る魔物たちの両目から離れるように、俺は双眼鏡を下ろした。

「魔物だっ！」

「戦闘準備っ！」

スィトレンとウォリアの野太い叫び声が、船中に響き渡る。普段仲が悪いとはいえ、命の危険が迫っている緊急時の対応と連係は早かった。ウォリアは戦闘要員を取りまとめ、スィトレンは必要最低限な人数を引き連れて船が沈没しないような運行と戦闘を有利に進められる進行をするため、舵《かじ》を切る。

そして先程、本格的に戦闘が始まったというわけだ。

干上がらせる女がその翼をはためかせ、鈍色《にびいろ》の雲を背に船の周りを滑空。かと思えば別の干上がらせる女は翼を畳み、体をうねらせて海中から船に取り付こうと接近していた。

帆柱の上でトラッシャーが手にした笛、恐らくあれが彼の『魔道具』なのだろう、に口をつける。すると彼の周りに水が湧き上がり、それは空中を旋回。五本の水の矢となって干上がらせる女たちへと襲いかかる。魔物たちも身を捩《よじ》り、その攻撃を避ける。だが、一体の右翼、一体の尾に矢が刺さり、二体の干上がらせる女が甲板上へと墜落した。

そこに待ち構えていたのは、副船長のウォリアだ。紙煙草《たばこ》から白煙を棚引かせながら、彼は手にした戦鎚《ウォーハンマー》を軽々と振り回す。高速で振り回される質量の暴力に、あっという間に二体の干上がらせる女は肉塊へと変えられた。ウォリアはずんぐりした体形に見えるが、あれは殆《ほとん》どが筋肉だ。その筋肉が隆起し、また一体の干上がらせる女が木っ端微塵《みじん》となり、船上を鮮血の塗料で醜く彩る。だが甲板上でそうしたもの、足を取られそうな死骸や血は、戦闘時に邪魔なものでしかない。

その処理に動いたのは、ナンドゥだ。金髪をはためかせ、彼は《言語魔法《コモン・ルーン》》を操り清流を発動。魔物たちの血潮、血漿《けつしょう》、脳漿《のうしょう》、脳髄、骨髄、頭蓋、翼膜、尾骨、眼球といった液体、部位を船外へと洗い流していく。手すりの間から流れるそれらを頭に被《かぶ》りながら、干上がらせる女たちがよじ登ってきた。が、すぐにその一体の額に矢が刺さり、悲鳴を上げながら仲間だったものと一緒に落下し、水面へと叩きつけられる。矢を放ったのは、元『冒険者』のディグだ。

ディグは慣れたように洋弓銃《ボーガン》に次の矢を装塡し、別の獲物へとそれを向ける。次矢は上空を飛び回る一体の干上がらせる女、その左の眼窩《がんか》へ深々と突き刺さった。姦《かしま》しい魔物の悲鳴と叫喚と咆哮《ほうこう》が、上空、甲板、そして海上から響いてくる。

だが、仲間がやられても魔物《モンスター》たちの勢いは収まらない。この海域は、彼女たちの生息地なのだろう。自らの住処《すみか》に侵入した獲物は是が非でも食らいつくせと、干上がらせる女たちもこちらに畳み掛けてくる。

ピルリパットも先端回転銛《トグリング・ハープーン》を旋回し、魔物を迎撃。甲板に上がった三体の干上がらせる女を屠《ほふ》った後、次の獲物を上空に定めた。天職が《射手《ガンナー》》の彼女は得物に《魔法》で雷を纏わりつかせた銛《もり》、鋼の縄が付けられたそれを、上空へと撃ち放つ。轟音《ごうおん》が甲板上を駆け抜け、爆風が辺りに撒《ま》き散らされた。雷に触れた二体の干上がらせる女が感電死。眼球と口腔《こうこう》から鮮血と黒煙を上げながら、空から降ってくる。三体の魔物は、そもそも高速回転して迫る銛に触れた瞬間、四散、爆散し、その血肉を上空に散乱させた。だがその銛も、五体の干上がらせる女が作り出した水の壁に阻まれる。真水を《魔法》で生み出し、電気を弾《はじ》いたのだ。ピルリパットは舌打ちをすると得物を振るい、縄を巻き取って銛を回収した。その隙を衝《つ》いて、干上がらせる女たちが船へと殺到する。その対応に向かったのは、ジュノットだ。

半魚人は《魔法》で水を発動。その反動を利用し、上空へと飛び上がると干上がらせる女の腕を搔《か》い潜《くぐ》り、その喉仏へと自分の腕を突き刺す。短刀《ダガー》のようなジュノットの指が、魔物の悲鳴と喉仏を握り潰した。鮮血が噴き上がり、この日何度目なのかわからない血の雨が上空から降り注ぐ。重力に引かれて落ちる固体と液体に交じり、ジュノットも落下。そのまま海面へと、水泳の飛び込み選手のように着水した。水柱が上がり、海中の干上がらせる女の絶叫も上がる。雷に打たれたように、白目を剝《む》いた魔物が水面に浮上してくる。ジュノットは海の中で《魔法》を発動。電気を生み出しつつ、自分の体を真水で覆い、自分で発生させた電気の影響を防いだのだ。

海上ならいざしらず、自ら絶対優位と疑っていなかった海中という領域に突如踏み込んできた侵入者の存在に、干上がらせる女たちの動きが鈍る。それを見て、《魔法》などで海中でも戦える術《すべ》のある『船乗り』たちもここぞとばかりに海へと飛び込んだ。

それを船尾楼の甲板上、手すりに肘をかけて見守っていた俺は、ゆっくりと口を開く。

「どこに行くつもりだ？　マリー」

今にも駆け出そうとしていたマリーが、俺の方へと振り向いた。

「もちろん、戦うためです」

「駄目だ。お前に万が一の事がないよう、俺もお前の傍《そば》にいるんだぞ」

「ですがっ！」

「お前の身を守るためにピルリパットが考案した布陣で、あいつはお前を守るために前線に立っている。その覚悟を無駄にするつもりか？」

今自分で口にした通り、俺とマリー、そして手すりにぶら下がって戦闘を見つめ続けるミルは、この戦いには参加していなかった。全ては、ロットバルト王国へマリーを無事に送り届けるためだ。たとえこの戦闘で負傷者が出たとしても、船員たちにはこの航海がどれほど危険を持つものなのかピルリパットから説明がなされているし、それに見合うだけの報酬は船員たちには支払われる。

だがマリーは納得できないのか、尚《なお》も一歩俺の方へと踏み出した。

「チサト様！　わたくしたちも、皆さんのお手伝いをすべきではないのですか？　ここからでも《魔法》やチサト様の技能《スキル》であれば攻撃も届くのではないでしょうか？」

「それは、届くだろうな」

「なら！」

「だが、それで干上がらせる女がお前を狙い始めたら、どうなると思う？　今は船首側に魔物が集中しているから、俺たちも戦力をそちらに集める事で有利に戦況を進められている」

「……船尾のわたくしたちが狙われた場合、戦力を分散しなければならない、と？」

「そうだ。だから、俺たちに出来る事は今は何もない。邪魔にならないよう、大人しくしているんだな」

　マリーが、小さく俯《うつむ》いた。隠体套《アバヤ》でその姿は見えない。でも彼女の事だから、きっと唇でも噛《か》んでいるのだろう。自分に出来る事があるのにそれが出来ないというのは、非常にもどかしいものだ。その気持ちは、わからなくはない。だが今は、マリーに動かれると都合が悪いのだ。俺の口は自然と、白々しい台詞《せりふ》を紡ぎ出す。

「俺が優先するのは、マリーの安全確保で、俺たちの最優先事項は、お前の安全なんだ」

「……わかり、ました」

　本当に渋々といった様子で、マリーは両手を握りしめながらそう言った。その視界の端で、船長のスィトレンが声を張り上げる。

「おい、横帆をもっとしっかり広げろ！　推進力が足らんだろうがっ！」

　帆柱《マスト》にはトラッシャーが登っているが、今は戦闘でそれどころではない。それに気づき、メイアが補助に回ろうと帆柱に向かって走り出す。空から降ってくる干上がらせる女の死骸を避けながら、彼は義足だと思えない程俊敏な動きで甲板上を駆け抜けていった。

その後ろ姿を見送っていた俺に、マリーが近づいてきて耳打ちをする。

「面接の時に伺ったのですが、メイア様の義手義足には気圧の変化で動く『魔道具』が内蔵されているようですよ」

「……なるほど」

よほど自分の『魔道具』、それが内蔵されている義手義足の扱いに長《た》けているのか、それとも操るため長い年月をかけたのか、メイアはたちまち帆柱へと辿《たど》り着いた。その時、船に向かって大きな波が打ち付けられる。船体が、大きく傾いた。態勢が崩され、船上からの攻撃が一瞬途切れる。無論、先程の波は偶然に発生したものではない。干上がらせる女たちが発動させた《魔法》による大波だ。攻撃が弱まった隙を衝き、空から、海から、魔物たちの総攻撃が始まる。

上空から急降下してくる干上がらせる女たちの鉤爪《かぎづめ》に、凶悪に開かれたその口に、船員たちの血肉が食らいつかれた。波の勢いを利用して飛び込んできた魔物の体当たりで、『船乗り』たちが吹き飛ばされる。そのまま船外へ叩き出された者もおり、うめき声と悲鳴の聞きたくもない交響曲が奏でられた。中でも一際大きな声を上げていたのは、ディグだった。

それを見て、手すりに身を乗り出したマリーも悲鳴を上げる。

「いけません、チサト様！」

「どうした？」

「ディグ様は、泳げないんですっ！」

「……は？」

『船乗り』がかなづちなんてあり得るのか？　という疑問が思い浮かぶも、マリーが今冗談を言っている様子も、言うような相手でもない事を俺はよく知っていた。視線を向ければ、海面に向かってどうにか足掻《あが》いているディグの姿が見える。だが残念ながら、その足掻きが海面に浮上するという、生きる上で必要な活動に結び付いている様には見えない。

それどころか、ディグが手を動かせば動かす程、干上がらせる女《セイレーン》たちがその周りに集まってきた。自らを脅かす外敵ではなく、格好の獲物が飛び込んできたのだと気づいたのだろう。魔物たちは嬉々として、ディグの周りを泳ぎ始める。それに気づいたディグはより水中で暴れ、自ら体内の血中酸素濃度を低下させるという悪循環に陥っていた。

「チサト様っ！」

マリーの抗議は、この状況でも俺がディグを助ける素振りを見せないことから起こったものだ。俺が手にした解剖刀《メス》をしまうのを見て、マリーは憤慨し、こちらに駆け寄ってくる。

「どうしてです、チサト様！　何故《なぜ》ディグ様を助けるのを止めたのですか！　チサト様が何もされないのであれば、わたくしが――」

「落ち着け、よく見ろ」

戸惑いながらも俺に言われた通り振り向いたマリーの目に映ったのは、ディグに群がろうとしていた干上がらせる女たちが既に血の海に沈んでいる光景だ。先に海に飛び込んでいたジュノットが干上がらせる女を切り裂き、そして海に飛び込んでいたウォリアが戦鎚を振るって魔物を爆砕したのだ。半魚人《ビショップ・フィッシュ》のジュノットが干上がらせる女と遜色なく泳げるのは理解出来るが、ウォリアが力任せに水中でもあそこまで動けるとは思わなかった。

ディグの安全が確保できた所で、一連の様子を帆柱で見ていたナンドゥが笛を操る。二本の水柱が着水し、ディグの体に巻き付いた。そして、そのまま甲板上へと引き上げられる。赤藻に塗《まみ》れて生還したディグは、生きて帰れた事を喜ぶ前に、飲み込んだ海水を全力で吐き出していた。その後ろで、ウォリアがまた力任せに力を振るったのか、一際大きい水柱、その中に破裂したような干上がらせる女の部位が交じっていた、が上がる。

それが契機となったのか、船の周りを飛んでいた魔物たちの姿がいなくなっていた。海面も確認するが、干上がらせる女たちの影は見えない。どうにか干上がらせる女たちの襲撃を退ける事が出来たようだ。

周りの安全を確認し、他に海に落ちた者もディグ同様に《魔法》、もしくはメイアたちが海に投げ入れた縄を伝って甲板上へと生還する。見れば、彼らの衣類にも赤藻が付着していた。

　俺は船尾付近で体に付いた藻を取っているジュノットに向かって、話しかける。

「海の下には、赤藻がかなり繁殖していたみたいですね」

「ええ、視界が悪くて大変でしたよ。紅藻は岩礁域に生えていたみたいなんですが、干上がらせる女が暴れまわったせいで海に漂っていて。海水を汲《く》んで洗い流そうにも、今の海域には紅藻が交じっているので、意味がないですから。とは言え、どうしても気になってしまうんですけどね」

　そう言うと、ジュノットはまた藻を剥がす作業に戻る。俺も邪魔をしないように、それ以上話しかける事はしなかった。その半魚人の背後を通り過ぎて、人虎《ウエアタイガー》がこちらに向かってやって来る。

「ご無事ですか？　マリー様」

「ええ、大丈夫。ピルリパットは？」

「多少の傷は。大きさはありますが、他の者も負傷しただけで、幸い死者は出ませんでした。その傷も、回復薬《ポーション》で治るでしょう」

「そう、それは良かった。本当に、良かったです」

　安堵《あんど》のためか、マリーは小さな欠伸《あくび》を漏らした。自然に出てしまったのか、逃亡中の王女は慌てた様に手を振る。

「あ、えっと、違うんですチサト様！　これは、その、さ、最近、寝ても寝ても眠くって！」

「……それはそれで問題だろう。寝てるのに眠いのは、過眠症かもしれない」

「え、それは、どういうものなんでしょう？」

「一種の、睡眠障害だ」

そう言うと、俺たちの間で一瞬、会話が止まる。

必要な睡眠時間を確保出来ない状態で起こる睡眠不足とは異なり、過眠症は寝ているにも拘《かかわ》らず日中に強い眠気に襲われるというものだ。そして、起きているのが困難になる。日中の耐え難い眠気と居眠りが繰り返し生じる、居眠り病と呼ばれるナルコレプシーも、過眠症の一種だ。

……そして過眠症は身体的な疾患も原因にもなる。例えば脳腫瘍や、甲状腺機能亢進症《こうしん》だ。

そして多毛症、今のマリーのように獣の毛が体に生えてくる疾患、その一種である後天性毳毛《ぜいもう》性多毛症は神経性無食欲症のような代謝異常、そして甲状腺機能亢進症のようなホルモンの不均衡とも関係すると言われている。

甲状腺機能亢進症は過眠症、そして多毛症とも関係する可能性があるのだ。

しかし、今俺たちが黙り込んでいるのは、それが理由ではない。

睡眠障害。

過去に俺が、ロットバルト王国の中庭で口にした事がある言葉だ。そしてそれを使った時の相手は、マリーの双子の兄。俺は、マリーは、ピルリパットは、今脳裏にこの場にいないフリッツの事を思い出しているはずだ。

「で、でも、海に落ちた方も誰も溺れずに済んで良かったですっ！」

場をとりなすように、先程話した様な内容をマリーが口にした。ピルリパットは一瞬何か言いたげに口を開いたが、結局そうですね、とつぶやくに留《とど》める。

「そう言えば溺れて肺に水が入ると、肺水腫？　というものになるのでしたっけ？　チサト様」

「……よく覚えていたな」

そう言えば一度だけ、マリーとそんな話をした記憶がある。そう思っていると、マリーが小さく俯いた。

「チサト様とお話しした事は、全部忘れてません。でも、溺れる以外にも肺水腫となる事もあるのでしたよね？」

「ああ、そうだな。例えば――」

「あめ」

今まで黙っていたミルが、頭上を向いてそう言った。つられて見上げれば、確かに曇天からぽつぽつと、雨粒が降ってくる。気圧の変化で上昇気流が起こったのか、雲はそれに乗って渦を巻き、微《かす》かに稲光のようなものが雲の隙間から見えた。

本格的に降り始める前に、俺たちは船内へと避難する事にした。

閃光《せんこう》。そして、雷鳴が船を震わせる。窓硝子《ガラス》には大量の、そして大粒の雨が叩《たた》きつけられ、どうにか自分だけでも中に入れてくれと雨粒が懇願しているかのようにも見えた。そしてその雨粒一つ一つを見逃すまいとする様に、ミルが窓枠に張り付いて海の方を無表情に眺めている。無感情な瞳に、部屋の中で灯《とも》した蠟燭《ろうそく》の明かりが煌《きら》めいた。

俺はそれを横目に、珈琲《コーヒー》の入った洋杯《コップ》に口をつける。温かい液体が舌に広がった。どうやらこれは少し、俺には酸味が強いみたいだ。ミルにも勧めてみたが、飲む前から、にがい、と言われて断られてしまった。

荒れ狂う波と狂ったように降る雨で、船の揺れは酷《ひど》い。だがそれでも、俺たちは束《つか》の間《ま》の休息を味わう事が出来ていた。俺たち以外この部屋にいないためマリーは隠体套《アバヤ》を脱いで椅子に座り、ピルリパットは寝台《ベッド》で先端回転銛《トグリング・ハープーン》の手入れをしている。マリーの護衛役である俺たちには、四人一室が割り当てられていた。本来王女であるマリーが一人で使う部屋だが、ルイスの襲撃に備えて俺たちもこの航海中は一緒に生活出来るよう家具類も運び込んでいる。

俺は自分の寝台に座り、珈琲をもう一口飲んだ。すると、ミルの顔がこちらに、いや、入口の方へと向けられている。部屋の外へ意識を向けると、何やら様子がおかしい。俺だけでなく、ピルリパットも気づいたようだ。

「マリー様。隠体套をお被《かぶ》りください」

「え、どうしたの？」

「……少し、船が騒がしくなっています」

ピルリパットは、俺へ目配せをする。二人共気にしているのは、どちらが船の様子を確かめに行くのか？　という事だ。ルイス、もしくは彼の仲間の襲撃なのであれば、マリーがどこの部屋にいるのか知られている可能性は高い。だとすると、四人一緒に移動しつつ状況を把握する、という方法が良さそうだ。

「俺が先頭でいいか？」

「……では、自分が殿《しんがり》を務めよう」

俺は扉の前に立ち、戸惑うマリーにピルリパットが隠体套を着せ終わるのを待つ。そうしている間に、蠟燭台を持ったミルが俺の横に並んだ。扉越しに気配を探るが、人の気配は感じられない。

「お、お待たせしました！」

「行くぞ」

扉の把手を回し、俺は部屋の外へと踏み出す。俺、ミル、マリー、ピルリパットの順で、俺たちは揺れる船内を動き始めた。床の木材が軋《きし》み、通路に反響する。気配を探りながら慎重に進む旅は、しかし急に終わりを迎える事になった。理由は単純。船で起こった騒動の原因がわかったからだ。

その原因は、ある船員の放った、こんな叫び声だった。

「ディ、ディグが、死んでるっ！」

人集《ひとだか》りが出来ている入口を掻《か》き分けて、俺たちは死体が見つかったという休憩室へと向かっていく。

「ほ、他の人にも知らせてきますっ！」

途中、そう叫んだメイアとすれ違った。足をもつれさせそうに走る彼の背中を見送るより先に、俺たちは事件現場へと入っていく。

その現場である休憩室の窓は開けられており、そこから部屋に大量の雨と風が吹き込んでいた。その雨のせいか、寝台の上で横たわるディグの死体は濡《ぬ》れている。マリーが窓を閉めようとしているのを横目に、俺は近くにいた船員に話しかけた。

「休憩室には、ディグ以外に人はいたんですか？」

「い、いえ、ディグ一人だけだったみたいです。干上がらせる女との戦闘の後、気持ち悪くなったとかで。寝てれば良くなるだろうし、回復薬も今使い過ぎると後の航海で影響が出るだろう、と」

「死体が見つかる前に、この部屋に誰か入ったのを見た人は？」

「いえ、いません。休憩室の隣の部屋の前で二人の船乗りが立ち話をしていたみたいなんですが、二人共誰も部屋に入った人はいない、と」

休憩室に群がっていた他の船員たちにも話を聞いたが、概《おおむ》ね同じ回答が返ってきた。更に休憩室の隣の部屋で話していたという二人組の姿を、三名の船乗りが目撃している。話をまとめると、ディグ一人だけが訪れ、ディグしかいない休憩室で、ディグの死体が見つかった、という事になる。

ディグがもし、誰かに殺されたのだとすると――

……密室殺人、か。

もう一度俺は、ディグの遺体へと視線を送る。目立った外傷はなく、顔が膨れて暗紫赤色となっていた。遠目での検視なので正確な事はわからないが、窒息死の可能性が高そうだ。

……ルイスが鼠《ねずみ》に殺《や》らせたんだとすると、どこかに咬傷《こうしょう》があるはずなんだが。

確かめようと一歩踏み出した所で、休憩室の入口がまた騒がしくなる。

「今度は一体どうしたと言うんだっ！」

気を張って入口を見張っていたピルリパットが、唾を吐きながら罵声を発する。入口付近の船乗りたちは静かになったが、それでも人集りのざわめきは収まらない。そして程なく、その騒ぎの理由も俺たちに知らされる事になる。

「す、スィトレン船長が、死んでますっ！」

「……は？」

「行くぞ！」

呆《ほう》けているピルリパットと固まったまま動けなくなったマリーに向かってそう言い放つと、俺は返事を待たずに休憩室から飛び出した。その隣には、当たり前のようにミルがついてくる。

「遺体が見つかった場所は？」

「せ、船長室です！」

その答えを聞きながら、俺は入った時と同じ様に人を掻き分け、廊下を突き進んで行く。

船長室の入口には、やはり人集りが出来ていた。部屋に入ると、床にうつ伏せとなっているスィトレンの姿がある。死体は濡れていたが、休憩室とは違い、窓は開いていない。窓の鍵も閉まっていた。スィトレンの遺体の手には葉巻はなく、葉巻の燃えかすは全て机《テーブル》の灰皿に載せられ、僅かに湿っている。その顔は暗紫赤色に膨れており、検視ではディグと同じ状態に見えた。

「スィトレン船長の死体を発見したのはどなたですか？」

「僕とウォリア副船長です」

俺の声に答え、不安げな表情を浮かべるジュノットと、忌々し気に眉を顰《ひそ》めて紙煙草《たばこ》を吹かすウォリアの姿があった。半魚人《ビショップ・フィッシュ》と地人《ドワーフ》の話を総括すると、こうなる。

二人はメイアからディグの死体が見つかったと聞き、メイアと別れた後、彼と同じ様に他の人にもその訃報を伝えまわっていたらしい。最初に船長室へ辿《たど》り着いたのはウォリアで、呼んでもスィトレンからの返事がなく、中に入ろうとしても鍵がかかって入れなかったのだという。スィトレンの名前を呼びながら扉を叩いている所に、ジュノットが合流。ディグの件もあり、最悪の事態を想定して部屋の扉を壊して中に入った所、最悪の事態に遭遇した、というわけだ。

二人の話を聞き終えた俺は、腕を組み、小さく唸《うな》る。鍵のかかった部屋。その中に入ると、死体が存在していた。

つまりこれは、いや、これも――

……密室殺人、だと？

それもディグ、スィトレンの死体の状況の類似性から、連続殺人の可能性すらある。

「ルイスだ！　この一連の犯行は、奴《やつ》の、もしくは奴の仕業《しわざ》だっ！」

船長室で先端回転銛を構え、ピルリパットが吠《ほ》える。

「今から乗組員、全員に事情聴取を行う！　少しでも疑わしい奴は、その場で殺すっ！」

「おい、落ち着け！　ピルリパットっ！」

「止めるなチサト！　このままでは、マリー様のお命が危ない！　複数犯だった場合、後手に回ればこちらが不利だっ！」

　ピルリパットの言い分もわかるが、手がかりもない状態で船乗りたちを疑うのはまずい。こちらは確かに雇い主だが、彼らも命をかけて働いている。彼らにしてみれば、干上がら《セイレ》せる《ーン》女との死闘を戦い抜いた仲間が殺された状態なのだ。それなのに一方的に疑い、すぐに犯人を特定できない場合、人数的に少ない俺たちが異分子扱いされる事もあり得る。そうなれば、船という密室で何が起こるかわからない。それに――

「恐らく、今回の犯行は単独犯だ」

「……何故《なぜ》そう言い切れる？」

「その問いに答える前に、まずは先端回転銛をおろせ」

　険呑《けんのん》な表情を浮かべているピルリパットに得物を下げさせ、俺は口を開く。

「複数犯だとするなら、マリーをなるべく孤立させるように動くはずだ」

　そしてその方法は、別に誰かを殺す必要などない。俺とピルリパットの両方を、一時的にマリーから引き離せればいいのだから。例えば、ピルリパットには今後の航海の警備体制について話したいと呼び出し、その後、俺をピルリパットが意見を聞きたいから呼んでいる、とでも言って別の場所に呼び出せばいい。その後マリーを殺害し、犯人捜しが始まれば犯行時刻に自分たちは一緒にいたと、互いの現場不在証明《アリバイ》を証言する。こうした簡単な口裏合わせだけで、複数犯ならより安全にマリーを殺害出来る機会を増やせるのだ。

……もちろん、この一連の犯行が、ルイスや彼の仲間と全く関係のない可能性だってある。

だがそれこそ、俺たちには関係のない話だ。船員同士の殺し合いなのであれば、その殺意が俺たちに向けられた時に対応すればいいし、犯人がまだ見ぬ魔物《モンスター》などであっても同様の対応で済む。あくまで俺たちの目的は、マリーを安全にロットバルト王国に送り届ける事なのだ。

……だから、今回の犯人が単独犯だろうが複数犯だろうが、俺たちがやる事に変わりはない。マリーに、危険が及ばない状況を死守するだけだ。

だから俺が先程ピルリパットに単独犯だと断言したのは、方便みたいなものだ。あのまま先端回転銛を振り回されていたのでは、無駄に船乗りたちの敵意を俺たちに、マリーに向けられる事に、マリーの安全が脅かされる事に繫《つな》がる。

「なら、チサト！　何故スィトレンたちは殺されたというんだ？」

だから俺は、完全にルイスたちの犯行だと思い込んでいるピルリパットに、話を合わせた。

「……マリーじゃなくても良かったから、じゃないか？」

「何？」

「もちろんルイスたちにとっては、マリーを直接殺害出来るのが一番いいんだろう。だがそれが難しいなら、船の運航を妨げるだけでもいいんだ。何故なら俺たちがロットバルト王国に到着するまでの時間を稼げば、それだけルイスが俺たちに追いつける時間を稼ぐ事にも繋がるからな」

「……確かに。それに時間差で殺害を続けていけば、自分たちにも隙が出来るかもしれない」

「かと言ってマリーばかり守っていたら、船を動かす人員が削られていく。船員たちに、まずは単独行動を控える様に伝えるのが先だな」

「しかし、単独犯だとしても犯人はどうやってあの二人を殺したというんだ？　部屋に出入り出来る口はなく、開いていたとしても窓の外、船の外は嵐だ」

「《魔法》や技能《スキル》があれば、船の外に出て殺した後戻ってくる事も、あるいは……」

「それもそうだな！」

ピルリパットは納得したように頷《うなず》くが、俺は自分の考えに懐疑的だった。二つの死体は、何故濡れていた？　状態から窒息死の可能性が高いが、どうやって溺死するような事態になるのだろう？　海に突き落とし、そこからまた部屋に戻したというのだろうか？　もちろん、それも《魔法》や技能でなら可能だろう。だが――

……そんな事、一体何のためにするんだ？

俺が自分の思考に沈んでいる間にも、事態は刻一刻と進行している。現場不在証明的に犯行が可能だった人物の特定、及び今後単独の行動は禁止するよう通達するため、ピルリパットは顔を強張《こわば》らせながら船員たちの事情聴取へと向かい始めていた。

ピルリパットの事情聴取の結果、《魔法》や技能、そして身体能力などで濡れた死体を作る事が可能だった、あるいは窓から被害者を突き落として殺した後、部屋に戻す事が可能だと思われる人物が四名浮上した。

驚異的な身体能力と《魔法》を操る地人の副船長、ウォリア。

水を操る『魔道具』を所持する、トラッシャー。

同じく《魔法》で水を操れる妖人《エルフ》、ナンドゥ。

そして魔物と遜色なく海を駆け抜けられる半魚人、ジュノット。

これら四人の容疑者の内、最初に抗議の声を上げたのはジュノットだった。

「ちょっと待って下さい！　僕はディグさんの死体が発見されるまで、他の船乗りの方と一緒だったんですよ？　僕が殺せるわけないじゃないですかっ！」

その言葉を受けて、ピルリパットは悠然とこう言い放った。

「だが、お前は半魚人だ」

……まずいっ！

ピルリパットが言いたいのは、半魚人だから《魔法》の、特に水の扱いに長《た》けているため休憩室に行かなくても犯行が可能だったのでは？　という事だろう。だが、過去にその外見、半魚人という種族という理由で迫害されていた過去を持つジュノットからすれば、十分逆鱗《げきりん》に触れるに値する言葉だ。

そして、その俺の予想は当たってしまった。

「ふざけるな！　そんな理由だったら、船長が殺害された時、現場不在証明がなかったメイアにも犯行が可能じゃないか！　半魚人だからって、あんたら僕を差別してるんだろうっ！」

「……そもそも、本当にあの二人を殺した奴はこの船に乗っているのか？」

ウォリアは紙煙草を大きく吸い込むと、その口から白煙を盛大に吹き出した。

「干上がらせる女。仲間の仇《かたき》を討つために、後を付けてきた。そして運悪く二人は殺されてしまったと、わしゃそう思うんだがな」

……もしそれが事実なら、天使族《エンジエル》のミルが気づかないはずがないんだけどな。

無論、ミルの正体を明かすような発言を、俺がこの場で言えるわけがない。だがそれは、この場では中々致命的な状況を作る結果となってしまう。

言葉足らずだったとは言えピルリパットの失言で先程俺が危惧したように、船員たちとの間に確執が生まれてしまった。

そこからはもはや水掛け論で、ピルリパットはルイスとその仲間の犯行を疑い、船員たちは自分が、自分の仲間が犯人ではないと、犯人は魔物だという説を支持し始めている。船という巨大な密室の中で、皆が疑心暗鬼となっていた。

だから俺は、こう提案する。

「スィトレンとディグの死体を、司法解剖させてくれないか？」

「馬鹿な事を言うな！」

「死んだ仲間をこれ以上侮辱されてたまるか！」

「死人に対する冒瀆《ぼうとく》だ！　差別だっ！」

「この船を、そんな邪教の儀式のように使う事なんて許せるわけがないだろうっ！」

船員たちだけでなく、ピルリパットからも反論される。だが、俺にはこれ以外、こう言う選択以外、ありえないのだ。このまま議論が収束しなければ、暴走した船員がミルに危害を加えるかもしれない。そうなれば俺も、その相手を殺さずにはいられない。だからこれは、俺なりの落とし所なのだ。

「では、どうします？　皆さん。このまま疑心暗鬼で運航を続け、これ以上被害が外だけでなく内からも発生し得ないと言えますか？　議論を続けても解決しないのであれば、新しい情報を得るべきだとは思いませんか？」

「……皆様、どうか、どうか、お願いします」

それまで一言も発していなかったマリーが、ピルリパットの背後から前に出て、皆の前で頭《こうべ》を垂れる。

「どうか、どうか、チサト様を信じてください。信じてあげてください。チサト様は、本当に誰にも死んで欲しくないだけなのです。ですから、どうか、どうか、お願いいたします」

ただただひたすら真摯に、そして愚直に頭を下げるマリーの言葉に、船員たちの雰囲気が変わっていく。最終的にマリーに説得される形で、スィトレンとディグの解剖の許可を船員たちから取り付ける事が出来た。またピルリパットについても、俺が解剖中、マリーがピルリパットの傍《そば》から片時も離れないという約束で、解剖を許可してくれた。

全ての話の決着が付いた所で、ミルが俺の方を見上げる。俺もミルの無感情な瞳を見つめ返した。

「手伝ってくれるかい？」

「そーごほかんかんけー」

その言葉に、俺は小さく頷く。

俺たちが解剖部屋として使える事になったのは、ディグの死体が発見された休憩室だ。

今この場所には使い慣れた前掛け《エプロン》も、十分な数の手巾《ハンカチ》もない。あるのは粗悪品じゃない蠟《ろう》燭《そく》と、俺が手にした解剖刀《メス》。そしていつも通り寝台《ベッド》に横たわって眼前に並べられている死体たち。

……改めて思うと、場所が違うだけでやる事は一緒だな。

船体が揺れて、蠟燭の炎も揺れる。その光に照らされた影も揺れて、ミルの碧眼《へきがん》も怪しく揺れた。マリーによって閉じられた窓だけが、激しい雨音を立てている。

……それじゃあ、始めるとするか。

俺が見下ろしたのは、暗紫赤色に顔が膨れたディグの遺体だ。まず確認したのは、咬《こう》傷《しょう》だ。鼠《ねずみ》などに齧《かじ》られた様な傷がないか、くまなく探していく。だが鼠の嚙《か》み跡どころか、傷跡一つ残っていない。干上がらせる女との戦闘で受けた外傷は、全て回復薬《ポーション》で修復したのだろう。

……やはり、体を診《中》ないとわからないか。

俺はディグだった体に、解剖刀を挿し込んでいく。魂の抜けた、ただの肉の弾力が、刃を通して俺の指先に伝わってきた。嘉与《かよ》の喉元を貫いた時の感触とは、違う。生者にする時に感じる嫌悪感は、今は感じない。やはり俺の手は、死を扱う事に長けているらしい。

ディグの死体を解体《バラ》すると、血液の非凝固性が診られる。また、肺を観察すると海水、泡立った水と赤藻が検出された。

続いて、スィトレンの体を検視していく。外傷はディグと同じく、咬傷は存在していない。しかし、生身の左足、その指先は白く、腫れていた。凍傷の症状だ。そして、スィトレンの遺体の肺、その割面からは桃色の泡沫状《ほうまつじょう》の痰《たん》が検出された。

……ディグの遺体も、スィトレンの遺体からも、肺水腫の症状が見受けられる。

二体の死体は両方濡《ぬ》れていたため細かい死亡推定時刻まではわからないが、死斑や角膜などから恐らくディグが死んだ後、スィトレンは殺害されたのだろう。

……これは、まさか――

「かいぼー、じゅんちょー？」

「……ああ、大体わかったよ。ミル」

釈然としない思いを抱えながらも、俺はそう言ってミルに笑いかける。この一連の事件の真相はわかったが、犯人の動機が見えてこない。奴《やつ》は一体、何故《なぜ》こんな不可解な殺人をしたのだろう？　だがしかし、それは犯人を捕まえてから問いただせばいいだけの話だ。

俺は二人の死体を丁寧に敷布《シーツ》で包み、寝台の上へと置いた。こんな行為で死後も体を捌《さば》かれた当事者二人の怒りが収まるとは思えない。だが、何もしないのは耐えられない。敷布で濃厚な死の臭いを漂わせる饅頭《まんじゅう》を二つ作り終えた後、俺は枕で自分の手に付いた血を拭う。ちゃんとした弔いは、ロットバルト王国に着いてからになるだろう。

聖水《ホーリーウォーター》代わりにもなりはしないが黙禱《もくとう》を捧《ささ》げた後、休憩室を出る。俺の後ろを、蠟燭台を持ったミルが付いてきた。

部屋の扉を開けると、ピルリパットとマリーが俺たちを待っている。

「どうだった？」

全てを省略した、しかし何を伝えればいいのか明確にわかるピルリパットのその問いに、俺はたった一言、こう返した。


「犯人は、メイアだ」


瞬間、電光石火となったピルリパットが廊下を疾駆。他の船員とぶつかり負傷するのを厭《いと》わず全力で駆け、メイアの右腕を捻《ひね》り床に叩《たた》きつけていた。叩きつけられたメイアから激痛と困惑と非難を表す叫び声が上がる。

「な、何で、どうして、私が犯人なんです？　チサトさんは、ただ二人の死体を漁《あさ》っただけでしょ！　それで、何がわかるっていうんですかっ！」

「俺には、わかるんだよ。死者の、今際《いまわ》の際《きわ》の怨嗟《えんさ》と慟哭《どうこく》がな」

だから俺は、まずはディグの死因について説明する事にした。

「ディグは、溺水。つまり、溺れ死んだんだ」

「なっ！」

# オーバーラップ文庫＆ノベルス NEWS

第8回
オーバーラップ文庫大賞
金賞
殺せ。過去を、
因縁を——
最愛を犯さんとする
全てを。
暗殺者は黄昏に笑う2
著：メグリくくる　イラスト：岩崎美奈子

魔法の力で
悠々自適な
快適生活！
虐げられた追放王女は、転生した伝説の魔女でした1
～迎えに来られても困ります。
従僕とのお昼寝を邪魔しないでください～
著：雨川透子　イラスト：黒裄
ノベルス
注目作

オーバーラップ文庫
S級――集う。
刮目せよ、
至上の激闘を。
黒の召喚士17 学園戦線
著:迷井豆腐 イラスト:ダイエクスト、黒銀(DIGS)
【STORY】ついに始まった学園都市ルミエストと冒険者ギルドの対抗戦。ケルヴィンもギルドメンバーに選出され、集いしS級は4人。だがそれに対するルミエストメンバーは、リオンやベルをはじめとしたS級にも引けを取らぬ強者揃い。今ここに激闘の幕があがる!

GARDO COMICS
戦闘狂VS魔王!
トライセン戦
最終決戦!!
黒の召喚士13
漫画:天羽 銀 原作:迷井豆腐 キャラクター原案:黒銀(DIGS)
【STORY】ケルヴィン一行は、ダハクやダン・ダルバらと共闘しトライセンの強者を次々に撃破していた。魔王との戦いに焦がれるケルヴィンはついにトライセン城の最上階に到達。魔王の降臨と共に、決戦の狼煙があがる――!

2022年7月9日よりTVアニメ放送！
TOKYO MX　毎週土曜22:00～
サンテレビ　毎週土曜22:30～
BS日テレ　毎週日曜23:30～ ほか
黒の召喚士
CAST
ケルヴィン
内山昂輝
エフィル
石見舞菜香
メルフィーナ
上田麗奈
クロト
蘭笛
秋元羊介
鈴木みのり
リオン
宮本侑芽
アンジェ
稲垣 好
STAFF
原作：迷井豆腐（オーバーラップ文庫刊）　原作イラスト：黒銀（DIGS）／ダイエクスト　コミックス：天羽 銀（「コミックガルド」連載）
監督・シリーズ構成：平池芳正　キャラクターデザイン：大島美和　サブキャラクターデザイン：大橋幸子
モンスター・プロップデザイン：稲田 航　美術設定：加藤賢司（スタジオパインウッド）　色彩設計：鈴木依里
撮影監督：内田奈津美　編集：松本秀治　CGIスーパーバイザー：後藤浩幸　CGIディレクター：中村玲菜
音響監督：本山 哲　音楽：未知瑠／Yuria Miyazono　音楽制作：フライングドッグ　音響制作：ブシロードムーブ
オープニング主題歌：レトベア（unknown Vo：10fu）「頭ん中DEAD END」　エンディング主題歌：鈴木みのり「Wherever」
アニメーション制作：サテライト　製作：黒の召喚士製作委員会
公式HP https://kuronoshokanshi.com　公式Twitter @kuronoshokanshi
©迷井豆腐・オーバーラップ／黒の召喚士製作委員会　※放送日時は予告無く変更になる可能性がございます。

「は？　何を言っているんですか？　チサトさん」

　メイアだけでなく、メイアを取り押さえていたピルリパットからも驚きの声が上がる。

「ディグは、自分の足で休憩室へ向かったんですよ？　そこで溺れ死んだのなら、開いていた窓から《魔法》などで水を使って溺れさせる以外に方法がないですよ。私にはそんな事は無理です！」

「そうだな。メイア。お前がディグを殺すのは、無理だ」

「ちょ、ちょっと待て、チサト！　お前、犯人はメイアだと言ったではないかっ！」

　狼狽《ろうばい》するピルリパットに向かい、俺は落ち着けと手を挙げる。

「その言葉に偽りはない。だが、ディグの直接の死には関与していない、という事だ」

「では、やはり複数犯の犯行だ、と？」

「いいや、単独犯だ。メイアはスィトレンを単独で殺害した。だがディグは先の干上がらせる女《セイレーン》との戦闘で海に落ち、溺れそうになった際、溺水したんだ」

　ディグの死因は、二次溺水だ。

　二次溺水は、水が肺に入ってしまう事で起こる症状だ。水が一気に肺に流れ込んで起こる通常の溺水とは違い、二次溺水は百二十ミリリットルの水でも起こり得る。水が肺内に侵入、肺表面の活性物質が希釈され、浸透圧の均衡が崩れた事により血液の液体成分が染み出し、肺水腫が起こる。結果、ディグの肺は酸素の取り込みが阻害されて、呼吸不全に陥り、死亡したのだ。

「ディグの肺から、干上がらせる女と戦闘になった海域の赤藻が検出された。あの時飲み込んだ海水が、ディグを死に至らしめたんだよ」

二次溺水の怖い所は、水面から助け出して水を吐き出して一度回復したように見えても、肺に水が溜《た》まっている事がある事だ。溺れてから一時間後、長い時には数日経《た》ってから症状が現れる事もある。

……ディグは気分が悪いと感じた時、休憩室に向かうのではなく回復薬を摂取する事を選んでいれば、結果は違ったかもしれないがな。

回復薬をかけて体の傷は癒したものの、体の中の負傷まで気づかなかったのだろう。そして気分が悪くなったディグは休憩室に赴いた。

そして濡れるのを構わず窓を開け、涼もうとして——

そのまま、死んだ。

「そんな。それじゃあ……」

蒼白《そうはく》となったメイアが、呆然《ぼうぜん》と俺の顔を見上げる。

「ディグは、事故死？」

「そうだ。お前が殺した、スィトレンと違ってな」

「ま、待って！　だったらスィトレン船長だって、ディグと同じ様に——」

「スィトレンの肺からはディグと同じく、肺水腫の症状が見つかった。だが、赤藻は検出されなかったよ」

そもそもスィトレンは戦闘に参加しておらず、海にも落ちていない。

「でも、違う海域で溺れたのなら肺に海水だけしか入っていなくてもおかしくないじゃないか！《魔法》を使えばスィトレンを海に突き落とす事だって出来るだろ？　その後部屋の窓の鍵を閉める事だってっ！」

「何のために？」

「え？」

「スィトレンを殺すだけなら、《魔法》でこの海に突き落とせば事足りるだろ？　外は、この嵐だ。戦闘要員でないスィトレンを殺すだけなら、わざわざ密室を作る必要がない。そもそも、死体を船長室に残しておく必要がない。死体が発見されるより失踪事件とした方が船内の大捜索が始まるため、マリーを殺害出来る機会が増えるからだ。

……それに、そこまで精緻に《魔法》を使ってスィトレンを殺すのであれば、顔だけ水で覆えば事足りる。全身を濡らす必要性がないんだ。

「なら、どうしてスィトレン船長の体は水で濡れていたんだ？」

「決まってるだろ？　部屋に籠もった葉巻の煙を外に逃がすためだ」

スィトレンが吸っていた葉巻の吸殻は全て、灰皿に載せられていた。死体が発見された時も、葉巻を吸っていた形跡はなかった。常に葉巻を咥《くわ》えていると言われた愛煙家のスィトレンが葉巻を吸わない瞬間は、次の葉巻を美味《うま》く吸うための準備以外考えられない。

それが、部屋の換気だ。

スィトレンは換気のために自分の部屋の窓を開け、雨に濡れ、そして自分で窓を閉めたのだ。そして、灰皿の葉巻も湿った。

「つまり、スィトレンの死体が濡れていたのは、彼の死因と全く関係ない。だが、それは別の症状と関係がある」

「……別の？」

「凍傷だ」

高山病、という病がある。これは低酸素状態に置かれた時に発生する症候群だ。高い山に登るなど、高所では酸素の摂取量が不足し、体の末端部へ血の巡りが悪くなる事で凍傷にもなりやすくなる。そして重症の場合、高地脳浮腫や高地肺水腫を発病。死亡する事もある。

高地肺水腫は、高い山に登る事による低気圧環境によって引き起こされるものだ。

つまり――

「スィトレンは、部屋を高山のように低気圧環境に変化されて死亡したんだ。そして犯人は、スィトレン殺害時点で現場不在証明がなく、かつ気圧変化を行える人物という事になる」

　そう言って俺は、気圧の変化で動く『魔道具』が内蔵されているメイアの義手義足を一《いち》瞥《べつ》した。

　瞬間、右義手が外れ、ピルリパットの拘束からメイアは抜け出す。そしてそのままマリーへ一歩踏み出した瞬間、メイアの体が横薙《よこな》ぎに吹き飛んだ。殺人犯の動きを、ピルリパットが事前に読んでいたのだ。壁に打ち付けられた刹那《せつな》、メイアの影に俺の解剖刀が突き刺さり、切除《レセクション》が発動。彼の行動を止《す》める。そして、今度こそメイアは身動きが取れなくなった。

　……真相が明らかになった時点でマリーを狙ったという事は、メイアはルイスの仲間で間違いないな。

「義手義足を外して、メイアの取り調べを行う」

「順番は？」

「……チサトは、マリー様の護衛を優先しろ。そちらの方が都合が良い事ぐらい、自分もわかっている」

　ピルリパットの言葉に頷《うなず》き、義手義足を外したメイアを人虎《ウエアタイガー》に任せ、俺はミル、マリーと連れ立って副船長のウォリアへ事情を説明しに行く。そしてピルリパットの代わりに、最初に疑った四名へ疑念を掛けた事に対して丁重に謝罪をした。最も謝罪をしたのは、マリーだったのだが。

ピルリパットが都合が良いと言ったのは、この役割分担の事だ。頭に血が上りやすいピルリパットでは、また船員たちとの間で軋轢《あつれき》が生まれるかもしれない。犯人が捕まった今、今以上の面倒事が起きるのは御免だ。それが功を奏したのか、副船長のウォリアが陣頭指揮に当たり、その後の航海はつつがなく進んだ。

晴天の空の下、甲板の手すりにもたれながら、俺はミルと共に鷗《かもめ》の鳴き声を聞いていた。鳥の鳴き声が聞こえるという事は、近くに島があるという証拠だ。

……もうすぐ、ロットバルト王国に到着か。

多少魔物《モンスター》に遭遇したりもしたが、メイアが起こした事件以来、大きな事件、そして問題は起こらなかった。それでも俺の心が晴れないのは、尋問したメイアの言葉が脳裏から離れないからだ。

メイアの取り調べが行われたのは、主人がいなくなった船長室だった。

「ピルリパットに聞いたが、結局ルイスが今後どんな行動に出るかについては口を割らなかったんだな」

「……何度聞かれても、答えは同じですよ。こうやって捕まる事を想定して、そもそも知らないようにしていたんですから。知らない事は、答えられません」

やつれた表情で、メイアはそう口にした。髪はぼさぼさで、義手義足を外され、椅子に胴体を縄で巻かれた状態で、彼は俺を見上げる。その体は精気を感じないのに、メイアの瞳には異様な光が灯《とも》っていた。

「今は、今はただ、もうルイス様のお役に立てないという事が、ただただ残念でなりません。申し訳ありません、ルイス様」

悲しみのためか、メイアの瞳から透明な涙が零《こぼ》れ落ちる。それはとても澄んだ涙で、その純粋さが彼の異様さをこちらに感じさせた。そんなメイアを、俺の隣に佇《たたず》むミルは無表情に見返している。

……ピルリパットから聞いていたが、これは相当だな。

メイアの取り調べをした結果、有益な情報を入手できなかったピルリパットは、俺の目の前にいる男を、こう評していた。

……自分が信仰している教祖のために、自ら死地へ向かう殉教者のよう、か。

「何が、そこまでさせるんだ？」

「……え？」

「何がそこまでお前に、ルイスに仕えたいと思わせるんだ？」

質問に呆《ほう》けた顔をしたメイアへ、俺は再度質問の意味を重ねる。そんな俺にメイアが返してきたのは、冷笑だった。

「救って頂いたのですよ、私は」

その冷笑の中には、絶望と失望と絶念。そしてそれらを燃やし尽くすような、冷たく、粘り付くような熱情が燃え盛っている。

そして、救われたという言葉に、俺は自ら拷問に掛けたジークという少年の事を思い出していた。別の事に思いを馳《は》せる眼前の俺を無視して、メイアの瞳の中の炎は冷たく、そして泥に氷が溶ける様に蠢《うごめ》いた。

「ルイス様の手下である事がわかった時点で、チサトさんは私がこの船に乗り込む動機が嘘《うそ》だという事は察しているのでしょう？」

「スィトレンが義足だから、というやつか？」

「そうです。水難事故でこの手足を失った、というのも嘘です。そして、私の元々の手足が他の人と同じだという話も、嘘なんですよ」

「……何？」

「私の手足は、普通の人よりも成長しなかったのです。だから回復薬《ポーション》を使っても、貴方《あなた》たちのような健康な手足は生えてきません」

「……だったらお前は、マリーを殺すために義手義足を付けたのではないのか？」

「いいえ、そこはルイス様のために付けました。色々と嘘は付いてきましたが、実家が裕福というのは本当なんですよ。ただ、多少裕福、というのは嘘ですね。長男の私を無理に生かすために金を掛けられるぐらいには、裕福でしたよ。もっとも血縁関係を重視しすぎた集団で、父と母は兄妹でしたが」

その言葉で舌打ちしそうになるのを、俺は歯を食いしばる事でどうにか堪《こら》える事が出来た。裕福な家系。そして近親相姦《そうかん》で生まれた子供という事実で、俺にはメイアがどんな人生を歩んできたのか想像する事が出来てしまった。

……メイアは、先天性の骨系統疾患だ。

骨系統疾患とは全身の複数の骨や軟骨に変化を示す病気の総称で、その種類は三百を超える。症状は様々あるが、背が低い、骨や関節が変形している、骨が脆《もろ》い、といった症状を示す事が多い。そしてメイアの体は手足は短いが胴体は成人男性と変わりがない事から、骨系統疾患の中でも軟骨無形成症だと俺は推察する。

……軟骨無形成症は成長軟骨の異常で、身長などが短くなるものだ。そして、四肢が短くなる症例も存在する。

軟骨無形成症の八割は突然変異による発症だが、その他の場合は親からの遺伝、常染色体の優性遺伝が関係する。優性という概念は、えんどう豆の実験が有名だろう。異なる品種を配合させ、その子孫に何が受け継がれ易《やす》いのかを調べた実験だ。

……当然、祖先が共通して持っている遺伝子は、同じ性質を持つ。

遺伝子座が同一の対立遺伝子をもつ個体を、ホモ接合体と言ったりする。人の血液型、ABO式血液型では、AA、BB及びOOの遺伝子型がホモとなる。翻って同じ祖先、共通する遺伝子を持つ親同士が配合した場合、子供はこのホモ接合になり易い。近親相姦で生まれたメイアが、まさにそれに該当するのだ。

……そして軟骨無形成症において変異遺伝子をホモ接合で保有する子供は、殆《ほとん》ど生き残る事が出来ない。俺がいた、前世の世界では。

だが、この世界はそれが可能だ。アブベラントでは、回復薬が、《魔法》が存在する。生き残れてしまうのだ。本来、死という苦しみからの解放を、金の力で捻《ね》じ曲げられ、黄泉《よみ》の入口から無理やり引き戻されたのがメイアなのだ。しかもそうした運命を決定付けたのは、メイアの両親の近親相姦だ。

「両親は私を生かしさえすれば普通の人間と変わらない大きさになると、そう思っていたみたいですがね。結果は今話した通りですよ。無理やり生かした癖に、自分たちの都合でまぐわって生んだくせに、弟が出来た途端私を邪魔者扱いしたんだ。無理やり自分たちが生かして、生かさせた癖に、何で生きてるんだって言われたんだぞ？　その時の私の気持ちを、お前は理解出来るか！」

出来るわけがないし、気軽に同意の言葉を言えるわけがない。子供の頃から回復薬漬けで、激痛に耐えながら無理やり生かされ、そして切り捨てられた経験なんて、同じ体験をして共感出来る人が存在しているだけでも、悲劇的過ぎる。

「だから、だから私は、私はこの世界で、自分の居場所なんてもうどこにもないと思ったんだ。それでも、それでもそんな私に手を差し伸べてくださったのが、初めて私を人間扱いしてくださったのが、ルイス様なんだよっ！」

　メイアも、ジークと全く同じだ。彼もジークと同じく、ルイスがいたから魂を救われたのだ。ルイスと出会わなければ、彼らの人生は今も暗黒に色塗られ続けていたに違いない。ルイスこそが彼らの希望の光で、ルイスだけが彼らの希望の光なのだ。

「……ルイス様からは、捕まった場合全て知っている事は正直に話せ、生き残れと、そう言われています。チサトさん。他にお聞きになりたい事はありませんか？」

　その言葉に、俺は思わず舌打ちをした。まるで狂信者と嚙《か》み合わない禅問答を繰り返しているみたいだ。

　そう思うものの、ここで引き下がっては本当に何も得るものがない。ひとまず俺は、思いついた事を口に出す事にした。

「そこまでの覚悟があったのに、面接の時点で捨て身でマリーを殺そうとしなかったのは何故《なぜ》だ？　お前の義手義足にどういう『魔道具』が内蔵されているのかにも話が及んだんだろ？」

　それが、解剖をした結果、俺が得た疑問だった。メイアの『魔道具』を使えば、捨て身覚悟でマリーの殺害は可能だっただろう。

　……もっとも、怪しい動きをした瞬間、その場にいた俺が動きを止めていたがな。

俺の疑問を聞いたメイアは、僅かにその表情を曇らせる。

「……お恥ずかしながら、行動を起こす決心が付いたのはディグさんが亡くなった時なんです。それまでは、本当にルイス様の妹を手に掛けていいのか、悩んでいたので。でも、航海中に人が亡くなった。ルイス様の言う通り」

「……何？」

「流石《さすが》に、誰が死ぬのかまでは伝えられていませんでしたけどね。でも、ルイス様の言葉通りになった。ならば、私はあの方の御恩に報いなければならない。でも、こうしていざ生き残れるとなっても、駄目ですね。何も出来ない状態になるぐらいなら、いっそ死ぬ気で何かを成した方が良かったと、今では思いますよ」

……だとすると、メイアが決意を固めるのがもう少し早ければマリーに危害を加えられた可能性があったのか。

面接会場には俺だけでなくピルリパットもいたので最悪の事態になる可能性は低いだろうが、負傷はしていたはずだろう。そしてその際、今のマリーの姿が船員たちに露見してしまった時に、素直に彼女をロットバルト王国へ連れ帰る航海に参加してもらえたかと言えば、頷き辛《づら》い。外見による差別と、それが傷つけた心がどうなるのかは、過去にジュノットが受けた仕打ちと彼の振る舞いを見ればわかる。

……メイアの高すぎるルイスへの信仰心が、逆に彼の行動を阻んでくれていた、という事か。

だが程度はあれど、ルイスが全てジークやメイアのような狂信者を従えていた場合、こちらもそれなりの作戦を考える必要がある。

そう思っていると、メイアが不思議そうに首を傾《かし》げていた。

「でも、変ですね。あの面接では私、この義手義足の『魔道具』については何も――」

「チサト様！　よろしいですか？」

ウォリアたちが破壊した扉を形だけ取り付けたものの向こうから、マリーの声が聞こえてくる。

「もうすぐイオメラ大陸に、ロットバルト王国に到着するそうです！」

「そいつを国に引き渡す前に、拘束を改めて確認したい」

ピルリパットがそう言って、部屋の中に入ってくる。その後ろから、マリーも続いた。

「じゃあ俺は、風にでも当たってくるよ。行こうか、ミル」

そう言って俺たちは、マリーたちと入れ違いに部屋を出ていった。ミルが一瞬背後、船長室を振り返るが、特に何も話さずまた前を向く。

こうして俺は、ミルと一緒に甲板上で風を浴びる事になったのだ。海風がミルの金髪をはためかせ、戯《じゃ》れつくように服を揺らす。その風に急《せ》き立てられる様に、俺の思考は渦を巻いていた。

……メイアとの会話で、朧気《おぼろげ》ながら俺も今回の事件の全容が見えてきた気がする。

発言。立振舞《たちふるまい》。その一つ一つは大した事はないが、一人一人の行動として積み重なった場合、それは大きな流れ、濁流となり、人々の人生を飲み込む事になる。そしてそのとぐろを巻く大きなうねりを生んだ最初のきっかけを作ったのは、作っていたのは——

そこで俺の手が、小さな手に摑《つか》まれる。視線を下げると、そこには感情の宿らない碧眼《へきがん》で俺を見つめるミルの姿があった。

「本当に、お二人は仲がよろしいんですね」

振り返ると、マリーとピルリパットがこちらにやって来る所だった。

「見ろ、チサト」

ピルリパットの指差した方へ、俺も視線を動かす。水平線。その線上に、薄《う》っすらと何かが載っているように見える。

あれが、イオメラ大陸だ。そしてそこはもう、マリーたちの祖国。

ロットバルト王国に、ついに俺たちは辿《たど》り着いたのだ。

「では、チサト様。肺水腫は水難事故などで溺れた時や、気圧の変化。他には、薬物などでも起こり得るものなのですね」

「そうだね。他にも血管内圧の上昇や、肺炎などで血管壁が水分を通しやすくなると、肺水腫が起こるんだ」

なるほど、とマリーは嬉《うれ》しそうに頷《うなず》いている。いつものように警邏《けいら》の合間に皆でロットバルト王国の中庭へ集まってきていたのだが、僕は自分の発言を少し恥じていた。義妹とは対象的に、興味なさそうな顔を浮かべているルイスの表情が見えたからだ。フリッツに至っては、欠伸《あくび》を必死に噛み殺している。ピルリパットは、今は町の警備に出ていた。そろそろ交替の時間なので、彼女もすぐにここに戻ってくるだろう。

「いや、すまない。つまらない話をしてしまったみたいだね。この世界で医療の話が出来るなんて思っていなかったから、つい熱くなってしまったよ」

「そんな！　つまらなくだなんてありませんわ！　チサト様のお話は、とても興味深いですっ！　だってわたくしたちは、そんな事考えもしませんもの」

その言葉に、僕は苦笑いを浮かべる。回復薬《ポーション》や《魔法》があるアブベラントで、僕の前世の知識なんて見向きもされない。されたとしても、こうして珍しい話の一つとしてしか扱われないのだ。自分でお金や時間をかけてまで経験したくはないけれど、親戚が旅行先で見聞きしたからとりあえず耳に入れておくか、という感覚のものでしか、きっとない。

……麦角菌の話を調子に乗って話した時も、フリッツたちには興味がなかったみたいだしね。

自嘲気味に笑う僕へ、しかしマリーは尚《なお》も口を開く。

「本当に、チサト様のお話は面白いですわ。この前聞かせていただいた隔世遺伝のお話も、わたくし、大変興味深く聞かせていただきました。祖父母やそれ以前の世代から世代を飛ばして性質が遺伝するだなんて。色々と腑《ふ》に落ちましたもの。魔物《モンスター》でも同じ種別なのに、違う性質を持った個体もおりますから」

「本当に、よく覚えているね」

正確には、隔世遺伝は世代を飛ばして遺伝しているように見えるだけで、例えば親の世代でその形質が失われた様に見えても、その世代にはちゃんと引き継がれているというものだ。そうでなければ、その子供の世代に形質が引き継がれるわけがない。例えばＡＢＯ

式血液型では両親、あるいは祖父母にO型がいなくても、両親がO型の潜性遺伝子を持っていれば四分の一の確率で子供の血液型がO型になるのだ。

……だからそういう意味で、マリーの理解は正しいかもしれない。

魔物であっても、その両親が発現していない形質をその子が発現する可能性は、当然ありえる。複数の子供が生まれた場合、それぞれに違う性質が発現する事だってあり得るのだ。

「ふ、あぁ」

ついに堪《こら》えきれなくなったのか、フリッツが欠伸を漏らした。僕の話がつまらなかったというのもあるだろうが、その顔には疲労感が見える。

「まだあまり寝られないのか？　フリッツ」

「え？」

僕の言葉で、フリッツはようやく自分が欠伸をした事に気づいたようだ。そして義兄妹たちを始め、全員が心配そうに自分を見ている事も。

フリッツはばつが悪そうに頭を掻《か》いて、笑う。

「大丈夫だよ、チサト。この町のためにも、家族のためにも、もう少し僕は頑張るから！　君が満たしてくれた正義が、僕の体を動かしてくれているんだよっ！」

そう言ってフリッツは笑みを浮かべるが、それもどこか痛々しい。目のくまが、また濃くなったからだろうか？　そんな義弟の肩を、ルイスが叩《たた》いた。

「フリッツ。少し、警備に出る順番をずらそう。お前に割り当てられている夜の順番を、当面二回程飛ばすんだ。その穴はオレたちが埋める。チサト。悪いが――」

「僕は構わないよ。それでいこう」

「いや、チサトもルイス義兄《にい》さんも、本当に大丈夫だって！　最近ではちゃんと眠れる時もあるんだから！」

その言葉は何となく、言い訳のように聞こえなくもない。しかしフリッツは、構わず言葉を紡いでいく。

「それに、僕が見回りに出ていると魔物が出ないんだよ？　きっと魔物が僕の事を怖がっているからさ。町を守るには、優秀な僕の力が今必要だろう？」

「たまたまじゃないのか？」

「偶然だと思いますよ？　フリッツお兄様」

義兄と妹にそう言われ、フリッツはぐぬぬ、と下唇を噛む。そんなロットバルト王国の第二王子の後ろに、迫る影があった。見回りから戻った、ピルリパットだ。

「本当に、体調は大丈夫なのですか？　フリッツ様！」

突如背中から現れたピルリパットの勢いに押され、フリッツがたたらを踏む。そして彼が移動した以上の距離を、人虎《ウエアタイガー》は踏み込んでいった。マリーが何かを期待するように、両の拳を握りしめる。

「話は途中から聞いていました。本当は、まだよく眠れていないのではないですか？　そう言えば、お顔も優れないように見えますね。お食事は、ちゃんと取られているんですか？」

「いや、ちょ、ぴ、ピルリパット！　僕は大丈夫だから、お、落ち着いてっ！」

「フリッツ様にもしもの事があれば、自分は、自分はっ！」

「……大丈夫だよ、ピルリパット」

　そう言ってフリッツは左手でピルリパットの手を握り、少し背伸びをして右手で彼女の頭を撫《な》でる。

「ふ、フリッツ様……」

「大丈夫。僕は、大丈夫だから」

「……その続きは、二人っきりの時にしてもらいたいものだな」

　呆《あき》れ顔《がお》でルイスがそういうと、フリッツとピルリパットは弾《はじ》かれたように離れて、二人揃《そろ》って赤面する。それを見ていたマリーは朗らかに笑い、僕も微笑《ほほえ》ましさに笑みを浮かべた。早くこの国に現れる魔物の問題を解決して、二人の仲を深める時間を作ってやろうと、そう思った。

「ピルリパット！　戻ってそうそう悪いのだが、警備の感想が欲しいのであるが」

「ジョヴァンか？　すぐに向かう！　そ、それでは自分はこれで失礼しますっ！」

「あ、ピルリパット！　ずるいぞ、自分だけ逃げるなんてっ！」

「近衛《このえ》騎士団団長の呼び出しには、応じるべきですのでっ！」

そんな捨て台詞《ぜりふ》を残して、ピルリパットは脱兎《だっと》の如《ごと》くこの場を立ち去っていく。残されたフリッツは、口を半開きにしてその背中を見送る事しか出来ない。そんな彼に向かい、ルイスが笑みを嚙《か》み殺したように言葉を投げかけた。

「それで？　一体いつお前らはくっつくんだ？」

「……流石《さすが》に僕も、彼女の気持ちに気づいていないわけじゃないさ」

「おや？　随分素直に答えるな」

「義兄さんが質問したんだろ！……でも、僕はまだ未熟だ。前はチサトがいたからマリーたちの危機を回避できた。でも、あれは僕たちが、僕がどうにかすべきだったんだ。チサトの正義に甘えているうちは、まだ僕は彼女の好意に応えられないし、自分の中の気持ちに名前をつける事は出来ないよ」

「……全く。他の誰かの気持ちには敏感なのに、自分の事はよくわかっていないんですから、お兄様は」

やれやれ、とマリーは溜息《ためいき》を吐《つ》いた。そして彼女は腕を組み、フリッツに向かって問いかける。

「それで、最近長めにお休みになっているみたいですが、しっかり眠れているのですか？　必要以上にピルリパットを悲しませたらわたくし、お兄様といえども許しませんわよ？　あの子にはこれから先も、わたくしの従者でいてもらうつもりなんですから」

「だ、だから大丈夫だって！　もうっ！」

「とは言え、フリッツ。今晩お前は休め」

「でも！」

「マリーも言っていただろ？　ピルリパットを悲しませるな」

その言葉に、流石のフリッツも渋々引き下がる。話し合いの結果、今夜の警邏はフリッツではなく僕が、明日はルイスがフリッツの代わりに担当する事となった。

「頑張ってくださいね、チサト様！　わたくしの飢えを、渇きを癒してくれたチサト様なら、どんな魔物でも倒せますわっ！」

そんな、マリーの応援があったからだろうか？　僕がフリッツの代わりにマウゼリンクスへ出たその晩、町に魔物が現れた。

魔物の出現に町がざわめく中、その喧騒《けんそう》をすり抜けるように、僕は魔物に向かって疾駆する。

路地裏を、魔物が影の中を泳ぐが如く駆けていた。積み上げられた木箱がなぎ倒され、中身が道に散乱する。蜜柑《みかん》が転がり、地面に当たってその実が削られた。不本意な形で出血したように、果実から僅かな果汁が宙に舞う。その液体が地面に落下しきる前に、僕はその通りを駆け抜けていた。

……やっぱり、勘が良いな。

当たれば一撃必殺の切除《レセクション》を放とうと、解剖刀《メス》を握る。だがその瞬間、相手はそれを察知したように射線から上手《うま》く逃れるのだ。おまけに闇夜とそこに出来る影を上手く使ってその身を隠しており、全容を把握する事が出来ない。それならば距離を詰めようと解剖刀を投げると、今度は直線しか移動できない僕の動きを読んであの魔物は安全地帯《セーフティーエリア》へと逃れていく。本能的にやっているのか戦略を持って僕と向き合っているのかわからないが、やり辛《づら》い相手である事には変わりはない。

やはり、一本一本投擲《とうてき》していたのでは、攻撃に幅がないのだろうか？　一度にまとめて複数の意味を解剖刀へ込め、実戦で使えるようにした方がいいのだろう。だが、今出来ていない事を考えていても、仕方がない。

……自分自身への殺気に敏感だとするのなら、この手はどうだ？

僕は移動するために解剖刀を投げ、宙を抉り取《殺》る《す》。突風が吹き、僕は風の力を得て大跳躍を行った。瞬間、魔物はいつものように回避運動を取る。だが、その動きは僕も既に読んでいた。僕は懐から、既にもう一本解剖刀を手にしている。そして――

……切除っ！

抜き放った解剖刀は、しかし魔物がいる方向とは別の方向へと飛んでいく。この魔物には、直接攻撃を狙っては駄目なのだ。自分自身へと向けられた攻撃は、全て避けられる。

……だったら、自分自身へ向けられていない攻撃なら、どうだ？

そう思うのと、魔物の左肩に木片が突き刺さり、負傷したのは同時だった。魔物から悲鳴と鮮血が吹き出し、路地裏に禍々《まがまが》しい後奏曲を奏で出す。魔物を襲った木片は、先程あいつが倒した木箱だ。僕は切除で木材を破壊《殺》し、粉砕《殺》し、弾き飛ばした木っ端の弾丸として奴《やつ》の左腕を破砕《殺》したのだ。

魔物は自分で上げた叫び声から逃げるように、体を小さく屈《かが》めて裏路地を全力で疾走する。僕はその背中に追い撃ちを仕掛ける事も出来たが、このまま何もせずに相手の後を付いていく事にした。

……ひょっとしたら、まだ仲間がいるかもしれない。

今日中庭で話していたマリーの話が、僕の脳裏に蘇《よみがえ》る。もしあの魔物に子供がいた場合、兄妹がいた場合、まとめて一掃すべきだと考えたのだ。

……あいつより強い個体がいないとも言い切れないしね。

通路に出来た魔物が流す血の跡を、僕は付いていく。だが暫《しばら》くする間もなく、僕は違和感を覚えた。そしてその感覚は、どんどん大きくなっていく。

……この道は、まさか。

そして、僕の嫌な予感は当たってしまう。僕が今走っている道は、魔物《モンスター》が残した血痕は、どう考えてもオディール城へ続く隠し通路へと続いていた。

……そんな、どうしてあいつがこの道を知ってるんだっ！

そう思いながらも、僕は気づいていた。あの魔物が城の中にも現れていたという噂《うわさ》。あれは、城の隠し通路の存在を知っていたから起こったのだ。

……まさか、あいつは僕から逃げているんじゃなく、次の犠牲者を増やす事を選んだのかっ！

焦燥感が溢《あふ》れ、緊迫感に押し潰されそうになり、それでも自分の足は切迫感に追い立てられる様に前に出る。城の通路を走り、駆け、地面を蹴って血の跡を辿《たど》った、その先は――

今夜警備を僕と入れ替わり、休んでいるはずのフリッツの部屋へと続いていた。

■■■■■■■■■■■■■■■■■■■■■■■■■■■■

船が港に、ロットバルト王国のカラボス港に辿り着く。キフェラー埠頭《ふとう》を出港してからイオメラ大陸に到着するまで、丸五日かかった。

……概《おおむ》ね、想定通りの時間で来られたな。

そう思いながら、俺はミルの手を取り、まだ船の甲板上に立っていた。浜風の香りに誘われるように、俺はロットバルト王国へと目を向ける。

紺碧《こんぺき》の海に、日光に照らされて映える白の煉瓦《れんが》の建物たち。橙色《だいだいいろ》の屋根は太陽を浴びて満開に咲く、花のようにも見えた。ある建物の煙突からは煙が立ち上り、そこから芳《かぐわ》しい香りが漂ってくる。何かの煮込み料理でも作っているのだろう。船乗りたちが仕事に出る前の腹ごしらえをし、そして船で訪れた人たちが長旅の疲れと空腹を癒やすための食堂が、近くにあるのだ。

その脇の道に、先に食事を終えたのであろう白い帽子を被《かぶ》った船乗りたち、猪面《いのししづら》の亜人《デミ・ヒューマン》が木箱を担ぎ、地人《ドワーフ》と人族《ヒューマン》が台車を押して荷物を運んでいる。大型船が泊地に二隻止まっていたので、どちらかに載せるのだ。一方、視界の端にはこれから漁に出るのか、小型な船に人魚《マーメイド》と蜥蜴人《リザードマン》が乗り込もうとしており、困り顔の蛙人《ラブランドフロッグ》と議論をしている。

……変わらないな、あの頃と。

そう思いながらカラボス港を眺めていると、俺の手が引かれた。

「おなかすいた」

「ここの魚料理は絶品だよ、ミル」

「はやく、たべたい」

「僕もだよ。でも、仕事を終えてからね」

無言のミルがこちらを見上げてくるが、その返答は肩をすくめるだけにしておく。船の手すりに近付くと、ピルリパットがマリーと共に船を降りる所だった。人虎《ウエアタイガー》は得物の先端回転銛《トゲリング・ハープーン》と、そして拘束されたメイアを担いでいる。そんな彼女たちを、桟橋上である一団が待ち構えていた。

彼らは大小の差はあれど、一様に同じ服を着込んでいる。白に近い桜色の制服に身を包む彼らは、このロットバルト王国、シュタールバウム家に仕えるオディール城の守護者である近衛騎士団たち。そしてその先頭に立つ彼こそ、近衛騎士団団長、ジョヴァン・ヌッツァその人だ。

そのジョヴァンを見て、ミルが無感情にこうつぶやいた。

「にゃんこ」

「いかにも。吾輩《わがはい》、《妖精猫《ケット・シー》》である故」

そう言って、この場の誰よりも背の低いジョヴァンは俺たちの方へと視線を向ける。その隣に一際背の高い騎士団員がいるのだから、一層その低さが際立っている。しかしジョヴァンは、相変わらず耳が良い。

俺はミルを抱えるとそのまま手すりを乗り越え、マリーたちより先にジョヴァンたちの前へと降り立った。ミルを桟橋に下ろすと、猫目がくるりと俺の方を向く。

「久しぶりであるな、チサト。息災であったか？」

「おかげさまでね」

　その痛烈な皮肉に、俺は苦笑いを浮かべるしかない。黄金色の瞳に白銀の毛並みは、思わず撫《な》でたくなる程の可愛《かわい》らしさだ。しかし見た目の愛らしさに反して、目の前の妖精猫は三百年以上生きている化け物だ。この国の暗部も、当然の如く知り尽くしている。恐らく、俺とフリッツの間で起こった事も気づいているのだろう。でなければ、この国の第二王子を殺した俺の体調を気遣える発言が出来るわけがない。

　……猫を被る事については、こいつの方が上か。

「そっちはどうだったんだ？　ジョヴァン。中々大変だったとピルリパットから聞いているぞ」

「ふむ。まさに、その通りなのである。吾輩たちもマリー様をお守りしたいのは山々だったのであるが、デジレ国王陛下とターリア王妃殿下の没後、近隣諸国との対応もあったのでな」

「この国の第一王女より、国そのものを優先したのか？」

「そこに優劣を付けるのは、愚かしい事だよチサト。マリー様お一人をお守りしても国がなければ帰る所がなく、国に固執すればマリー様をお守りできない。故に国は吾輩たちが、マリー様はピルリパットたちに任せたのである。一度懐に入られた後、ルイス様への対応の難しさはチサトも知っているであろう？」

「……まぁ、な」

ドゥーヒガンズで溢れた鼠《ねずみ》たちの事を、俺は思い出す。ルイスの命令がある限り暴れ回る鼠への対応は、確かに厄介の一言に尽きる。だが、それにしてはカラボス港の被害が少ないように見えた。

……国の守りの方を手厚くするために、人員をこっちに割いたのか。

そこにどんな判断があったのか、どんな思惑があったのかは、俺にはわからない。だがその話題を取り上げるのは、流石《さすが》に踏み込み過ぎだろう。俺が受けたのはあくまでマリーの護衛であり、デジレ王とターリア王妃の仇討《あだう》ち。つまり、復讐《ふくしゅう》なのだから。

何事にも、出来る事と出来ない事がある。

俺は気を取り直すように、ジョヴァンに向かって問いかける。

「それで、お隣の方は新戦力か？」

「ああ、そう言えばチサトは会うのは初めてであったな。紹介しよう。吾輩の旧友、《岩醜妖精《スプリガン》》のアンドリュー・ラングなのである。現在は、近衛《このえ》騎士団迎撃部隊部隊長の任を任せているのである」

そう言われ、アンドリューは小さく頭を垂れた。それでも俺より高い彼の身長は、この場に存在するだけで威圧感を与える。制服の袖は肩から破れており、その下にある体に押し上げられて、釦《ボタン》も吹き飛びそうだ。蛇紋岩《じゃもんがん》のような肌が、空から注ぐ光を照り返す。だが不思議と左右の両目、左が青、右が緑色の瞳は光っているはずなのに、太陽の光を全て飲み込む深淵《しんえん》のような暗さも持っている。ジョヴァンの旧友という事で、アンドリューも百年単位で生きているはずだ。見た目以上に、内面にも気をつけておいた方が良いかもしれない。

「ジョヴァン、アンドリュー、只今《ただいま》戻りました」

ジョヴァンたちと話していると、マリーとピルリパットもこちらへとやってきた。隠体套《アバヤ》が潮風に揺らされるが、その下に隠されている彼女の全容を窺《うかが》い知る事は出来ない。そんな彼女に向かい、ジョヴァンはうやうやしく頭を下げる。

「これはこれは、マリー様。ご無事で何よりです。ピルリパットも護衛、ご苦労だった」

「それが自分の任務だ。それより、こいつを預かって欲しい」

そう言ってピルリパットは、担いでいたメイアを桟橋の上へと放り出す。猿轡《さるぐつわ》をされた彼から、痛みと抗議のため小さなうめき声が漏れた。それを見たジョヴァンの目が、小さく細められる。

「……彼は、誰なのかね？」

「ルイスの手下だ。船乗りに紛れており、見つけ出して拘束した。尋問したが、大して有益な情報を得る事は出来なくてな」

「……ふむ。とは言え、放置は出来まい。アンドリュー？」

そうジョヴァンが問いかけると、アンドリューは一歩前に出て、軽々とメイアをつまみ上げる。そして、ジョヴァンの方へと目線を下げた。それを気にした様子もなく、ジョヴァンは岩醜妖精へと指示を出す。

「すまないが、城の独房へ入れておいてもらいたい。何かしら、話す気になるかもしれないのでな」

アンドリューは小さく頷《うなず》くと、メイアを肩に担ぎ、二、三名の部下を引き連れてこの場を後にする。彼らが向かう先は当然、オディール城だ。

オディール城は突風どころか大津波があってもびくともしないであろう幕壁《まくかべ》で囲われており、側防塔がずらりと並んでいる。跳ね橋が架かる城門は、許可なく侵入しようとした者を永遠に拒絶するような威圧感があった。

……とはいえ跳ね橋は通常下りたままで、城下町マウゼリンクスとの行き来に使われているがな。

振り返ると、俺たちが乗ってきた船の引き継ぎをしていた団員が戻ってくる。ジョヴァンがその報告を聞き、小さく頷いた。

「では、この船の管理は君たちに任せたのである。吾輩たちはマリー様たちと城へ戻る故。チサトたちは――」

「彼らは、マリー様の護衛として自分が雇った。詳細は道中話す」

　ピルリパットの言葉に頷き、ジョヴァンはオディール城に向かって歩き出す。八名程の近衛騎士たちを残して、俺たちはカラボス港を後にする。ジョヴァンが先頭で、その隣にイオメラ大陸からグアドリネス大陸へ逃れた後の話をピルリパットがしている。その人虎の三歩後ろをマリーが歩き、五歩程離れた所に俺とミルが続く。マリーと俺たちの両脇を、それぞれ五名の近衛騎士団団員たちが護衛する形で城下町マウゼリンクスを進んでいった。

　ロットバルト王国は国の貿易の入口であるカラボス港と、オディール城を取り囲むマウゼリンクスと名付けられた城下町で構成されている国だ。建物も白を基調とした色合いになっており、屋根も橙色系統で造られている。その中でも建物に独自色を出そうとしているのか、橙色の中に蜜柑《みかん》色や柑子《こうじ》色と、町の外観を損なわない範囲で工夫が見られる。だが、ここにもルイスとの戦闘が行われた形跡が、割れた煉瓦が、粉々になった硝子《ガラス》窓が、抉《えぐ》れた建物の姿があった。

　しかし、ここに住む人たちは今も生きている。マウゼリンクスで生活している種族も、様々だ。人族だけでなく亜人、妖精《フェアリー》や妖人《エルフ》の姿も多い。人口比率的にマウゼリンクスは人族と亜人が半分程。漁や貿易で船に乗り生計を立てる人々が多いカラボス港付近は人族が三で亜人が七と、亜人の方が多く住んでいる。一説にはデジレ王が、亜人、妖精のターリア王妃と婚姻したのをきっかけに、人口比率が変わったとも言われていた。

そしてある通りに差し掛かった所で、俺の足が止まる。ここは確か、この先は、オディール城への隠し通路へ続く——

「おや、そこにいるのはひょっとしてチサトさんではないですか？」

その声に振り向くと、一人の『商業者』が立っている。ジョヴァンたちが立ち止まるが、手を動かして問題ない事と先に行くように合図した。一団が先に進むのを見送っていると、俺に話しかけた男がにこやかにこちらへ向かってくる。どこかで見た顔だ。確か——

「むすこ。どざえもん」

「……ああ、ジェリケさんじゃないですか。お久しぶりです」

ミルの言葉で、俺は半年程前に『復讐屋』の門を叩《たた》いた父親の事を思い出した。ジェリケの息子、トゥースは開拓者街道《パイオニアレーン》を通ってグアドリネス大陸に商品を運んでいる途中、護衛に付いていた『冒険者』たちに殺された可能性があると俺が解剖し、検死したのだった。

「ジェリケさんは今、こちらで商売をされてるんですか？」

「ええ。チサトさんのお店を出てから直《す》ぐなので、半年ぐらい前ですかな？　こちらの国にやって来たのです。それで、なんと先月、息子の仇《かたき》をどうにか見つけまして！　いやぁ、本当にあの時はチサトさんにお世話になりました！　おかげで良い復讐が果たせましたよっ！」

その瞬間を思い出したのか、ジェリケの顔が復讐鬼のそれとなる。彼は捕らえた『冒険者』たちの手足を捥《も》いで、魔物《モンスター》が出る森の中に放置したのだという。そして魔物に食われる彼らの姿を、木の上から見物したそうだ。悪鬼の如《ごと》く笑うその口からは、暗い愉悦の声が漏れ出している。だがすぐに、その瞳に哀愁の色が灯《とも》った。

「復讐を果たしましたが、結果としてそれが自分の中で息子が、トゥースの仇を討った後、トゥースがもういないのだと認めるきっかけになったのだと思います。トゥースの仇を討った後、近くのこの国に入国して商いをしておりましたが、そろそろ別の所で新しい生活を始めようと思いましてな」

そういいながら、ジェリケは先に進む近衛騎士団たちを一瞥《いちべつ》する。彼の言っている言葉に嘘《うそ》はないのだろうが、商売の拠点を別の場所にしようと思ったきっかけには、間違いなくルイスの件が絡んでいるのだろう。命あっての物種だ。死んだらあの世に金は持っていけない。

「では、そろそろ私は出発しようと思いますので。ああ、落ち着いたら息子を受け取りに行きますよ。こちらが私の連絡先です。あ、そうそう。この前、この国でチサトさんをご存知という方にお会いしましたよ。とても会いたがっていらっしゃったので、今はグアドリネス大陸のドゥーヒガンズという町にいらっしゃるとお伝えしました」

「……俺の事を？」

もう少し話を聞きたかったが、その後すぐジェリケは部下に呼ばれて立ち去ってしまった。見下ろすと、ミルが感情を宿さない瞳でジェリケを見送っている。そしてすぐに、その無表情を俺に向けてきた。

「わかってるよ、ミル」

そう言って俺たちは、先に進むマリーたちの後を追う。追うと言っても、彼らの背中に俺たちはすぐに辿《たど》り着く事が出来た。彼らの足が、止まっていたからだ。どうやら、進むのを躊躇《ためら》っているらしい。進行方向には、二つの集団が言い争っているようだ。

「カラボス港に住む亜人《デミ・ヒューマン》たちは、俺たちより仕事が優遇されている！　何でマウゼリンクスの住人たちにも仕事を与えてくれなんだ？　これは差別じゃないかっ！」

「そうだそうだ！」

「ヨハンの言う通りだっ！」

「私たちを蔑《ないがし》ろにするのはやめてよ！」

「同じ国に住んでいるのに、おかしいだろっ！」

「船乗りがそんなに偉いのかよ！　たかが船乗りのくせにっ！」

どうやらマウゼリンクスの住民たちが、カラボス港に住む人たちへ抗議を行っているようだ。ヨハンと呼ばれた男が先頭に立っており彼が抗議する集団の取りまとめ役のようだが、その内容は見当違いも甚《はなは》だしい。船に乗るのはその意志と能力がある者で、そこに差別は存在していない。あるとするなら、亜人が《魔法》を使えるので、ある程度有利にはなるという事ぐらいだが、その程度だ。そしてそれも、『魔道具』があれば、金があれば十分補う事が出来る。こういう事を言うと貧富の差について言及されるのかもしれないが、そこまで話が大きくなってしまえば人族《ヒューマン》、亜人という種族の差で語るのは、いささか問題を単純化し過ぎているように思う。

……それに比率が違うだけで、マウゼリンクスにも亜人は住んでいるだろうに。

そもそも、ヨハンの発言は矛盾が多い。前半では亜人が優遇されているという話をしていたのに、後半はマウゼリンクス全体の話に拡大されている。比較対象が違うのに、議論が出来るわけがない。

そして言いたい事を言われて、カラボス港付近に住む人たちも黙っているわけがなかった。

「たかが船乗り？　ふざけるなっ！」

「俺たちの仕事はこの国の生命線、貿易の要だ！　俺たちはこの仕事に誇りを持っているっ！」

「そもそも、マウゼリンクスを蔑ろにした事なんてねぇよ！」

「ええ、ええ、そうです、そうですね。ぼくたちは皆さんを蔑ろにしたとは思っていません。むしろ、最近急に反応が変わって戸惑っているぐらいです」

カラボス港側の集団をかき分けて、蛙人《ラブランドフロッグ》が汗をかきながらそう言った。興奮し、熱気を上げる周りとは違い、彼の瞳には理性的な光が宿っている。なるべく柔らかい口調で、かつ論理的にマウゼリンクス側へ話しかけていた。だがそんな彼の努力も虚《むな》しく、カラボス港側の非難の矛先はなんとこちらへと向けられる事になる。

「だいたい、僕らが優遇されているって言うけど、オディール城の近衛《このえ》騎士団たちの方がよっぽど優遇されているじゃないか！」

「そうよ、戦う必要がある時なんてそんなにないのに、あれだけの人材を抱えている必要ってあるの？」

「意味なんてないさ！　何か問題があっても、城の中にいればいいわけだからなっ！」

「この前の反乱だって、ろくに対応してくれていなかったじゃないか！」

「そうだ！　前に魔物の被害が出た時だって、結局死者はオディール城からは出ていないじゃないかっ！」

先程までいがみ合っていたマウゼリンクスの住民たちも、カラボス港の人々と一緒にこちらに向けて罵声を吐き出し始めた。だがその怒声も見当違いだ。有事の時に対応出来る人員を抱えている必要があるから、近衛騎士団はオディール城に常駐している。それに、最後の叱声は完全に間違っていた。

……あの事件で、オディール城ではフリッツが死んでいる。

だが彼らの反応から、ロットバルト王国の住民にはフリッツの死の真相が伝えられていない事がわかる。そしてそれ以外にわかった事があった。彼らの怒りは、俺が以前この国に訪れていた時に発生した魔物の事件と、先日ルイスが起こした反乱による不満が溜《た》まった結果なのだと、俺は悟る。

……確かに、ルイスの行動を止められたのは近衛騎士団しかいない。

それは戦闘という意味だけでなく、ルイスがデジレ王やターリア王妃を手に掛けるのを防ぐ、そしてそもそもそうした事態を発生させないために活動できたのが、近衛騎士団しかいないという事だ。それに少ないとは言え、城下町や港にも被害が出ている。ロットバルト王国の住民の怒りの矛先が向けられるのは、致し方がない事だとも思えた。

それがわかっているのか、あるいは自分を非難する彼らも自分たちが守る対象だと理解しているからか、住民たちの叫喚を、ジョヴァンはじめ近衛騎士たちは黙って受け入れている。だが何人かの表情から、全力を尽くし、死力を尽くした結果なのに何故《なぜ》これほど責められなければならないのか？　という不満も感じ取れた。

ロットバルト王国は、今まで蓄積された不満でオディール城、カラボス港、城下町マウゼリンクスの三《み》つ巴《どもえ》の状態になっているのだ。

……共通の敵という意味で、カラボス港とマウゼリンクス対、オディール城という構図なのかもしれないな。

視線をマリーへ向けると、彼女は俯《うつむ》いているように見える。表情は見えないが、自分の国が、住民たちと自分たちが対立している状況は、マリーにとって歓迎すべき事ではないのは確かなようだ。

「この場でわざわざ集まってする話ではないわ！　不満があるなら後日話を聞く場を設けるから、そこで――」

「だから、そういう所が横暴だって言ってるんだよ！」

怒りを抑え切れなくなったピルリパットが吠《ほ》えるが、逆にそれが住民たちの反抗心に火を付けてしまったようだ。マウゼリンクス側からの抗議の声は大きくなり、カラボス港の人々も悪態を吐《つ》く。ヨハンがこちらを煽《あお》るために一歩前に出た所で、俺と目が合う。すると、ヨハンの顔が突然明るくなり、こちらに近づいてきた。

「チサト、チサトか？　町に魔物が出た時、近衛騎士団の代わりに見回りに出ていた、チサトじゃないか！　久しぶりだなっ！」

その言葉に戸惑い、俺は少し眉を下げる。あの時確かに町の警邏《けいら》に俺も出ていたが、ヨハンと話していた覚えはない。そもそも近衛騎士団の代わりに出ていたのではなく、近衛騎士団と一緒に警備に出ていたのだ。勘違いにも程がある。

俺のその反応で、自分の事を覚えていないと気づいたのだろう。ヨハンは露骨に顔を歪《ゆが》めると、その場に唾を吐き捨てた。

「何だよ、結局お前もそっち側だったって事かっ！」

　そう言うとヨハンは踵《きびす》を返し、この場から立ち去っていく。それに合わせて、マウゼリンクス側の勢いが削《そ》がれ始めた。同様に、カラボス港の住民たちの声も小さくなっていく。何とも言えない気分で頭を掻《か》いていると、今度はカラボス港側から一人、こちらに向かって近づいてきた。マウゼリンクスの人々へ冷静な口調で訴えかけていた、蛙人だ。近くで見ると、でっぷりと太ったコバルトヤドクガエルのような外見をしている。

「ぼくは、カラボス港の取りまとめをしているカールと言います。ヨハンさんが戻ってくると、また抗議が活発になりますから。さ、今のうちに城へ移動してください」

「では、忠告通りそうさせてもらおう。行きましょう、マリー様」

　ピルリパットはマリーの手をとると、ジョヴァンたちと共に俺とミルも歩みを再開する。近衛騎士団員たちも移動するが――

「お前たちのせいだろ」

　団員の誰かが、そう口にした。その声が聞こえたのか、振り向くとカールは悲しそうに顔を伏せている。オディール城へ足を進めながら視線を後ろへ向けていると、気分屋で独善的なヨハンへの不満と、マウゼリンクスとオディール城へ戦う姿勢を見せないカールに対しての悪態が聞こえてきた。ヨハンもカールも、それぞれ代表という立場のようだが、彼らも彼らで一枚岩ではないらしい。特にカールは排他的な扱いを受けているように見える。マウゼリンクスとオディール城への対応だけでなく、その容姿に対しても否定的な声が、しかもそれを本人へこれ見よがしに聞かせる陰湿さを感じた。

……変わってないのは、町並みだけだったみたいだな。

そう思いながら、俺はミルの手を取りオディール城へと向かっていく。


オディール城へ到着すると、俺たちはそのまま会議の間へと通される。すぐにでもルイスへの対応を検討したいという、ジョヴァンの判断だ。ピルリパットからロットバルト王国を出てから今までの話を聞いた妖精猫《ケット・シー》は、ルイスが国に戻るまでにまだ猶予があると考え、先に対策を検討する事にしたのだろう。

近衛騎士たちが、石畳で出来た武骨な部屋へと流れ込んでいく。会議の間の壁には調度品の代わりに剣や槍《スピア》、斧《おの》に盾といった武具が飾られており、机《テーブル》も巨大な木の幹をそのまま輪切りにしたような野性味のあるものだった。団員の軍靴《ぐんか》が床を叩《たた》き、神経質そうな律動を刻む。漆塗りの椅子に近衛騎士たちが座ろうとする中、俺はピルリパットに向かって問いかけた。

「検討を進めようとしている中悪いが、先に報酬をもらいたい」

「……こんな時に、またお前は金の話か？」

そう吐き捨て、ピルリパットが俺の事を射殺せんばかりの眼光で睨《にら》む。気持ちはわからなくもないが、俺にだって言い分はあった。

「元々、ロットバルト王国に着いたら報酬はもらえる契約だっただろうが。それに、俺も出来るなら万全の状態でルイスと向かい合いたい」

そう言って俺は、懐の解剖刀《メス》をピルリパットに見せる。持ってきた解剖刀だって、無限にあるわけではない。刃物であれば俺の切除《レセクション》は発動するが、使い慣れた得物の方が戦いやすいに決まっている。この機会に、得物を補充しておきたかったのだ。

……小回りの利く鼠《ねずみ》にちょろちょろされるのも、嫌だからな。

そう思いながらも、俺は机の上に載せられた軽食を無表情に見つめるミルを一瞥《いちべつ》する。

彼女が天使族《エンジェル》である事を、知られるわけにはいかないのだ。海上であれば船ごと沈めれば目撃者も消せるが、陸地の今はそうもいかなくなる。

「マリーの護衛は、もう他の近衛騎士たちに任せられるだろ？　ならルイスに対して、俺は遊撃に出た方がいいと思うが？　俺の力は、守るよりも殺す方に秀でている。何も報酬をもらって消えようとしているわけじゃないんだ。その金で戦うための――」

「わかったのである！　では、誰かチサトを宝物庫へ案内してもらいたい」

「あ、それならわたくしが――」

「マリー様は狙われているのですよ？　呪いの事もありますし、こちらで安静になさっていてください！」

「ですが、この場でわたくしが出来る事は何も――」

「まぁまぁ、お二人とも。そこまでにして頂きたい。話がちっとも進まない故」

ジョヴァンが机の真ん中に飛び乗り、手にした細剣《レイピア》を振るった。

「アンドリュー。すまないが、チサトを宝物庫へ案内してもらいたい。お前の戦い方も、戦略や戦術に合わせて器用に変えるようなものでもなかろう」

その言葉にアンドリューは寡黙に頷《うなず》くと、扉の外へと足を向ける。彼は入口の扉を開けた所で、こちらに振り向いた。どうやら、付いて来いという事らしい。

……俺にとっては、好都合だな。

俺とミルは、黙ってアンドリューの後に付いていく。乱形石で出来た廊下を歩いていると、ミルが小さくつぶやいた。

「しゃべれる？」

「それは、吾《われ》に言っているのか？」

アンドリューが、背後の俺たちへ僅かに視線を向けて、そう言った。彼の声は、洞窟に風が吹き込んだような、厳《おごそ》かな声色をしている。

「話せはするが、得意ではない」

「どうして？」

「飾るのは、得意ではない」

「言葉を飾る必要はないさ。むしろ、あなたの率直な意見が聞きたい」

　俺はそう言った後、更に言葉を続ける。

「あなたが来た時から、この国はこんな感じなのか？」

　アンドリューは俺の方へと視線を向ける。

「こんな、とは？」

「カラボス港、マウゼリンクス、そしてオディール城。ロットバルト王国が、三つ巴になっているような状況だよ」

「三つ巴という表現は、不適切だ。戦力的には、圧倒的にオディール城が上だ」

「逆に言うと、その対立構造をあなたは認識しているわけだ」

「……飾るのは、得意ではないと言った」

「原因は何なんだ？　俺が以前この国にいた時には、こうした状況ではなかったんだが」

「ジョヴァンの呼びかけに応え、吾が一年前にシュタールバウム家に仕えるようになった時には、こうなる気配は感じていた」

　そう言いながら、アンドリューは顔を前方へと向ける。角を曲がると、城の中なのに緑が見え始めた。俺がかつてフリッツたちと交友を深めた、中庭だ。植えられている植物や花の色合いは多少違えど、ここはあの時のような穏やかな空気が漂っている。

　それを無視するように、俺は言葉を紡ぎ出す。

「ピルリパットからは、ルイスが反乱を起こしたと聞いたが？」

「確かにこの国に不穏な空気が漂い始めたのは、ルイス様が原因だ、という声も聞く」

アンドリューの言葉に、俺は小さく頷く。

……ルイス様、ねぇ。

「その言い方では、あなたはそれを信じていないみたいだな」

「……むしろ、逆だ。ルイス様はこうならないよう、マウゼリンクスに赴き、取りまとめたり、代表たちと言葉を交わしたりしていた」

……では、ルイスはヨハンとも懇意にしていた可能性があるな。

そう思う俺の隣で、ミルが表情を変えずにアンドリューへ問いかける。

「だれの、みかた？」

その言葉に、岩醜妖精《スプリガン》の足が一瞬止まる。その反応のわかりやすさに、俺は思わず口角を釣り上げた。

「大丈夫だよ、アンドリュー。率直な意見が聞きたい、と言っただろう？　あなたは、何故ルイスがこんな事を起こしたんだと思う？」

「マリー様から、聞いていないのか？」

岩醜妖精の眉が、僅かに歪む。そんな彼に向かい、俺は小さく首を振った。

「聞いてはいるさ。でも、それはあくまでマリーたちの目線の話。特にピルリパットは、マリーが絡むと感情的になる」

「……確かに。吾はフリードリヒ様の事は存じないが、それでもピルリパットがマリー様に対して公平性を欠いているという認識はある」

「だから俺は、もっと情報が欲しいのさ」

俺はマリーが、ピルリパットが嘘《うそ》を言っているとは思っていない。だが、彼女たちの話した事が今回の事件の全てだとも思っていないのだ。

……知らない事、見ようとしていないものは、本人には理解できないものだからな。

「お前は、何を知りたいんだ？」

「フリッツが死んでから、今までの事だ。ピルリパットは俺を人殺しとなじるだけで、ルイスがマリーを追い始めた頃、特にそれ以前の話しかしてくれなかったからな」

ピルリパットの俺に対する怒りは、理解出来る。人殺しと揶揄《やゆ》するのも、完全に同意する。だが、それでは情報が足りないのだ。この悲劇の連鎖は、きっと涙を流すだけでは解けないから。

俺の言葉に、アンドリューは静かに目を伏せた。

「ピルリパットはな、自分を責めているのだ。少なくとも吾は、そう聞いているし、そう認識している」

「責めてる？」

「フリードリヒ様が亡くなられたあの日、ピルリパットは彼を心配し過ぎて、休ませてしまった。だから彼女は、フリードリヒ様が殺される隙を作ってしまったんだと、そう考えているのだ」

「……俺がフリッツを殺せたのは、ピルリパットが原因だ、と？」

「少なくとも、彼女はそう考えている。だからその妹のマリー様だけは何とか守ろうと、そう考えているのだ。姿が変わり果てたマリー様を一番救いたいと思っているのも、ピルリパットだ」

かつてはその中にルイス様もいたのだが、とアンドリューは小さくつぶやいた。俺はその言葉を、ただ黙って聞きながら、彼の背中についていく。

「フリードリヒ様亡き後、マリー様はふさぎ込んでいたようだ。それはルイス様も同様だったが、次第にマリー様を元気づけようと、無理にでも明るく振る舞うようになったと聞いている。そしてルイス様が元気づけようとしたのは、マリー様だけではない。ルイス様はフリードリヒ様を失い、悲しみに暮れるこの国を、カラボス港を、マウゼリンクスを、もちろん、オディール城に住まう全ての人の笑顔を取り戻そうとしたのだ」

「それで、マウゼリンクスの取りまとめ役とも懇意にしていた、と？」

「ルイス様は、マリー様や吾とは違い亜人《デミ・ヒューマン》の血を引いていない。気にかけない人にとっては些事《さじ》ではあるが、かける人には大事なのであろう」

確かに亜人の優遇に不平の声を上げていたヨハンたちは、母が妖精《フェアリー》のマリーや人虎《ウエアタイガー》のピルリパットより、ルイスの声に耳を傾けたに違いない。マウゼリンクスの住民たちに、ルイスは好意的に受け入れられただろう。

「ルイス様は、誰でも分け隔てなく話を聞き、そして手を差し伸べた。不満を持つ者、恵まれない者、そして吾のように醜悪な外見の者であっても。本来であればフリードリヒ様を亡くし、慰められたかったのはルイス様の方であったろうに。だが、ルイス様は常に笑顔を絶やさず、ロットバルト王国中を歩き、時には国外へも目を向けていらっしゃった。いずれルイス様がこの国を背負い、導いてくれると、誰もが夢想していた」

「だがルイスは、デジレ王とターリア王妃を殺した」

「……デジレ国王陛下とターリア王妃殿下の死に様は、尋常なものではなかった。それこそ、狂ったと言われても、誰も反論出来ないような有様だった」

全身が、食い尽くされていたのだと、アンドリューは言葉を漏らす。

「鼠の一匹一匹が、丁寧に、そして不必要なまでの念入りさで、肉の一片どころか床に零《こぼ》れた血を床ごと吸い尽くすように舐《な》めまわったような有様だった。残されたのは陛下、殿下のお召し物と、床に僅かに付着した血痕のみ。骨すらしゃぶりつくされ、舐め削られていた」

「その二人は、抵抗しなかったのか？」

「しなかったのか、出来なかったのか、そうした痕跡はなかった。陛下の剣も、抜かれた様子はなかったのでな」

その言葉に、俺は生前のデジレ王とターリア王妃の事を思い返し、少し唇を噛《か》みしめる。

そしてその後、アンドリューに向かって問いかけた。

「ルイスがデジレ王たちに手を掛ける前、よく会っていた人物はわかるか？」

「……当たり前だが、この城の近衛《このえ》騎士、特にジョヴァン。それにマリー様やピルリパットとはよく言葉を交わしていた。他にはカラボス港とマウゼリンクスの取りまとめ役たちであろうな」

アンドリューの言葉に、俺は浅く腕を組む。義妹のマリー。彼女の従者であるピルリパットや近衛騎士たちだけでなく、カラボス港、マウゼリンクスの代表格のカールやヨハン。彼らと対話を続けていたという事は、ルイスには薄々、今のように国が三分されてしまう未来が見えていたのかもしれない。だから彼はそうならないように奔走し――……最後は自分の凶行でそれを決定的なものにし、ヨハンたちからも非難される状況になったわけか。

こちらをじっ、と見つめるミルの頭をなで、俺はアンドリューが足を止めるのと合わせて自分の歩みを止める。宝物庫に着いたのだ。その扉を開けようとする岩醜妖精の背中に、俺は疑問を投げかける。

「お前ら近衛騎士団は、カラボス港やマウゼリンクスの住民たちの事をどう思ってるんだ？」

「……お前が思っている通りで、概《おおむ》ね合っておる」

「良くは思っていない、と？」

「自分を嫌うものを、好きになるのは難しい。それはジョヴァンとて、他の団員たちも同じであろう」

「では、最後にもう一つ」

「なんだ？」

「俺がフリッツを殺した事を、お前たちはどう思っているんだ？」

その言葉に、アンドリューは静かに振り向いた。彼の緑と青の瞳が、俺を射貫《いぬ》く。

「吾はジョヴァンと、国を守護する契約でこの場にいる」

「ロットバルト王国そのものを守れればそれでいい、と？」

「逆に言えば、国を揺るがすような行動に出た場合容赦はしない、という事だ」

その容赦をしない対象は俺だけではなく、マリーを狙いいずれやってくるであろうルイスに対しても当てはまるのだろう。もはや何も口にせず宝物庫の中に入るアンドリューに続き、俺はミルの手を引いて後に続いた。

ルイスを迎え撃つ方針と各々の役割が大方決まった所で、椅子に座って足を揺らしながら虚空を眺めていたミルが突如、窓、城門が見える方へと振り向いた。ジョヴァンの猫耳も、同じ方向へ向いている。

……確かに少し、騒がしいな。

そう思った直後、会議の間の扉がけたたましく開け放たれた。

「大変です！　マウゼリンクスの奴《やつ》らがっ！」

「城門前に陣取って、抗議活動を始めましたっ！」

「何？」

ピルリパットが顔をしかめる中、俺とジョヴァンは既に窓際へと移動。跳ね橋が上げられないよう広がり、看板を掲げて声を張り上げる人々の姿が見えた。その先頭にいるのは灰赤色の髪と瞳の男、ヨハンだった。

「この国は、デジレ陛下が妖精を娶《めと》ったあたりからおかしくなったんだっ！」

「あの妖精のせいで、全てがおかしくなったのよ！」

「あの頃の国を返して！　亜人ばかり贔屓《ひいき》しないで！」

「僕たち弱者も救ってくれよっ！」

「何を勝手な事ばかり言っているんだ！」

「陳情はまた別の機会に場を設けると言っただろうっ！」

「あまり妄言《もうげん》ばかり繰り返すと、反逆罪としてこちらも対応せざるを得なくなるぞ？　わかっているのかっ！」

　オディール城からも近衛騎士たちが出てきて、ヨハンたちに対応する。だが抗議の声は、更に大きくなっていくばかりだ。

「そうやって力を振り上げて、わたしたちをこれからも虐げるの？」

「いい加減にしろよ！　生まれた時点で亜人の方が《魔法》の適性が高いんじゃ、努力じゃどうしようもない差が生まれるのは当然だろうがっ！」

「そこから言葉まで取り上げるつもりなの？　僕たちは、声を上げる事すら許されないの？」

「俺たちが言っている事は、何も間違ってないだろうが！」

「デジレ陛下が妖精にかどわかされたから、陛下はルイーゼ殿下を殺したんじゃないのかよっ！」

「ルイーゼ殿下だけじゃない！　クララ殿下の時もそうだったっ！」

　抗議の声を聞きながら、俺は眉を顰《ひそ》める。彼らの不満は、何も一過性のものではなかった。今までこの国では、不可解な事件が起き続けていたのだ。

　デジレ王によるクララ王太后の殺害。同じく、ルイーゼ王妃の死。更に魔物《モンスター》騒動に加えてフリッツが死亡し、そして最後にルイスの反逆で、この国に対して蓄積していた不満、不安、不信が一気に爆発した。それが、この抗議活動だったのだ。

……マリーがロットバルト王国に戻った事で、この国とルイスが戦闘になるのは目に見えているからな。

元々存在していた火種に、生まれた環境、更に種族の差という燃料が加えられ、ロットバルト王国はカラボス港、マウゼリンクス、そしてオディール城の三つに分断するに至ったのだ。

俺は振り返り、会議の間を眺める。マリーは隠体套《アバヤ》越しに両手を祈るように組んで窓から抗議活動を眺め、ピルリパットはそんな彼女を支えている。近衛騎士たちは抗議活動に対応しようと、部屋から出ていく者もいた。だがその大半は、アンドリュー、そして窓際から住民たちを眺めるジョヴァンと一緒に部屋に残っている。

……不安を取り除くより城の守りを固めて、あくまで国を守るのを優先するのか。

そう思っている俺に向かって、椅子を引きずりながらミルが近づいてきた。運ぶのを手伝ってやると、ミルは靴を脱いで、窓際に立てた椅子の上に登って窓の方へと顔を出す。

「におう」

感情の宿らない碧色《へきしょく》の瞳で城下町を見下ろすと、天使は薄い唇を動かしてそう言った。

ヨハン率いる抗議活動はまだ長引きそうな気配が漂い始め、それに反比例するように近衛騎士たちの忍耐も削られていく。彼らの我慢の限界も近づき、一向に自分の意見が聞き入れられないマウゼリンクスの住民たちの怒りも頂点に達しようとしたその時。異変が起こり始めた。いや、騒がしいのは変わらない。だが、騒ぎ方がおかしい。

「え、何だあれ？」

「踊って、る？」

会議の間にいる、団員たちの戸惑う言葉の通りだ。そう、踊り始めたのだ。抗議を行っていた、マウゼリンクスの住民たちが。踊っているのだ。抗議の看板を掲げながら。団員たちをおちょくるために踊るという抗議の仕方も、確かにあるだろう。だが、そうではない。何故《なぜ》なら踊り始めた彼らの顔は一様に戸惑いの色に染められている。いや、それだけではない。中には踊りながら、泣き始める者も出始めた。

「な、何だよこれ！」

「止めて！　誰かわたしを止めてよっ！」

「か、体が勝手にっ！」

ついには跳ね橋付近にいた近衛騎士にも、踊り始める者が出始める。彼らは自らの意思とは関係なく手を上げ、足を動かし、不格好な舞を続けていく。そんな彼らの足元を、鼠《ねずみ》たちが駆け巡っていた。

「ルイスかっ！」

ピルリパットがそう叫び、窓硝子《ガラス》へと顔を近づける。人虎の言う通り、鼠の発生は狂ったとされる王子を連想させるが、今回ばかりはそうとも言い切れない。

「鼠も、踊っておるようだな」

ジョヴァンの言う通り、踊る人々の足元で、鼠たちも跳ねて踊っている。そして、踊り疲れたかのようにその場で倒れ、踊る人の踵《かかと》に踏み殺されて絶命した。

鼠の腹を、靴先が鋭く貫く。骨が折れ、臓物が地面を汚す傍ら、捩《ね》じ切れた鼠の首が転がってきて、更にその頭も誰かの足が踏みつけた。頭蓋が割れ、桃色の脳みそが土と砂に塗《まみ》れて混ざり、絶対に口にしたくない落花生牛酪《ピーナッツバター》のようなものが出来上がる。その牛酪《バター》は踊る鼠と、そして踊る人間の足で更に地面へ塗り付けられた。他の踊っている鼠も人間の足に圧殺され、そうならなかった鼠は力尽きて橋の上から落下。そのまま水に落ちて二度と水面へ顔を出す事はない。踊り過ぎて、過労死しているのだ。鼠を操り攻撃の手段とするルイスも、鼠を無駄に踊り殺すためだけに、こちらにけしかけるような真似《まね》はしないだろう。殺す使い方をするなら、ジークに食わせるなど、ある程度次につなげるための布石にするはずだ。

椅子の上に立つミルが、窓に顔を近づけた。その目は城下町の外れ。更にその外へと向けられているように見える。天使と同じように窓を見ながら、妖精猫《ケット・シー》は耳をひくつかせた。

「これは、笛、であるか？」

ジョヴァンの言葉に、俺も耳をそばだてる。すると微《かす》かに、笛の音らしきものを感じる事が出来た。マリーの耳にも聞こえたのか、彼女は俺の方へと振り向いた。

「チサト様。これは笛吹き男《ラッテンフェンガー・フォン・ハーメルン》ではないでしょうか？」

マリーが、かつて俺と出会うきっかけとなった魔物の名前を口にする。笛吹き男とはその名前の通り、笛を吹く魔物の事だ。その笛の音が《魔法》となっており、それを聞いた動物を自在に操る事が出来るようになる。ルイスの獣使い《ビーストテイマー》と類似した能力だが、動物を操れるのは笛を吹いている間だけだ。その笛の音が小さくなれば効力も弱まるが、逆に十分な音量があれば人間ですら自在に奴らは操る事が可能となっている。過去に村中の子供たちが笛で操られ、連れ去られたという事件も発生していた。

……今はか細い音しか聞こえないが、鼠を操るだけなら十分か。

そう思いながら、俺は先ほどのマリーの言葉に内心毒づいていた。呪われているというマリーの護衛。ルイスの突然の狂乱の謎。そしてこのロットバルト王国に燻《くす》ぶり、ついに火が付いた国民感情と、俺たちには問題が山積みだ。

だが俺たちの事情なんて、魔物は考えてくれない。

そうこうしているうちにも、混乱は城門前だけでなくマウゼリンクス、そしてカラボス港へと広がっていく。路上を歩いている人が、次々に狂ったように踊り始めた。まるで踊りが感染しているようだ。そうした人々を、家の中から怯《おび》えたように見つめる人たちの姿も見える。どうやら、室内にいればあの狂乱に強制参加させられなくて済むらしい。

……なら、城の中にいる限り俺たちは安全か。

俺と同じ事を考えたのか、ピルリパットがジョヴァンへこう提言する。

「跳ね橋を上げ、門を閉じよう。そうすれば、マリー様の安全は担保出来る」

その言葉に、マリーがすかさず反応した。

「ですがピルリパット！　それはこの国の国民を見捨てるのと同義です！　そうなればもはやこの国が一つにまとまる事は出来なくなってしまいますっ！」

王女の言う通り、ここで彼らを見捨てればオディール城は、カラボス港は、マウゼリンクスは、そこに住まう人たちは、もう二度と一緒に暮らしていく事は出来なくなる。自分を見捨てる国に、残りたいと思う国民はいない。生まれた場所に未練を残し、まだここで暮らしたいと思う人もいるだろうが、それは土地に対する想《おも》いであって、ロットバルト王国という国に対してではないだろう。

……だが切り捨てれば、守る事の出来るものもある。

それは、この国を治めて来たシュタールバウム家の血を引くマリーの安全だ。そしてこの国を守護する近衛《このえ》騎士たちも、ほぼ全員助かるだろう。国を守る事を優先するジョヴァンやアンドリューたちがどういう結論になるのかは、考えなくてもわかりそうなものだ。

……俺としても、ミルの安全を第一に考えたい。

俺にとっての最優先事項は、ミルの安全だ。そのためなら誰だって見捨てられるし、殺す事も出来る。そして、実際にそうしてきた。それは『商業者』の一団だったり、亜人《デミ・ヒューマン》の少女だった事もある。

ミルの方へ視線を向けると、彼女は窓から目線を外し、俺の方を向いていた。

「どうした？」

「そーごほかんかんけー」

……どうやら、俺だけがそう思っているわけではないみたいだな。

ミルがまた、視線を窓の外へと向ける。俺もつられて窓を覗《のぞ》き込むと、踊りながらオディール城へ向かって進んでくる人たちの姿が見える。マウゼリンクスからだけでなく、カラボス港からも踊る行列がこちらに向かって進行してきた。まるで精神異常者に無理やり書かせた絵本を見ているみたいだ。更に厄介な事に、この御伽噺《おとぎばなし》には音声も付いている。

「助けて、誰か止めてくれ！」

「熱い！　手が、足が、燃えるように熱いよっ！」

「血が、踊り過ぎて血が出て来た！」

「痛いよ、足が、もう嫌だ！　踊りたくない！　踊り過ぎて手足が痛いっ！」

「嫌っ！　だめ、だめよっ！　いるのよ、赤ちゃんが！　お腹《なか》に赤ちゃんがいるのっ！」

「やめて、止めて、踊らせないで、もう嫌だっ！」

何十人という人々が、涙を、そして血を流しながら踊り狂っている。誰かが飛び跳ねる度叫喚が上がり、その場で体を回しながら絶叫し、咆哮《ほうこう》を上げながら躓《つまず》いて転がった人を踏みつぶして、誰かの慟哭《どうこく》が響き渡る。戦闘ではなく、ただ人が踊り続けるだけで、地面が血に染まる。折れた腕を無理やり振り上げて、誰かの右腕から上腕骨が飛び出した。ある男性は左膝蓋骨《しつがいこつ》が骨折したのか地面に這《は》いつくばり、皆に踏みつけられながらも道に転がるようにしながら無理やり踊っている。ある女性は、涙を流しながら笑っていた。彼女の股間は血に塗れ、その血は女性が踊って来た道に続いている。恐らく、流産による出血だろう。無理やり踊らされ、そして自分の胎内から命が流れ出すのを止められなかった現実に、もう笑うしかないのだ。

控え目に言って、地獄以外の何ものでもない光景がロットバルト王国に広がっていた。そしてこのまま何もしなければ、この光景はオディール城の中でも発生するだろう。ジョヴァンが、近衛騎士たちに向かって口を開く。

「跳ね橋を――」

「復讐《ふくしゅう》を、依頼します！」

妖精猫の言葉を遮り、マリーが俺に向かって叫び声をあげる。隠体套の揺れが、彼女の激情を示しているようだった。

「ロットバルト王国の第一王女として、『復讐屋』のチサト様に依頼します。わたくしの国民たちにこんな仕打ちをした相手を、討伐してくださいっ！」

「マリー、様……」

マリーの言葉に、ピルリパットをはじめとして会議の間にいた近衛騎士たちも言葉を失う。俺は王女に、いや、依頼人に向かって、顔を上げた。

「依頼料は——」

「言い値で構いません。ロットバルト王国に住む人々を傷つけられたわたくしの恨みを、晴らしてください」

マリーの言葉を聞き、俺は確かに頷《うなず》いた。ミルの方へ視線を送ると、彼女は既に椅子から降りて俺の隣に立っている。

「ねずみをおどらせ、おどらせる」

天使の言葉に、俺も内心同意した。

……考えられる原因は、麦角菌か。

そう思いながら、俺はかつてこの説明をルイスたちにしたな、と思い出していた。

俺の前世では、ダンシングマニアという名前の社会現象があった。別の名を、踊りのペストという。

この社会現象は何の脈略もなく人々が踊りだし、中には踊り過ぎて餓死した事例も報告されている。その原因の一つとして考えられていたのが、麦角菌だ。

麦角は麦角アルカロイドを含み、循環器系や神経系に対して様々な毒性を示す。神経系に対しては、手足が燃えるような感覚を与え、循環器系に対しては血管収縮を引き起こし、脳の血流が不足。精神異常、痙攣《けいれん》、更に子宮収縮による流産なども起こるとされている。

ダンシングマニアの原因は俺の前世では完全に解明され切っていないが、笛吹き男の《魔法》で感染力などが底上げされた麦角菌であれば、こうした事象を起こせるのだろう。

……そして麦角菌に感染させた鼠たちを、笛吹き男はマウゼリンクスに放ったんだ。

だから鼠は踊るようにして城下町にやって来て、そして踊りながら死んでいった。そして踊る鼠の麦角菌に人が感染し、集団感染を引き起こしてこの阿鼻叫喚《あびきょうかん》が生まれたのだ。

俺は手ごろな大きさの布をもらうと、自分とミルの鼻と口を覆うように巻き付ける。不織布《マスク》の代わりだ。そしてミルを抱きかかえ、会議の間の扉を開ける。

「ジョヴァン。鼠がいなくなるのが、俺が笛吹き男を退けた合図だ。傷ついた住民たちの治療をしてやれ。回復薬《ポーション》を飲ませれば、踊りも収まる」

「今から飲ませるのでは、駄目なのかね？」

「飲ませに行った奴《やつ》が踊り始めて、最終的に必要な回復薬が増えるぞ」

妖精猫の返答を待たず、俺は窓の外へと身を躍らせる。解剖刀《メス》を投擲《とうてき》。切除《レセクション》を発動し、俺は窓からミルが眺めていた方角へと宙を疾駆し始めた。

……依頼を引き受けた以上、やるべき事はやるさ。

今回の依頼は、単純明快。ロットバルト王国に集団感染を引き起こした、笛吹き男の討伐だ。笛吹き男を討伐すれば、麦角菌の感染経路となっている鼠《ねずみ》も散り散りになるだろう。

その鼠が残ったとしても、新たに麦角菌を運ぶ鼠が現れなければ収束までは時間の問題だ。イマジニットが引き起こした事件と同じように、後は時間が解決してくれる。

　城下町マウゼリンクスを出た辺りで、俺は一度地面へと降り立った。馬車や人が別の町や国へ移動するため、そこだけ草が育たず土が見えている。更に人々がその道を踏みしめたのだろう。地面が固まり、自然の道が出来上がっていた。その脇は背の低い草花が生え、小高い丘が続いていく。

「あっち」

　そう言ってミルは北側の丘を指さした。その方向から、何か蠢《うごめ》くものが見える。鼠だ。

　俺の接近を察知した笛吹き男が、鼠たちを差し向けて来たのだ。俺はすぐにミルと俺の影へ解剖刀を放ち、切除を発動。迫る鼠たちに向かっても解剖刀を投擲し、更に切除を発動して目的地に向かって駆け出した。俺が解剖刀を振るう度に草木が抉《えぐ》れて地面が表出し、その地肌を鼠たちの血肉が異様な模様を描いていく。獣の血潮が断末魔となって青空へと吹き上がり、上がる血飛沫《ちしぶき》がいらない彩を辺りに撒《ま》き散らしていた。臓物と死骸を生み出しながら、俺はミルを抱えて丘を駆け上がっていく。

　木々ごと鼠を薙《な》ぎ払いながら進行を続けていると、やがて笛を吹く人影が眼前に現れた。その人物は手に唐人笛《チャルメラ》を持ち、その笛の上で軽快に指を動かしている。そいつは赤や青、緑や黄色と体の部位毎《ごと》に原色で体を飾っていた。この道化よりも戯《おど》けているこの異形こそ、鼠を操る笛吹き男だ。

笛吹き男は俺たちの姿を目にすると、頬が裂けんばかりにその口で笑みを刻む。異様に輝く魔物《モンスター》の瞳が四方へ蠢き、笛に息を吹き込むように体を丸めた。奴の吹いた音が、大気を振動。辺りの空気が魔物の体と同じように、原色の淡い光を発生し始める。笛吹き男が唐人笛を経由して、俺に向かって《魔法》を放ったのだ。

笛吹き男とはその名前の通り、笛を吹く魔物の事だ。動物を操れるのは笛を吹いている間だけだが、十分な音量があれば人間ですら自在に奴らは操る事が可能となっている。

喩《たと》えばそう、今の俺のように笛吹き男と接近していれば、十分すぎるほどの音量を発生させる事が出来るだろう。先ほど魔物が笑ったのは、それがわかっていたからだ。必勝を確信したのか、笛吹き男は笛を吹きながら更に笑い、そして次の瞬間には絶命していた。恐らく奴は、自分の死の瞬間まで自分が死ぬ事を認識出来なかっただろう。笛吹き男が手にした唐人笛ごと貫いて、俺の解剖刀は奴の命を抉り取《殺して》っていた。

自分を操る存在がいなくなったからか、辺りの鼠たちは散り散りになって俺から逃げ出していく。それを横目に、俺は解剖刀を自分とミルへと投げ放ち、先に殺していた俺たちの聴覚を復活させる。音で操るのであれば、その音を聞かなければ、効果は発生し得ない。当然の摂理だし、かつて俺は同じやり方でマリーたちを救ったのだ。

「おなかすいた」

「そういえば、まだ食べてなかったね。魚料理」

「はやく、たべたい」

「僕もだよ。それじゃあ、帰ろうか」

そう言って俺は笛吹き男《ラッテンフェンガー・フォン・ハーメルン》の死体を放置し、ミルを抱えてロットバルト王国へと戻っていく。そんな俺たちとは入れ違いに、魔物の死骸へ群がる姿が視界の端を通りすぎた。先ほどまで操られていた、鼠たちだった。

操っていた側が食われる側になり、一瞬にして操られていた側が食う側になる。やはりアブベラントという世界は、優しさや思いやりだけで出来上がっているわけではないのだ。

オディール城へ帰還すると、城門の前は野戦病院さながらの光景が広がっていた。といっても、全身包帯を巻いた満身創痍《まんしんそうい》の人々がいるわけではない。傷自体は回復薬や《魔法》で癒えるのだから、身体的に重症となっている人はそうはいなかった。

問題は、心の方だ。

たとえ体が癒えたとしても、骨が折れた感覚や、血を流した記憶までは消せはしない。

まして、自分の半身を失う様な経験をした人の心は、そう簡単に修復し得ないに決まっている。だから城門前にいる人々は、気力を失い、中々立ち上がる事が出来ない状態となっていた。

そんな中、俺は自分とミルの口に巻いていた布を解《ほど》いて、跳ね橋の真ん中を渡っている。

笛吹き男討伐に向かう前の狂乱とは打って変わり、陰鬱な静寂が漂っていた。

そんな最中、自分の震える拳を握りしめ、立ち上がる男の姿がある。マウゼリンクスの取りまとめ役の、ヨハンだ。

「回復薬を飲むだけで事態の収束が図れたのなら、何でもっと早く俺たちに回復薬を配ってくれなかったんだっ！」

奇《く》しくもそれは、城を出る前、ジョヴァンが俺に問いかけた内容とほぼ同じものだった。

あの時俺がそれをしなかった理由は、被害を拡大させないようにするためだ。大本を先に叩《たた》かなければ、意味がない。先に笛吹き男の討伐をしなければ、麦角菌の感染者をいたずらに増やすだけだという事がわかっていたからだ。そうなれば、最終的に必要な回復薬が足りなくなっていた可能性もある。

だがそんな事、すぐに助けてもらえなかったヨハンたちには、何ら関係ない事だ。どれだけこちらが正当で適正で至当な対応だと思った所で、対応を後回しにされた側が感じる不公平感や不平等感、そしてこちらに対する不信感をゼロにする事は不可能だろう。そういった負の感情は、事象毎《ごと》に調整を図りながら不満を分散させ、日頃から納得感を持たせていくしかない。ないのだが、既にそれが決壊しているこの国では、ヨハンの、ヨハンたちだけから見たら正しい意見が、この場での正論としてまかり通ってしまうのだ。

「やっぱりマウゼリンクスの住民たちは、冷遇されているんだ！　俺たちはこんなにも、ロットバルト王国を愛しているのにっ！」

「そうだ！　なんで僕たち人族《ヒューマン》を蔑《ないがし》ろにするんだよっ！」

「どうして亜人《デミ・ヒューマン》を優先して国の主要な役職につけるのさ！　あんまりだっ！」

「すぐに治せるってわかってたのに、見せしめのためにわざと対応を遅らせたんだろ？」

「酷《ひど》い！　わたしの赤ちゃんを返してっ！」

元々違う論点と問題が、踊り狂わされたという恐怖体験と結びつき、全て一つの大きな問題として語られてしまっている。近衛《このえ》騎士たちも自分たちの対応の正当性を解こうとするが、ヨハンたちの怒りという炎に油を注ぐような事態になるだけだった。

互いに自分たちが正しいのだと、正論と正論をぶつけ合うだけでは、妥協点や落としどころを探す事など永遠に不可能に決まっている。そして妥協点を探るには、こちらも悪かったと一歩引く姿勢も重要だが、傷ついた側は常にそんな理性的な判断が出来るわけがない。ヨハンたちは言わずもがな、団員たちだって仲間が踊り狂う被害にあっている。程度の差はあれど、傷を負ったという自覚は、双方にあるのだ。

その状況下で自分を客観視し、改善点を述べる事が出来るのは、余程の聖人君子か、それこそ何かを信奉し過ぎた狂信者ぐらいだろう。そして今回、そんな事が出来る人物は、この場には存在していなかった。

……ひょっとしたらジョヴァンやアンドリューたちは、こんな光景を百年以上も見続けてきたのだろうか？　だから国に暮らす人々ではなく、国を維持する事に固執するようになったのだろうか？

そんな事を考えていると、また一層騒ぎの声が大きくなる。

「まただ！　また踊りだす奴らが出て来たぞっ！」

「今度はカラボス港の方からだっ！」

「わたしたちばかり被害が出るのは、不公平よ！」

「そうだそうだ！　いい気味だっ！」

「いいから近衛騎士たちは、早くこの騒動を収束させろ！　お前らは俺たちの命を守るために存在してるんだからなっ！」

マウゼリンクスの住民たちはそう言うと、ヨハンの捨て台詞《ぜりふ》に続いてこの場から脱兎《だっと》の如《ごと》く逃げ出していく。彼らも建物の中にいれば、ほぼほぼ安全だという事は学んでおり、そしてもう二度と先ほどのように踊り狂いたくないため、この場に一秒たりとも長居したくないのだ。

……だが、また踊りだしただと？

もう一体笛吹き男が存在していた事も考えるが、すぐさま俺はその可能性を首を振って否定する。先ほどのような鼠の姿も見えないし、何より笛の音も聞こえない。事象的には全く同じだが、原因は全く異なると考えるしかないだろう。

「チサト」

考え込んでいた俺の手をミルが引っ張り、俺を思考の海から現実へと引き戻してくれる。指さす彼女の方へ視線を送ると、跳ね橋が上がって城門が閉ざされようとしている所だった。ヨハンたちがいなくなった事で、オディール城を本格的に籠城させる事にしたらしい。俺は橋が上がり切り、門が閉ざされる前にミルを担いで解剖刀を投擲。城の中へ帰還を果たした。

「チサト様っ！」

ひとまず会議の間へ向かおうとしていた所で、マリーとピルリパットに出会う。人虎《ウエアタイガー》は俺の顔を見るなり、開口一番でこう言った。

「チサト。貴様、マリー様からこの奇怪な事件の解決を請け負っていたな？」

俺には、ピルリパットが何を要求しようとしているのか、理解できた。マリーも、どうやら同じのようだ。王女は従者に、非難の声を上げる。

「ピルリパット！　先ほどとは違い、今は原因の目星が付いていないのですよ？　危険度が違いすぎますっ！」

「ですがチサトは、マリー様の恨みを晴らす依頼を受領しています。貴方様《あなた》の国民を傷つけた相手に、復讐《ふくしゅう》する、と」

「ピルリパットっ！」

マリーは自分の従者へ非難の声を上げるが、俺はピルリパットの言葉に首肯していた。

……そもそも危険度という意味合いでは、今回もさほど変わりはないしな。

笛吹き男との戦闘になった際、そこに別の魔物がいる可能性だって十分あり得た。そういう意味で、マリーの言葉に今回はあまり説得力がない。

……俺を心配してくれるのは、素直にありがたいけどな。

そう思う俺の隣で、ミルが無言でマリーを見つめていた。そんな天使の頭を、俺は優しく撫《な》でてやる。

「けーやく、せーりつしてる」

ミルの言葉通り、そして先ほどピルリパットが言った通り、この事件については追加で契約が成立している。ならば、俺は自分の仕事をするだけだ。

「回復薬《ポーション》を少し分けてもらえるか？　それでこの件は俺がどうにかしよう」

「チサト様っ！」

「そんなに慌てるな、マリー。俺は単純に、請け負った依頼を遂行しようとしているだけだ」

……それにこの事件。解決する当てが、全くないわけでもないからな。

ピルリパットから回復薬を受け取ると、俺は先ほどと同じように自分とミルの口元を布で巻き、彼女を抱えてオディール城を後にする。

カラボス港は、惨憺《さんたん》たる有り様だった。オディール城の近衛騎士たちが配布した回復薬は当然城に近い者から配られていたため、傷を先に治していたのはマウゼリンクスの住民たちだった。逆に言うとカラボス港の住民たちはまだ全員回復薬や《魔法》の恩恵を受け切れておらず、踊り狂い、傷ついた人々が更に自分の血溜《ちだ》まりを舞台として踊り倒すという、吐き気を催すような光景が出来上がっていた。そしてそんな悲惨な状況で踊っていたのは、殆《ほとん》どが亜人たちだった。

……自分が虐げられていると思い込み、亜人たちへ回復薬を渡さなかったのか。

ヨハンたちの歪《ゆが》んだ選民思想の犠牲となり、カラボス港の亜人たちは強制的に狂乱地獄だった世界に投げ込まれた後、更に今地獄の濃度が上がった場所で死の演舞を続けさせられている。俺はピルリパットから受け取った手持ちの回復薬の数を計算に入れながら、何名かを建物の中へと連れ込んで傷を修復し、いくつか質問を行った。

そしてその結果、この港で再び発狂するような輪舞と奇矯な乱舞と絶叫が続く円舞を生み出した犯人がいる場所を割り出し、そこに今、俺は立っている。

俺は抱えていたミルを地面に下ろし、目の前の扉を叩いた。

「どうぞ。開いてますよ」

その言葉に従い、俺は扉を開けて部屋の中へと進んでいく。俺を出迎えてくれたのは、カラボス港の取りまとめ役。

蛙人《ラブランドフロッグ》の、カールだった。

カールは俺たちがここを訪れる事を予見していたのか、穏やかな声でこちらを迎え入れる。

「すみません、こんなに早く辿《たど》り着かれるとは思わず、お茶の準備もまだなんです。紅茶の葉も切らしてまして、もう少しお待ちいただければ、今から表のお店で買ってきますが？」

「麦角菌塗《まみ》れの紅茶は、遠慮したい」

「おなかすいた」

「あはははっ。もう少ししたら、この国自慢の魚料理が食べられますよ」

俺とミルの言葉に、カールは時に笑いながら応えている。だが、その内容が既に異常で満ち溢《あふ》れていた。建物の外に出れば踊り狂うしかないというのに紅茶の葉を買って来るなんて不可能だし、大体この地獄の最中、呑気《のんき》に魚料理を食べている暇なんてあるわけがない。だがこの蛙人は、そんな事、全く気にした様子を見せなかった。

つまりカールは、この地獄の中で普通に生活が出来るのだ。

「あなたは、どうしてぼくが今回の、いえ、今カラボス港に麦角菌を撒《ま》いている犯人なんだと気づいたんですか？」

　もはや隠すつもりもないのか、穏やかな口調でカールは俺に向かって問いかけた。そんな蛙人に向かい、俺もゆっくりと言葉を紡いでいく。

「今までのルイスの行動から考えて、奴《やつ》の賛同者、つまり仲間を俺たちの周りに潜ませていると、そう考えた」

　そしてその仲間には二つ、特徴がある。

　一つは生まれつき、何らかの疾患、遺伝的な疾患を抱えているというものだ。自分に流れる血を、自らの力で変えるのは不可能に近い。

　そして二つ目の特徴は、その疾患によって周りからは異質とされ、排斥《はいせき》、孤独を抱える事になったという点だ。

……今回の事件も、ジークやメイアと同じだとするなら、一つの可能性が浮かび上がる。

「笛吹き男《ラッテンフェンガー・フォン・ハーメルン》が持ち込んだ、《魔法》で強化された麦角菌で発生したのと同じ症状がカラボス港から広がったのなら、港に麦角菌、つまり毒が効かない性質を持った奴がいるのではないか？　そしてそいつこそが、今カラボス港で起きている地獄を引き起こした張本人なのではないか？　と、そう考えたんだよ」

　生物の中にも、自分で毒を生み出すものも存在する。そしてそうした生物が自分の毒で死なない理由は、大きく分けて二つだ。

一つ目は、毒を溜めておく専用の臓器を持っている場合だ。この場合、毒は体の中でも分離されているので、そもそも毒が自分の体を回る事はない。

そしてもう一つの場合。それは既に毒の抗体を持っている、つまり自分の毒がそもそも効かない体質になっている場合だ。

麦角は、麦角アルカロイドを含んでいる。そしてその毒性が今カラボス港で地獄絵図を生み出している原因だ。

そしてある蛙《かえる》の種類は、アルカロイドの一種であるブフォテニンを皮膚腺分泌物に含んでおり、その蛙は自分の毒の影響を受けないのだ。

「つまりカール。お前は、他のアルカロイドも効かなくなった、蛙人なんだ」

故にカールは麦角アルカロイドの影響を、麦角菌の影響を受ける事がない。自分が踊り狂う事がないと知っているから、今この時にも紅茶の葉を買いに行こうだなんて発想が出てくるのだ。

「カール。お前はまず、笛吹き男が鼠《ねずみ》を使ってばら撒いた麦角菌を、大きく吸い込んで肺に満たした」

麦角菌は子嚢《しのう》菌に属し、穀物に寄生する。その菌核が黒い角状なので、麦角と呼ばれているのだ。そしてそうした菌類、茸《きのこ》は人の肺に寄生する事もある。だからカールは麦角菌を吸い込んで、自分の肺に寄生させた。

「こうしてお前は、自分の肺を毒壺《つぼ》にしたんだ。そして最初の騒動が収まったのを見計らい、毒の息をカラボス港へ向かって吐いた。そしてそんな事が出来る奴は、このカラボス港でお前しかいないんだよ、カール」

「いやいや、そんなのわからないじゃないですか。カラボス港に住むぼく以外の蛙人だって、同じ事が出来るかもしれませんよ？」

本気で否定しているわけではないが、とぼけた口調でそう告げたカールに、俺は冷たくこう言い放つ。

「聞いて回ったが、他は踊り狂っていたか死んでいたよ」

それを確認するために、俺は最初カラボス港で質問をして回っていたのだ。可能性のある種族の居場所を、虱潰《しらみつぶ》しに探して回っていた。

「なるほど。では、認めざるを得ませんね」

「……どうやって、知ったんだ？」

納得したように小さく頷《うなず》くカールに向かい、俺は疑問を口にする。そう、いくら考えても、これだけはわからなかったのだ。

「この計画は、笛吹き男が麦角菌を使うと知っていなければ起こす事は不可能だ。お前はルイスから、笛吹き男がどんな行動を起こすのか事前に聞いていたのか？」

俺の問いかけを聞いたカールは一瞬黙った後、爆笑した。その笑いは世界で一番面白い喜劇を見た時の反応のようでもあり、世界で一番辛《つら》い悲劇を見た時の反応のようでもあった。

「あははははっ！　そう、そうです！　ルイス様から、ぼくは聞いていたんですよ！　ぼくの愛したロットバルト王国を、カラボス港を、マウゼリンクスを阿鼻叫喚《あびきようかん》の地獄へ叩《たた》き落とす、この悍《おぞ》ましい計画をねっ！」

その言葉に、俺は思わず歯嚙《はが》みする。何故《なぜ》なら今回、カールが起こした事件の発端は、俺にあるのだから。

……俺が、教えたんだ。まだ誰かを生かせると足掻《あが》いていた、あの頃の俺が、僕こそがルイスたちに教えたんだ。

マリーは、俺が昔話した肺水腫の事を覚えていた。ならば俺がかつて話したあの話を、ルイスが覚えていても不思議ではない。

麦角菌の話を。

そして、遺伝子の話を。

俺が自分の才能を、暗殺者《アサシン》と定められたのに無様に抗《あらが》うため、調子に乗って話した事がきっかけで、今回の事件が起こったのだ。ロットバルト王国に地獄を作ったのは確かにカールだが、俺があの時愚かにも前世の知識をひけらかさなければ、こんな事態にはなっていなかったのだ。

愕然《がくぜん》とする俺を置き去りに、カールは頬をひくつかせながら泣くように笑っている。

「ロットバルト王国のために、カラボス港のために何かできないかと、ぼくは自費で漁業の知見を広げるため、五年程ウフェデオン大陸に留学してたんです。留学先で馬鹿にされながらも、ぼくは必死に勉強しました。そしてやっとロットバルト王国に自分の知見を還元出来ると思い、戻って来た時にはヨハンさんに先導され、マウゼリンクスの人たちはぼくたち亜人《デミ・ヒューマン》を、そしてカラボス港を全くの見当違いの論法で憎み、敵対視し始めたんです！　そして留学経験を買われたぼくは、ぼくがカラボス港の取りまとめ役になったんですよっ！」

カールが自分の頬を引き裂くように、自分の指を顔に当てる。彼の嗚咽《おえつ》交じりの声が、口から僅かに白い息となって宙へたなびいた。麦角菌が毒の息として、彼の口から放たれているのだ。

「でも、カラボス港の人たちが期待していた代表は、ヨハンさんたちと戦える人だった。でも、ぼくは戦いたくなんてなかった！　だって、おかしいじゃないかっ！　ヨハンさんたちだって、この国の事を愛してるんだ！　なのに、なんで戦わないといけないんだよ！　一緒に国を良くしていけばいいじゃないか！　それなのに、それなのに、ぼくの提案はヨハンさんたちは受け入れてくれないし、カラボス港の皆はぼくに腰抜けと陰口を叩くし、顔が、体が気持ち悪いって、目にも入れたくないって無視する人も出てくるし、それこそ外見はぼくじゃどうしようもないじゃないかっ！」

カールの慟哭《どうこく》は言葉は違えど、ヨハンたちがオディール城で近衛《このえ》騎士たちに向かって吐き出していたものとほぼ同じものだ。

生まれの差。種族の差。更にカールの言葉には、そこに寄り添おうとした手を撥《は》ね除《の》けられ、仲間からも排斥された孤独という絶望が入り混じっている。

だからだろう。だから、そんな彼に、ルイスだけは寄り添ったのだ。ジークや、メイアにしたように。

「ぼくの行動が全て無駄なんじゃないかって悩んでた時、ルイス様だけはぼくの話を聞いてくれたんだ。ぼくの体が他の蛙人と違う事も、ルイス様は理解してくれたんだ！　自分も同じだって。自分の血は、おかしいんだって」

「何？」

カールの言葉に俺は思わず声を上げる。だがカールは気にした様子もなく、独白を続けていく。

「……ルイス様はデジレ国王陛下たちを殺害する前に、言ってくれたんだ！　今後、笛吹き男が起こす事件がきっかけで、ロットバルト王国が分裂しそうになる時が来る、って。だからその時には出来れば力を貸して欲しいって、君を迫害した奴らに、虐げられたその思いを、復讐《ふくしゅう》の怨念を全力で叫んで欲しいって！　だから、だからぼくは、最後まで悩んだけど、本当に今日そうなったから、ぼくは麦角菌を吸い込む決意をしたんだよっ！」

それはカールの懺悔《ざんげ》でもあり、ルイスとしか寄り添えなかった懊悩《おうのう》だ。彼は今カラボス港に地獄を作ったが、カールの中にはとうの昔に孤独という名の地獄が出来上がっていたのだ。その慟哭を聞きながら、俺は苦々しげに口を歪《ゆが》める。

……メイアの時と同じ、か。

ルイスは、メイアとカールに、何が起こり得るのか事前に伝えていた。しかし、具体的に『いつ』それが発生するのかまでは伝えていない。元々ルイスに陶酔していた二人は、いつその時が来るのか、常に考えさせられる事になる。だからいざその事象が発生すると、かつてルイスに言われた言葉がまるで神の啓示のように見えてしまうのだ。そうなればもはやメイアとカールはルイスに従うほか選択肢はなくなる。いや、進んでルイスの言葉に従うようになるだろう。

たとえそれが人殺しであろうとも、人を踊り狂わせる地獄を作ることであろうとも。

完全なるルイスの狂信者になったカールは、毒の息を吐きながら俺に向かって声を張り上げる。

「あなたには、わからないでしょう？　理解できないでしょう？　何故こんなにぼくが苦しんでいるのか、悲しんでいるのか。ここに存在しているのに、いないものとして扱われ、触れるどころか視界にすら入るのも拒まれるような仕打ちを受けた事がないあなたには、たとえ生まれ変わったとしてもぼくの心を理解する事なんて不可能だ！　ぼくは、ここにいるのに！　夢の国に住んでいるような架空の鼠なんかじゃない！　ぼくは、ぼくは確かにここにいるのにっ！」

だからこそ、彼は自分を認めてくれたルイスの言葉に縋《すが》るしかない。いや、ルイスの言葉しか、彼にはないのだ。

「ルイス様だけだ、ぼくを認めてくれたのは。ぼくの手を握ってくれたのは！　仲間からも、愛する国からも排斥されたぼくに触れてくださった！　奇跡だ、これは奇跡なんですよ！　これが奇跡じゃないのなら、一体なんだっていうんですか？　その奇跡のためなら、ルイス様のためなら、ぼくはこれから待つ未来永劫《えいごう》の孤独にだって耐えられるんですよっ！」

カールの言葉に、俺は小さく唇を噛《か》む。自分の孤独を救ってくれたルイスのために、永遠の孤独をカールは既に選択し終えているのだ。

彼の肺は既に毒で冒され、彼の吐息は地獄を召喚する死の息へと変貌している。毒を吐き続ける相手と、一緒の空間で生活出来るわけがない。肺に回復薬《ポーション》を流し込もうとしても、回復薬が肺に溜《た》まってカールは死亡する。《魔法》でどうにか回復する事は出来るかもしれないが、そもそもそんな役、一体誰が請け負うというのだろう？　そんな存在がいれば、最初からカールはこんな決断をしはしなかったというのに。

　それなのにカールは、泣きながら笑みを浮かべている。本当に、心の底から安息を得られたと言わんばかりの笑みを浮かべている。

「何度も死のうと思ったけど、ルイス様から魂の安らぎを得られて、ぼくは満足さ。たとえ地獄に落ちようとも、業火《ごうか》に焼かれようとも、未来永劫孤独に苛《さいな》まれても、既にぼくは救われている。あの方に救っていただけている。ルイス様から得られた安らぎを抱えて、一人でも多く道連れにして、そしてぼくは、永遠に落ちていける。ああ、本当にぼくは幸せ者だ。だってそうぼくが考えている事だって、ルイス様はきっとわかってくださっているのだから」

　そう言った後カールは懐から短剣《ナイフ》を取り出し、流れるような手つきで自分の喉を掻《か》っ捌《さば》く。鮮血が毒瓦斯《ガス》と共に蛙人《ラブランドフロッグ》の喉から噴き出した。それがこちらに降りかかる前に俺は解剖刀《メス》を既に投げ払い、カールの遺体、その肺の部分を切除《レセクション》、毒を殺し尽くす。血が床を汚していくのを横目に、俺はカールとのやり取りを思い返していた。そしてルイスが何故マリーを執拗《しつよう》に狙うのか、その理由を確信する。

「おなかすいた」

　小さくそうつぶやいたミルの頭を、俺は撫《な》でた。そしてオディール城に戻るため、天使の手を取ってこの部屋から立ち去っていく。

---

僕は震える手で、扉を開ける。フリッツの部屋の中から漂ってきたのは、濃厚な鉄の香り。つまり、血の匂いだ。その匂いの中心にいるのは、フリッツ、のように見える存在だ。部屋が暗くて、中の様子が見えない。部屋の中には、誰かが突っ立っていた。その人影が蠢《うごめ》いて、フリッツだと思われるそれが大きく体を震わせる。その瞬間、窓から月明かりが差し込んだ。光が影の顔を照らし、それがフリッツ本人である事を、ここでようやく僕は認識する事が出来た。

いや、フリッツがこの場にいるのは、何ら問題ない。だってここは、彼の部屋なのだから。

問題なのは、彼の状態だ。

彼の顔は血に塗《まみ》れていて、あまりの悲惨さに僕は後ろ手で扉を閉める。もう一度フリッツに視線を向けると、月光が更に部屋へと注ぎ込み、彼の惨《むご》たらしいその体を僕の眼前へと強制的に晒《さら》け出す。その体は獣のような毛が、そして鮮血が付着している。そして何より、傷が酷《ひど》い。その傷は、左腕にあった。木片が弾丸のように突き刺さったその傷跡に、僕は十二分過ぎる程に心当たりがある。

だってそれは、僕がマウゼリンクスに出現した魔物《モンスター》に付けた傷に、そっくりだったから。

「チ、サト……？」

獣のような毛が収縮し、彼の体の中へと戻っていく。獣の体から人の姿へ元に戻り切ったフリッツが、呆然《ぼうぜん》と、唖然《あぜん》と、悄然《しようぜん》とした表情で、棒立ちに立ったまま僕の方を向いていた。僕も、同じような顔でフリッツを見ている事だろう。いや、そうじゃない。僕は、首を振っている。だって、そんな、おかしいじゃないか。

……どうして僕が魔物に与えた傷を、フリッツが負ってるんだ？

いや、違う。もう僕だって、わかっているのだ。その疑問が、何ら矛盾したものではない事に。

ロットバルト王国に現れた魔物。その魔物を僕が傷つけた。そしてその傷と同じ左腕を、フリッツが負傷している。これら全ては、たった一つの事象を認めるだけで、簡単に説明が付く。

つまりフリッツが、この国を騒がせていた魔物、『旧鼠《ウエアラット》』だったのだ。

「チサト？　僕は、何でこんな血を、傷を……？」

「……違う。違うんだ、フリッツ。これは、違うんだよ！」

　自分の身に何が起こっているのか理解していないフリッツに、僕はただ違うと、同じ単語を繰り返す事しか出来ない。だが、何が違うというのだろう？　フリッツが魔物である事は、明白だというのに。

　そしてフリッツも、今の自分の状態と狼狽《ろうばい》する僕の様子を見て、全てを悟ったように笑った。

「そうか。僕か。僕が魔物で、全ての元凶だったのか」

「違うよ、フリッツ。これは、何かの間違いだ。君の天職《クラス》が闘士《ウオーリア》だっていうのが間違いで、本当は《獣憑師《ベズイッツエン》》で獣を自分の体に憑依《ひょうい》させていた可能性も――」

「チサト。流石《さすが》にそれは無理があるよ」

　しどろもどろになる僕に向かって、フリッツが悲しそうに笑う。

「それに、チサトが僕に教えてくれたんじゃないか。睡眠障害は酷くなると、眠っている間に自覚なく動き回る睡眠時遊行症を引き起こす、って。僕は自覚なく、魔物になっていたんだね」

「でも、何でフリッツが魔物に？」

「その理由は、チサトもわかってるだろ？　僕に、魔物の血が流れているからだろうさ」

　そうだ。フリッツの言う通りだ。『屍食鬼《グール》』のように、魔物と人の間にも子は生《な》せる。

そしてフリッツの母親であるターリア王妃は、妖精《フェアリー》である事は確定していた。だとすると、フリッツの体に魔物の遺伝子が含まれている原因は、一つしかない。

……デジレ王が、旧鼠の血を引いているのかっ！

そうなると、デジレ王に関する不可解だった噂《うわさ》、ルイーゼ王妃とクララ王太后の殺害にも説明が付くようになる。あの噂話をした時、フリッツはこう言っていた。

『ひょっとしたらクララ御祖母《おばあ》様は、僕たちの事を食べてしまいたいほど可愛《かわい》かったのかもね』

これは、そんなに外れていない事実だったのだ。デジレ王が魔物の血を引いているのであれば、彼の親も旧鼠の遺伝子を持っていなければならない。そしてその遺伝子を持っていたのはクララ王太后で、王太后は自分の本能に逆らえず、フリッツとマリーを食い殺そうとした。恐らくそこで、デジレ王は自分に魔物の血が流れている事に気づいたのだ。

だからデジレ王は、自分の母親を殺して子供である双子たちを守った。

そしてその事実に、ルイーゼ王妃はデジレ王の血の秘密に気づいたのだ。だから王妃は魔物の血を引く双子たちを先に殺そうとし、逆にデジレ王に殺された。

妖精であるターリア王妃が嫁いできて、デジレ王が狂ったのではない。

元々デジレ王の血筋は、このロットバルト王国は、狂っていたのだ。

「僕を殺してくれ、チサト」

「な、何を言ってるんだ？　フリッツ」

覚悟を決めた様に、もうそれ以外方法がないと悟った殉教者のように笑うフリッツに、僕はただ戸惑いの声を上げる事しか出来ない。でもフリッツは睡眠障害の話を覚えていてくれたように、僕の話を僕が思っている以上に真剣に聞いてくれていた。

「祖父母やそれ以前の世代から世代を飛ばして性質が遺伝する。隔世遺伝って言ったっけ？　マリーもこう言っていたね。魔物でも同じ種別なのに、違う性質を持った個体もいる、と。だから御父様の、魔物の血を引いていても、人々に襲い掛かるような、魔物の血が顕著に出ているのは、義兄妹の中で僕だけだ」

そうだ。デジレ王が旧鼠の遺伝子を持っているのであれば、それはその子供、フリッツだけでなく当然マリーやルイスにも受け継がれている。

「御父様も、人の形を保っていられる。マリーも、ルイス義兄《にい》さんもだ。僕だけだ。僕だけなんだよ、体が、意識が魔物の血に、本能に逆らえないのは。御父様は、僕たちにこの事を伝えなかった。だから今僕が死ねば、他の義兄妹は僕たちの血の秘密に気づく事はなくなる。悩む事も、なくなる」

確かに、マリーとルイスはその事実を簡単に受け止める事は出来ないだろう。特に鼠《ねずみ》を、魔物を忌み嫌っているルイスは、自分の体に魔物の血が流れていると知ったら、どんな錯乱状態になるのか想像もつかない。それこそ、その血を引いている存在を皆殺しにしようとしても、おかしくないだろう。

「……出来ない。僕には、出来ないよ、フリッツ！　君だけを犠牲にする事なんてっ！」

「僕だけじゃないさ、チサト。君にも、僕殺しの罪を負ってもらう事になるんだから」

そう言ってフリッツは、申し訳なさそうに眉尻を下げる。

「僕の望みは、今はもう二つだけなんだ。一つは、マリーとルイス義兄さんに魔物の血が流れている事を知られない事。もう一つは、このまま僕が人として死ぬ事。この二つが、たった二つだけが、今僕に残された正義の形なんだよ」

「……駄目だ、フリッツ。駄目だよ、フリッツ！　そんな簡単に諦めるな！　何か、何か方法があるはずだっ！」

どうしてなんだ？　何故《なぜ》なんだ？　暗殺者《アサシン》として自分の才能を否定するために師匠の下から飛び出して、それでマリーたちを救って、僕にもようやく殺す事以外の事が、誰かを救う事が出来るかもしれないって、そう思ったのに。思い始めていたのに！

「何か、君を助ける方法があるはずだっ！」

「わかってるんだろ？　チサト。そんなものは、ない。いや、あってもそれは、現実的な方法じゃない」

その言葉に、僕は何も言えずに歯ぎしりするしかない。流れる血や自分自身を構成している遺伝子の入れ替えなんて、不可能に近い。《魔法》を使えば可能性はゼロではないかもしれないが、そんな事が出来る《魔法使い《ウィザード》》が都合よくいるわけがないし、その魔法使いを連れてくる間、旧鼠へ無意識に変貌するフリッツをどのように扱えばいいのだろう？　牢獄《ろうごく》にでも閉じ込めておくのか？　いつその魔法使いが現れるのか、見つけられるのか、協力を取り付けられるのかわからないのに？　その苦痛を、苦行を、苦悩をフリッツに強いるのが、本当に正しい行いなのか？

「それに、もう、時間が、ないん、だ……」

「……え？」

「さっきから、眠くて、仕方が、ない、ん、だ……」

逡巡《しゅんじゅん》する僕の前で、フリッツがうとうとと眠たそうに体を揺らす。その揺れが大きくなる度、彼の体から獣の毛が段々と伸び始めた。筋肉も膨張し、猫背になって四足歩行の魔物へと徐々にその姿を変異させていく。睡眠時遊行症で魔物に変わるのであれば、眠ってしまえば旧鼠の本能にフリッツは従うしかない。

「早く、チサト。頼む、早く、殺、して。正義で、満た、して。殺して、くれ。眠く、て、渇い、て、欲しく、て、血、が、欲しく、て、だから――」

『た　す　け　て』

完全に魔物の姿に変容する直前、顔だけがどうにか人として残っている状態で、フリッツは僕に向かってそう言った。

よりにもよって僕に向かってその言葉を、嘉与《かよ》が僕に放ったのと同じあの言葉を、彼は僕に言い放ったのだ。だから僕も、投げ放っていた。彼がそれを口にした瞬間、僕は既に解剖刀《メス》を投げ放っていたのだ。それは寸分違《たが》わずフリッツの喉元を貫き、切除《レセクション》が発動。彼の命を確実に、正確に、決定的に殺し尽くしていた。

笑っていた。フリッツは、穏やかそうな、満たされ切ったと言わんばかりの満足気な表情を浮かべて、笑っていた。

そして、僕も笑っていた。救いたいと思っていたフリッツを殺して。救いたいと思っていた嘉与と同じく喉元を切り裂いた。人の姿に戻っていくフリッツの死体を見て、僕は笑いながら泣いていた。

何故だ？　どうして？　どうしてなんだ？　なんで僕は、フリッツを殺したんだ？　殺さないといけなかったんだ？　どうして？　どうして僕は、救いたいと思った相手を僕の手で殺さなければならないんだ？

『お前はいずれ、この世界を殺し尽くす』

師匠の、熟れた毒林檎《りんご》が弾《はじ》けたかのような笑みが脳裏に蘇《よみがえ》る。吐き気を堪《こら》えるように右手で口元を押さえた所で、部屋の扉が叩《たた》かれた。

『フリッツ様！　ご無事ですか？　何か物音が聞こえたのですが』

ピルリパットだ。騒ぎを聞きつけて、フリッツの部屋にやって来たのだ。

『フリッツ様、開けますよ！　ご容赦くださいっ！』

フリッツを想《おも》うピルリパットの気持ちを考えれば、彼女の行動はある意味当然の行為だ。だが今の僕からすれば、最悪の状況以外の何物でもない。部屋の中には僕と、そして人の姿に完全に戻ったフリッツしかいないのだ。そして今、扉を蹴破って入って来たピルリパットがその状況を見て、僕がフリッツを殺したのだと認識するのは、自然な流れだった。

そして事実、僕がフリッツを殺したのだ。

あんなに救いたいと、この義兄妹たちにはいつでも笑っていて欲しいと、そう願っていたのに。

「フリッツ様！　チサト、貴様っ！」

「ピルリパット？　どうしたのですか？」

人虎《ウエアタイガー》の後ろから、マリーが部屋に入ってくる。横たわる兄と部屋に佇《たたず》む僕を見て、マリーは両手で自分の口を押さえた。そんな彼女たちに向かって、僕は考えがまとまらないまでも、震える口をどうにか開いた。

「これは――」

「フリッツ様に何をしたっ！」

「待って、ピルリパット！　まずはお兄様の手当てをっ！」

問答無用で先端回転銛《トグリング・ハープーン》を振り上げるピルリパットに縋《すが》りつくように、マリーが人虎を制止する。彼女の言葉を聞き、一瞬ピルリパットの動きが止まった。その隙を逃さず、僕は部屋の窓を蹴破って逃走を開始する。背中から僕を罵り、静止するよう促すピルリパットの怒号が聞こえるが、僕は止まるわけにはいかなかった。

……フリッツが自分の命を犠牲にしてまで、守ろうとしたんだ！

だから僕は、フリッツを殺した真相を彼女たちに伝える事が出来ないし、伝えられるわけがない。

僕は事の真相をデジレ王とターリア王妃に確かめた後、ロットバルト王国から逃げ出した。彼らも、それを進んで自分の子供たち、そして国民に話すような事はないだろう。だから最後は、フリッツの言った通り、望み通りとなった。彼と交わした約束、契約通りとなったのだ。

マリーとルイスは、自分の血の秘密を知る事はなかったし。

フリッツも、魔物《モンスター》の血に意識を乗っ取られる前に死に。

そして僕は、フリッツ殺しの罪を背負った。

まさかそれが、これから僕が背負い続けるであろう、数ある罪の中の、ただの一つになるとも気付かずに。

■■■■■■■■■■■■■■■■■■■■■■■■■■

その日、カラボス港から見た海は、穏やかに見えた。大きな波も立たず、日差しも柔らかい。だがそれを見ている俺たちの方には、不穏な、そして剣呑《けんのん》な雰囲気が漂っていた。

それは笛吹き男《ラッテンフェンガー・フォン・ハーメルン》、そしてカールが起こした事件がまだその尾を引いているというのも、確かにある。彼らが引き起こした事件は、ロットバルト王国が抱えていた歪《いびつ》さを白日の下へと晒《さら》したのだから。でも、少なくとも今はカラボス港に、マウゼリンクスに、そしてオディール城に住む人々の気持ちは、一つにまとまっていた。

……共通の敵が明確に目の前に現れたら、流石《さすが》に一致団結はするか。

空と海の青と蒼《あお》の境界線。その水平線上に、三つの影が見えた。身元不明の、大型船三隻だ。停止を呼びかけても応答がなく、やってきた方角がグアドリネス大陸である事から、十中八九ルイスが差し向けた船に違いない。ルイスが海路で攻め入ってくるというのは、ピルリパットやジョヴァンたちと事前に議論を重ね、予測していた通りの結果だった。

……グアドリネス大陸からイオメラ大陸へ陸路でやって来るには、開拓者街道《パイオニアレーン》を通らなければならない。

俺たちが海路でロットバルト王国へやって来たように、時間を優先するのであれば、海路一択だ。だが、そう決めつけてしまえば陸路の警備が手薄になる。議論の結果、最初の三日間は海路の警備を重点的に手厚く行い、それ以降は陸路も両睨《にら》みをする、つまり戦力を分散するという方針となったのだ。

そして、今日がその三日目。俺たちがロットバルト王国に到着してから四日目で、ようやくルイスの進行を確認。朝からロットバルト王国は騒乱の予感に、あるものは国を抜け出し、あるものは戦いの準備を行い、そしてあるものはいつもと変わらぬ日常を過ごしている。特にカラボス港にはルイスを迎え撃つため、近衛《このえ》騎士たちが集合していた。『海賊』や海に住まう魔物対策として用意されている砲台が、そして城の警備に使われている銃座が運び出されて、湾岸沿いにずらりと並べられている。また、それらの射線上に入らないように、砲門を持つ船も横並びとなってカラボス港に佇んでいた。

「ふいて、チサト」

戦闘前に振舞われた魚料理を一心不乱に食べていたミルが、口を汚した状態で俺の方へとやって来る。苦笑いを浮かべ、天使の口を拭ってやると、彼女は無感情な瞳を海の方へと向けた。

「あれ、いいの？」

俺もつられて、ミルの視線を追いかける。その先には、防波堤に引っかかっている黒い物体が見えた。それは海に打ち上げられた、鼠《ねずみ》だ。種類としては水かきを持つ、水棲《すいせい》生活に適応した大型の鼠のように見える。そうした鼠の死骸が今朝、大量にカラボス港の海岸に打ち上げられていたのだ。

「一応、伝えはしたんだけどね」

ミルにそう言いながら、俺は自分の思考に沈んで行く。

……ピルリパットはルイスが焦って鼠を先行して送り込んできただけだと言っていたが、俺にはあいつがそんな無駄な事をするとは思えない。

カールの話から、ルイスは自分の血がおかしいと気づいていた事がわかった。だとすると、何かしらの理由で彼は自分の血の秘密に気づいた可能性が高い。

フリッツが死して守ろうとした血の秘密。己が憎悪する存在が自分の体を形作っていると知ったルイスの絶望は、想像を絶するものだろう。そして、自分も含めて一刻も早くこの血を根絶やしにしたいと考えるはずだ。だからルイスの行動は全て、それを行うための布石だと考えるべきだと思う。

……だとすると問題となるのは、この鼠たちの死体浮揚の所要日数だな。簡単に言えば、暖かい水中の死体が海面へ浮揚してくる確率は、水温によって変化する。

くなると浮かんでくる日数が短くなるのだ。もちろん条件として水温だけでなく、水の比重、水流や潮候なども関わってくる。だが鼠なら水温十五度、水深七メートルまでの位置なら十日もかからずに浮かんでくる事もあるのだ。

……俺たちがキフェラー埠頭《ふとう》から船を出して、今日で九日目だ。

ルイスが、この鼠たちを意図的に差し向けたのだと仮定する。この鼠が送り込まれて九日以内に死んだのであれば、俺たちがグアドリネス大陸を出発した後に送り込まれた事になる。

……だが九日以降に死んでいたのだとすると、俺たちがロットバルト王国に向かう前に差し向けられた鼠という事だ。

魔物たちは、俺たち人間の都合なんて考えずに行動する。だが海上で遭遇した干上がら《セイレ》せる女《ーン》に、そしてロットバルト王国では笛吹き男と、俺たちは立て続けに魔物に襲われていた。これは、偶然なのだろうか？　これらは全て、ルイスにとって都合のいい状況を作り出している。

思い返せば、干上がらせる女は何か小動物を捕食していた。あれはルイスが海中の魔物を誘《おび》き寄せるために、先に鼠たちを俺たちの進行方向へ配置していたのではないか？　笛吹き男が襲ってきたのも、都合よく操るのに適した鼠たちが周りにいたからだ。

……考えてみれば、マリーは何故《なぜ》グアドリネス大陸へ逃れる事が出来たんだ？

ドゥーヒガンズを訪れたマリーたちは、殆《ほとん》ど護衛を失った状態だった。力技でごり押しすれば、ピルリパットがいたとしてもルイスなら勝てる可能性もある。

でも、ルイスはそうはしなかった。それはマリーがいずれロットバルト王国に戻って来ると考え、予《あらかじ》め罠《わな》を仕掛けるのを優先したからではないのか？　デジレ王たちを殺す前に告げたカールへの言葉も、近い将来カールの遺伝子的な特異性を活《い》かせる場面がすぐに来ると知っていなければ出来ないはずだ。

そこまで考え、俺の背筋に怖気《おぞけ》が走る。それはルイスの執念に気づいたからでも、今までの俺たちの行動が全て彼の作った計画に沿ったものだと気づいたからでもない。

……あいつ、最初から自分の仲間を捨て駒にする計画だったのかっ！

俺はドゥーヒガンズでルイスたちと邂逅《かいこう》したため気づくのが遅れたが、逆なのだ。順番が。

ルイスが最初に仕掛けた罠は、笛吹き男とカールだ。いずれ戻るマリーたちを狙うため、奴《やつ》は最初この仕掛けを準備したはずだ。

その次の仕掛けは、干上がらせる女とメイアだ。マリーたちが陸路ではなく海路で国に戻るであろう事は、既に何度も説明している。

そして最後に、ルイスはジークと共にマリーの下へ現れた。ジークの力があれば、少ない護衛とピルリパットを相手取る事は簡単だっただろう。だが、そうはならなかった。

俺だ。

当初計画に入っていない、俺という存在が、ルイスにとって全て誤算となった。俺の力は、奴も十分理解している。だから俺がいると、今まで用意していた作戦が全て破られると悟ったのだろう。

だからルイスは、今まで用意していた罠を、順調に俺たちに突破させたのだ。

俺たちは出会った時系列的に、ジーク、メイア、カールと順番に対応していったつもりだったが、違うのだ。ルイスは俺と出会った瞬間、俺たちに自分で作った罠を突破させ、突破されるとわかっていてそれを仲間に伝えずにそのまま作戦を実行する事にしたのだ。

それで、ルイスが得られるものはなんだ？

決まっている。時間だ。

ルイスにとっての誤算はなんだ？

決まっている。俺だ。

ルイスは仲間と、時間をかけて用意した作戦を全て捨て去る事で、俺がいたとしてもマリーを殺し切るための戦略を用意する時間を得たのだ。時間稼ぎをしていたのは俺たちではなく、ルイスの方だったのだ。

……だとすると、今こっちに向かっている船は囮《おとり》？

「撃てぇぇぇっ！」

俺の中で最悪の予感が最高潮に膨らみ切ったその時、ピルリパットの咆哮《ほうこう》が無限に続く大空に放たれる。瞬間、それに続けと言わんばかりに号砲が大海原へと撃ち放たれた。爆音と轟音《ごうおん》と騒音が質量となって辺りに振動を叩《たた》きつけ、登る白煙に硝煙に砲煙が視界を汚していく。撃ち出された弾丸、砲弾が着弾する前に、《魔法》を使える者たちが、『魔道具』を持つ団員たちがそれらを掲げ、力を発揮する。海上の三隻が港に到達する前に、ピルリパットたちはあの船をどうにか撃沈させたいのだ。

カラボス港に向かってくる船へ、総攻撃を仕掛けていく。砲弾で甲板に穴が開き、火炎が着弾して帆が燃え盛る。船首楼へ落雷が降り注ぎ、弾丸に切り裂かれて帆がずたずたになる。近衛騎士たちの一方的な攻撃が続くが、攻撃される側の船からは何の反撃もない。それどころか、反応がそもそもない。やはりあの船は、こちらの意識を集中させるための囮なのだろうか？

「におう」

抑揚のないミルの声が、近衛騎士たちが発する雄叫《おたけ》びと砲撃の音で掻《か》き消される。彼らの熱量が海上の船まで届いたのか、一隻の船体に亀裂が入る。そこに海水が流れ込み、水圧で更に船体が圧壊。壊れた反動で裂け目が走り、そこに水が浸入して、後はそれが無限に繰り返される。そうなれば待っているのは、崩壊、倒壊による沈没に向けた船の全壊だ。その破壊で船体の真ん中が折れ、そこを中心に旋回しながら水中へと沈んで行く。生み出された渦潮に引きずり込まれながら、圧《へ》し折れ、舞い上がり、木っ端となった木片が上空へと噴出された。帆も散り散りになり、裂けた布が行き場を失った渡り鳥のように宙を漂う。だが、沈み行く船から舞い上がったのは、それだけではない。

黒い、物体だ。それは落下しながら四肢を動かし、裂けた木が突き刺さったのか血を流し、やがて海面に叩きつけられた後には絶命する運命だと悟って、断末魔の悲鳴を上げている。そう、あれは――

……鼠っ！

そう思った瞬間、船が真っ二つになった。

船が自重で沈んだのではない。船体が折れて沈没したのではない。何かに強引に内側から、引き裂かれたように船がかち割られた。そして割れた船の中から、巨大な畸形《きけい》生物の姿が現れる。それは海に住まう巨大な頭足類の魔物《モンスター》。

『大海畸形《クラーケン》』が、船を食い破るようにして現れたのだ。

一体で大型の船程あるその巨体を前に、近衛騎士たちの動きも一瞬止まる。彼らは、考えてしまったのだ。こちらに向かっていた船は三隻で、残りの二隻に同じような仕掛けがなされていないわけがない、と。

そして、その考え通りの現実が現れる。

残りの二隻が撃砕、破砕、爆砕し、それぞれ中から大海畸形が現れたのだ。干上がらせる女を誘導したように、ルイスは大量の鼠を餌に大海畸形をこの場に誘き寄せたのだ。そう、彼はあくまで魔物を誘き寄せただけだ。餌を食おうとしたあの三体に攻撃を加えたのは近衛騎士たちで、食餌を邪魔された大海畸形たちは当然俺たちを敵視して、こちらに向かってくるだろう。

「おい、ルイス王子はどこにいるんだ？」

「それよりあの魔物の対応が先だろ！　攻撃を再開しようっ！」

「船を壊すのとはわけが違うんだぞ？　下手に攻撃をして海中に潜られて近づかれたら、手の打ちようがないだろう！」

「じゃあどうするんだよっ！」

「狼狽《うろた》えるでないっ！」

混乱する近衛騎士たちに向かい、近衛騎士団団長のジョヴァンが細剣《レイピア》を振り上げた。

「吾輩《わがはい》たちはロットバルト王国の守護者、近衛騎士団であるぞ！　この程度の困難、笑いながら乗り越えられずになんとするっ！」

「チサト、勝手に応戦しようとするな！」

ミルを抱きかかえようとしていた俺に向かい、先端回転銛《トグリング・ハープーン》を担いだピルリパットがこちらにやって来る。俺の切除《レセクション》は圧倒的な殺傷能力を持つが、刃物が当たらなければ発動しないという制約がある。射程はそこまで短いわけではないが、海上の大海畸形に確実に当てるにはもう少し近づきたい。浜風で解剖刀《メス》の軌道がずれるかもしれないし、海水を噴きかけられればそこで刃物に宿した殺すという意味が発動してしまう。それがわかっているからこそ、ピルリパットは俺を呼び止めたのだ。

「お前はルイスの居場所がわかるまで、マリー様の護衛を務めるんだっ！」

瞳が、緊張感をもって大海畸形と近衛《このえ》騎士たちに向けられる。ピルリパットは、警戒しているのだ。ルイスの今までのやり口から、この中に彼の仲間がいる可能性を考えているのだろう。

視線を下に向けると、ミルは隠体套《アババヤ》で身を隠すマリーをじっと見つめている。その表情はいつものように、何らかの感情らしい色は存在していない。一方のマリーは両手を祈るように組み、戦場の方を向いていた。ルイスの仲間が団員の中にいる可能性を捨てられない以上、ピルリパットは王女をオディール城に残すという判断は出来なかったのだ。

……マリーと一緒にグアドリネス大陸へ逃れた護衛が残っていたら、まだ違う対応も出来ただろうがな。

マリーよりロットバルト王国の維持を優先し、残った近衛騎士たちをピルリパットは完全に信じきれない。だが俺としても、今はマリーの傍《そば》にいた方が都合がいい。ルイスに、俺は聞きたい事があるからだ。奴はマリーを狙ってくる。マリーの傍にいれば、いずれルイスと相まみえる機会が来るだろう。

「わかった。ルイスが現れるまでは、引き受けよう」

「頼んだぞっ！」

そう言ってピルリパットは、陣頭指揮を執るジョヴァンの下へと向かっていく。妖精猫《ケット・シー》は細剣を指揮棒のように操り、三体の大海畸形に対しての対応策を詰め始めた。

「大海畸形たちは、吾輩たちを既に敵と認定しておる。こちらから何もせんでも向かってくるであろう。ならば中途半端に戦力を分散させずに、各個撃破をする方が得策。一体は吾輩の『魔道具』で抑え込める故、迎撃部隊以外の団員は吾輩に付いてきてもらいたい」

「……いや、吾《われ》以外の隊員も連れて行け、ジョヴァン」

そう言ってアンドリューは、重々しく言葉を紡ぐ。そして緑と青の瞳で、大海畸形を一《いち》瞥《べつ》する。

「あの大きさなら、一人の方がやりやすい。吾が一体抑え込もう」

「……それは重畳《ちようじよう》。では任せるのである、アンドリュー」

そう言うとジョヴァンは、細剣を空に向かって突き上げた。

「皆の者、今こそロットバルト王国の守護者としての力を見せる時！　吾輩に続くのであるっ！」

その言葉に従い、近衛騎士たちが一斉に行動を開始する。先ほどの会話通り、俺から見て一番右側、そして一番この港から近い大海畸形に向かってジョヴァンが細剣を振り上げた。その切っ先に向かい、ある者は《魔法》を、ある者は砲撃を撃ち放つ。大海崎形の外套膜《とうまく》に向かって鉛の弾丸や氷の槍《スピア》が飛び交い、砲弾や風の刃は触腕に叩き落とされる。遠距離攻撃の手段を持たない団員たちは、海岸線沿いを走駆する妖精猫の後に続いて大海崎形へと突き進んでいた。そんなジョヴァンたちを背に、アンドリューは海岸線から海の方へ、一番左側の大海崎形の方角へ歩みを進めている。

岩醜妖精《スプリガン》は進行を全く止める事なく、足首が海水に、膝が、そして腰まで水に浸《つ》かっていく。そして、アンドリューの体が腰以上濡《ぬ》れる事はなかった。だが、彼の足は確実に海に向かって進んでおり、それは今も止まっていない。そして、彼の体の周りは鈍色《にびいろ》に徐々に光り始めた。あれは――

「まほー」

「自然魔法《エレメンタル・ソーサリー》か、信仰魔法《ディバイン・マジック》？」

「りょーほー。こーぶつ、とりこんでる」

ミルの言葉が正しいと証明するかのように、アンドリューの体が輝いた。そしてその光が増すごとに、彼の体も大きさを増していく。

つまり、アンドリューは《魔法》で周りの鉱物を自分の体に取り込み、巨大化しているのだ。

アンドリューが着ている制服が裂け、蛇紋岩のような素肌が見え始める。だがそれが見える頃には、彼の体は既に三倍どころか四倍以上、巨大な岩が歩いているような様相となっていた。《魔法》の適性が圧倒的に高いため、アンドリューは自分の体を『魔道具』のように扱えるのだ。そして大海崎形と変わらない大きさになった所で、アンドリューは魔物と取っ組み合いを始める。魔物の触手が岩醜妖精の体に絡みつくが、それをアンドリューは強引に引き剝がし、その反動を利用して大海崎形の頭部を全力で殴りつけた。巨体二人の行動で海が騒《ざわ》めき、波が起きて海面が荒れる。

まさか、大海崎形と徒手空拳で戦う奴《やつ》がいるだなんて夢にも思わなかった。俺の眼前で繰り広げられているのは、怪獣映画さながらの格闘劇だ。大質量同士の、戦略も戦術もない、ただただ質量をぶつけ合う原始的な、だがそれ故破壊的で圧倒的な戦闘で海は大荒れとなり、高波が発生する。その高波を掻き分けて、一艘《そう》の小船が右側の大海崎形へと向かっていた。

その船に乗っているのは、ジョヴァンたちだ。転覆しそうな船を、近衛騎士たちが必死になって櫂《かい》で漕《こ》ぐ。決死の表情で彼らが操る短艇に、仁王立ちをしている人影がある。先端回転銛を構えた、ピルリパットだ。そしてその銛《もり》の先端には、屈《かが》んだジョヴァンの姿がある。

「準備はいいか？　ジョヴァン！」

「いつでもいいのであるっ！」

ジョヴァンは細剣を銛に当てた状態で、眼前に迫る大海畸形の姿を睨《にら》みつけた。妖精猫の言葉を聞き、ピルリパットは雄叫びを上げながら《魔法》を発動。先端回転銛が炎で熱せられて内部に圧力が溜《た》まり、雷が纏《まと》わりついて銛に更なる力学が働く。その溜まり切った力学が爆発する時、ピルリパットが手にした得物から超加速した銛が大海畸形に向かって放たれた。当然、銛の先端に乗っていたジョヴァンも一緒に射出される。銛に炎と稲妻が絡みつき、刃は更に回転。その威力を増していくが、銛に乗っているジョヴァンは何も感じていないのか、平然とした表情を浮かべていた。

「まどーぐ」

「そうだね、ミル」

抑揚のない天使の言葉に、俺は頷《うなず》く。ジョヴァンの手にした細剣。銛に触れさせているそれそのものが、『魔道具』なのだ。

……銘は確か、『纏わりつかせるズァングハタ』と言ったな。

その能力は、剣先で触れたものを利用者の体の一部のように扱う事が出来るというもの。複雑な道具をすぐに熟練者と同じように扱えるもので、本来は戦闘に向かない『魔道具』だ。だがそんな道具も、ジョヴァンの圧倒的な付与魔法《エンチャント・スペル》の適性と組み合わされば、強力な兵器へと早変わりする。

ジョヴァンを乗せた銛を、大海畸形の触手が叩き落とそうとした。巨大な幹よりも太い、圧倒的な破壊力を秘めた腕が、容赦なくジョヴァンに襲い掛かる。自らに迫る痛恨の一撃を前に、しかしジョヴァンは笑みを浮かべていた。彼は銛を足場に跳躍。銛を叩《たた》き落とす触手に向かって、手にした細剣を叩き込む。瞬間、大海畸形の腕が稲妻に撃たれたかのように震撼《しんかん》し、灼熱《しゃくねつ》の業火に炙《あぶ》られたかのように延焼した。

付与魔法は、何かしらの力を移管する《魔法》だ。そして『纏わりつかせるズァングハタ』で触れたものを自分の一部として扱えるようになるのなら、剣先で触れたものを自由自在に移管する事が可能となる。ジョヴァンは銛に宿っていた炎と雷を交互に移管させる事で自らの安全を確保し、今度はその炎と雷の力を銛から細剣で奪い去り、大海畸形の触手、その内部へ強制的に叩き込んだのだ。突然体内に猛火と稲妻が発生した魔物は、全く予期していなかった痛みに悲鳴を上げる。

体勢を崩したように暴れ回る大海畸形に向かって、カラボス港から容赦なく弾丸や《魔法》による砲弾の集中砲火が浴びせられた。先ほどのように触手で防ごうにも体内は焦熱し、感電して思うように身動きが取れない。今際《いまわ》の際《きわ》の鼠《ねずみ》に蟻《あり》が群がっていくように、大海畸形は近衛騎士たちの攻撃でその身を削られていく。巨大な魔物の苦悶《くもん》の声が上空に発せられ、抉《えぐ》り取られた血肉は落下物となって水面に叩きつけられた。満身創痍《まんしんそうい》でありながら、身を捩《よじ》ってどうにか生き延びようとする大海畸形に向かって、ピルリパットは先端回転銛を掲げて、咆哮《ほうこう》する。

再度炎と稲妻をまとった銛が、巨大な魔物《モンスター》に突き刺さった。大海崎形《クラーケン》は、断末魔を上げて海面にその体を着水。そして、もう二度とその体を起き上がらせる事はなかった。

それを見届けた近衛騎士たちが、勝鬨《かちどき》を上げる。

「やったぞ！」

「近衛騎士団の底力を見たかっ！」

「俺たちの勝利だ！」

勝利に酔いしれる彼らに向かい、非難の声を上げる者がいた。

「い、いいから早く吾輩を船に引き上げるのであるっ！」

荒れる波の中、ジョヴァンは口に細剣を咥《くわ》え、必死になって猫泳ぎをしている。いかに強力な兵器を持とうとも、その特性上、超至近距離での戦闘が必須。陸地での戦闘ならいざ知らず、海上での巨大な魔物との戦闘は、移動距離が多すぎて一体一体を倒すのにかなり時間を浪費しなければならない。

だがそれでも、大海崎形は一体討伐した。アンドリューの方へ視線を移すと、圧勝とまでは言わないまでも、彼が取っ組み合いとなっている大海崎形の足止めには成功している。残り二体の大海崎形を相手に生き抜くのは、そこまで非現実的な戦いではないだろう。

近衛騎士たちの間に、一瞬安堵《あんど》に似た空気が漂った。漂って、しまった。彼らは、忘れていたのだ。本当に自分たちが戦っていたのは、一体誰だったのか？

……俺がいる前提で、それでもルイスはマリーを殺せる手を打つはずだ。

「くさい」

ミルがそう言った瞬間、巨大な水柱が四本、海面から噴き上がる。物理法則を無視して、下から上に水が昇り続けるのが普通なんじゃないかと、錯覚しそうな光景だ。だがそんな異様な現象も、すぐに終わりを迎える事となる。水柱の中から姿を現したのは、今日、嫌という程その姿を目に焼き付けさせられた魔物のそれだった。

海底からカラボス港に向かって、新たに四体の大海畸形が現れたのだ。

「ば、かな」

「そんな、無理だろ！」

先ほどまでとは一転し、近衛騎士たちは絶望の言葉を口にする。そしてそんな彼らを、今ようやく船に引き上げられたジョヴァンも咎《とが》める事が出来ない。このまま戦えば、それこそ二、三体の大海畸形は倒す事は出来るだろう。だがその間に、他の大海畸形がロットバルト王国に到達する。そうなればもう、この国はあの魔物たちに破壊の限りを尽くされ、消滅せざるを得ない。

……それに、大海畸形がこれ以上増えないという保証もないからな。

ルイスの姿が見えない以上、更なる大海畸形の出現に備えつつ、マリーを逃がさなくてはならなくなる。追い込まれる前に逃げだす事も考え始めた俺を無視する様に、ミルはこちらに向かってくる大海畸形たちを見続けていた。天使の隣に並び、俺も同じように魔物たちの進行に目を向ける。すると、大海畸形たちの行動に、違和感を覚えた。

……何だ？　なんであいつら、あんなに追われるようにこっちに向かってくるんだ？

刹那。俺の疑問は解決される事になる。

大海畸形が一体、巨大な顎《あぎと》に飲み込まれたのだ。

それは、巨大な大海畸形よりも、更に巨大な生命体だ。それはそうだ。何せ奴は、大海畸形を一飲みで食い殺してしまったのだから。

いや、奴を生命体と呼んでもいいのだろうか？　眼前のあれについて、海底に沈んでいた島が浮上してきたと説明されたら、俺はきっと信じてしまうだろう。それぐらい、奴は巨大だった。

見た目の印象は、超巨大な海亀。だがその甲羅は山のように巨大で、実際に山のように藻か何かが木々のように生い茂っている。手足は亀のそれであるように見えながら、蟹《かに》のような甲殻に覆われ、指は鋏《はさみ》のように発達した部位も見受けられた。

巨大な大海畸形すら餌とする超巨体な魔物、『甲殻海亀《ザラタン》』は、まだ餌が五匹いる事に、満足気な笑みを漏らす。奴ほどの巨体なら、陸地に近づく時に起きる津波で、カラボス港は簡単に水没してしまうだろう。

もはや戦いという範囲を超えている。虐殺という言葉すら生温《なまぬる》い。嵐の中、船が沈没する際、その命を船と共に散らす定めとなった鼠のように、死に逝《ゆ》く運命を受け入れる以外、ロットバルト王国の住民たちが出来る事はないだろう。

その甲殻海亀、山頂の如《ごと》き甲羅に向かって、ミルが指を差した。そこで、俺も気づいた。こちらを睥睨《へいげい》する、ルイスの姿を。

……これが、この状況がお前の狙いか、ルイス！

鼠を餌に大海畸形を誘《おび》き寄せ、その大海畸形すら餌として甲殻海亀をロットバルト王国にぶつける。なるほど、確かにこれは有効な手だ。近づかれたら、負けが決まる。あの超巨大魔物が起こす波は、俺が投げる解剖刀《メス》も簡単に流し切ってしまうだろう。逆に離れたとしても、ルイスは今後同じような手でこちらを追い詰めてくるに違いない。逃げ場はもはや、どこにもないのだ。

……でもそれは、俺がマリーを守り続ける事が大前提だ。

ピルリパットにも、既に俺は伝えている。マリーの護衛は、ルイスが姿を現すまでだ、と。

「チサト」

そう言って俺に手を伸ばすミルを抱き寄せ、俺は甲殻海亀に向かって走り始めた。

「チサト様っ！」

背後から名前を呼ぶマリーの声が聞こえるが、それを無視して俺は海岸線を走駆する。

……あいつには、聞かなければならない事があるからな。

解剖刀を投擲《とうてき》。切除《レセクション》を発動させ、俺は突風を蹴るようにして空中で加速。疾駆しながら解剖刀を投げ放ち、更に上空へと舞い上がる。解剖刀が粉砕、太陽の光を浴びて白銀を巻き散らす中、それらを切除を発動させて吹き飛ばしながら、俺はミルと共に更に速度を上げた。

そんな俺たちを、青空から鷗《かもめ》たちが見下ろしている。彼らからすれば、眼下に広がる魔物と人間たちの争いなんて、滑稽にしか映らないのだろう。だが俺たちはどれだけ荒唐無稽であっても、無様で卑俗であっても、足掻《あが》いて生きていくしかないのだ。何故《なぜ》なら俺たちは、彼らのような両翼を持たないのだから。

俺は解剖刀を投げ放ち、強引に大気を削り取る《殺し尽くす》。野蛮な力で空気を掻《か》き分け、陸地に打ち上げられた魚が酸素を求めるが如く、必死になって前方へと進んでいく。その進行方向、眼前に、巨大な触手が現れた。最初に現れた三体の内の、残りの一体。大海畸形だ。

魔物の腕を、俺は身を捩って躱《かわ》す。その触手は威力をそのままに海面を強かに打ち付け、打ち上げられた水飛沫《みずしぶき》が俺たちを襲う。散弾銃の如きそれらを、俺は切除を放ち、薙《な》ぎ払った。大海畸形の眼球が上下左右と脈略もなく動き、ここまで近づくと触腕の吸盤、その不揃《ふぞろ》いな一つ一つの伸縮すらわかるようになる。獲物に絡みつくために使うそれらは、どんなに小さいものでも、ミルの全長よりも大きい。

　俺は大海畸形の攻撃を避けるために解剖刀を投げつつ、迎撃のために切除を発動。触れたものへ強制的に死を与える、必殺の意味を込めた刃を投げ放った。対して魔物は死に至るそれらを、触手で波を起こして防御する。解剖刀が波に飲み込まれる中、更に俺が放った切除がそれに接触。海水が抉り取られて、巨大な風穴が出来た。その穴を、死の意味を込めた刃が二本、海上を走駆する。大海畸形には、波を起こして防ぐ時間はない。だから奴《やつ》は、二本の『死』に自らの触手を叩きつけた。

　切除が発動し、触手から生気の色が瞬時で失《う》せる。強制的に死を突きつけられた触手を、しかしすぐに別の触手が吹き飛ばした。解剖刀は確かに触手に突き刺さったが、大海畸形はまだ生きている。そして怒りの絶叫を上げながら、無数の腕を伸ばして俺たちを襲った。

　身を躱し、切除で距離を取ると、魔物がまだ生きている絡繰《からくり》が理解出来る。

　切除を受けた触手は、確かに死体のそれと何ら変わらない有様で鮮血、恐らくヘモシアニンをその血に含んでいるためか、青色の血を海水へ垂れ流していた。ただしその触手は、途中で切断されている。大海畸形は事前に自らの腕を食い千切り、俺の必殺の一撃を退けたのだ。見れば奴の意志で切断した触手は、既に元の大きさと変わらない状態となっている。

　他の大海畸形がジョヴァンに絶命させられた様子を、観察していたのだろう。巨体で大質量なだけでも厄介なのに、戦闘の中での学習能力と回復能力を持っているなんて、もはや反則に近い。曲芸のように自分の腕を引きちぎり、魔物は散弾銃の如くそれらを投げつけてくる。更に追い打ちをかけるように海水を打ち上げ、こちらに向かって水柱を起こし始めた。

俺は大きな舌打ちをして、懐から五本の解剖刀を引き抜く。そしてそれらを、上空でも大海畸形でもなく、海面に向けて叩きつけた。切除が五本分連続発動し、海を一気に抉り《殺し》取る《尽くす》。俺は更に連続して解剖刀を叩き込み、大海畸形が浸《つ》かっていた海水を吹き飛ばした《殺し尽くした》。俺の技能《スキル》で、魔物が揺蕩《たゆた》っていた水が消失。海に巨大な穴が開く。

当然消された穴を埋めようと、そこへ直《す》ぐに海水が流れ込むが、俺にはその一瞬あればいい。瞬《まばた》きするよりも短いその時間、大海畸形は海にいたはずなのに突如宙へ投げ出されたような格好となる。今まで防御に使っていた水も、その腕が届く範囲には存在し得ない。身動きが取れなくなった大海畸形へ向かい、今度こそ俺は奴を絶命へと至らせる一撃を放った。

大海畸形は腕を千切って防ごうとするが、水中ではなく宙に浮いた状態ではその動きは遅すぎる。解剖刀は魔物の眼球へ突き刺さり、奴の断末魔が空へ上がりきる前に、大海畸形の体は流れ込んできた海水で海中へと埋没した。切除が発動した事を示すように、大海畸形の体は黒色へと変色。その死体は二度と動く事なく水没していく。

だが俺は、絶滅させた大海畸形を振り返る余裕はなかった。抱えたミルの視線の先。そこでは別の大海畸形が、悲痛で悲惨で、そして全てを諦めた悲哀な悲鳴を上げている。甲殻海亀の腕が、軽々と大海畸形を持ち上げたのだ。

鋏のようなそれで捕らえられた大海畸形は、子供が飴玉《あめだま》を太陽に向かってかざすように高らかに空へと掲げられ、一口。大海畸形の必死の抵抗などなかったように、甲殻海亀はゆっくりと咀嚼《そしゃく》、食餌を満喫している。甲殻海亀にとって、食欲を満たしただけのその行為だが、周りに与える影響は甚大ではない。

津波だ。

大海畸形が起こしたのとは比べ物にならない程巨大な津波が、甲殻海亀の周りで巻き起こっていた。荒れに荒れた海は残り三体の大海畸形ですら押し流し、その波はカラボス港を飲み込まんばかりに海面を走っていく。近衛《このえ》騎士たちが慌てて退避を始めるが、彼らと同じように俺にも津波の脅威が迫っていた。

俺は解剖刀を投擲し、津波へ穴をあけようとする。だが、分厚い。消《殺》し《し》て《て》も《も》消《殺》し《し》て《て》も《も》波は消された水を補充し、何事もなかったかのように悠然と俺たちへ突進してくる。それでも切除を放ち続ければ津波を貫通する事は出来るが、それではこの先確実に解剖刀は足りなくなる。俺は方針転換をして、波を貫くのではなく、上空からまたぐため、空に向かって解剖刀を投擲。津波の影響を受けない所まで跳躍した。

足元を波が通過するのを見下ろしながら、俺は改めて海上の状況を確認する。甲殻海亀は残りの大海畸形《クラーケン》を追って、カラボス港方面へと進行を継続している。だがその動きが、僅かに変化した。先ほど甲殻海亀が起こした波に押された影響か、奴に一番近い大海畸形が沖へ、ロットバルト王国から離れ始めたのだ。だがそれは、一時的に甲殻海亀に近づきに行く行為でもある。

……このまま進めば、死ぬしかないからな。

大海畸形にしてみれば、何もしなければ甲殻海亀に食われるしかない。だがかと言ってカラボス港に向かって進行を続けたとしても、陸地に追いやられて逃げ場をなくすだけだ。だったら一《いち》か八《ばち》か、甲殻海亀へ接近する事になったとしても死中に活を求める選択をする事もあり得るだろう。魔物《モンスター》だって、生きている以上死にたくないのだ。死に急ぐのはいつだって、死に場所を見つけた奴だけだ。

生きる意志を示した大海畸形に向かい、甲殻海亀の腕が海底から伸ばされる。大海畸形は無様に鳴き、叫びながら、全身を捩《よじ》り、触手の全てを使って何とか逃れようとする。甲殻海亀の一挙手一投足で津波が起こり、大海畸形の身動きも鈍くなる。だがどうにか大海畸形は甲殻海亀の脇を抜け、沖に向かって泳ぎ出す事に成功した。しかし甲殻海亀も、みすみす自分の餌を逃すわけがない。大海畸形の背中を追い、甲殻海亀も沖に向かって泳ぎ始める。俺はその巨大魔物たちを追って、解剖刀を抜き放った。

甲殻海亀は大海畸形との追いかけっこに夢中なのか、それとも接近する俺の事は羽虫程度にしか感じていないのか、見向きもしない。だがそれは俺にとって、都合が良かった。空を走駆し、解剖刀を連投、砕ける白銀の刃を置き去りにしながら、俺とミルは何とか甲殻海亀の背中へと上陸した。

甲殻海亀の甲羅は、陸地の山と呼んでも差し支えない光景が広がっている。藻が草木のように生い茂り、赤や黄色の海藻が花の代わりに景色へ彩りを添えていた。先ほどまで海水に浸かっていたので辺りは濡《ぬ》れており、雨上がりの山を探索している様な気分になる。

だが、明確に陸の山と違う事があった。山に住まう獣たちの代わりに、地面に魚介類が転がっている事だ。既に息絶えた魚も、狭い水溜《みずた》まりの中で辛うじて跳ねている魚もいる。貝類は岩の間に挟まっており、入水管と出水管を伸ばす二枚貝の姿も見えた。流石《さすが》に大海畸形のような大物はいないが『羊島魚《ジャスコニウス》』を始め、海に住む魔物も無理やり海上へ浮上させられたようだ。甲殻海亀程の大きさになれば海に住む生物たちの安全な居住区にもなるが、こうして浮上されればそこに住む種族ごと全滅させられる危険性も秘めていた。広大な海の中であったとしても、安住の地を見つけるのは難しいらしい。

そして呼吸が出来ずに瀕死《ひんし》となっているそれらを、捕食する動物の姿もあった。それは上空から舞い降りた鳥であり――

ルイスが操る、鼠《ねずみ》たちだった。

藻で出来た木々の隙間を縫うように、獰猛《どうもう》な鼠たちがこちらに向かって駆けて来る。操られている間は十分な食事を与えられていなかったのか、それとも海中を無理やり泳がされたのか、飢餓状態となった齧歯類《げっしるい》が前歯を剝《む》き出しにして襲い掛かって来た。

解剖刀を投げ、俺はミルと共に跳躍。その俺を、鼠は仲間たちを踏み台にするように積み上がり、鼠の山を作って追跡してきた。砂場へ放り投げた磁石に砂鉄が群がるように、齧歯類たちが密集。一気に俺の足元まで辿《たど》り着く。無論、俺もそのまま黙って彼らに噛《か》み殺されるのを待つような性分ではない。切除で鼠たちを空間ごと削り取り、海水で濡れた地面を鮮血で更に濡らしていく。花火が咲くように宙に鼠たちの臓物が弾《はじ》け飛び、四散した胃袋からまだ消化前の魚の身が落下して、巻貝の上へと降り注ぐ。傀儡《かいらい》である鼠たちを蹴散らし飛散させて離散させながら、俺はルイスの姿を捜した。

「におう」

俺の左腕に抱えられ、淡々としたミルがつぶやく方へと視線を向ける。そこには岩の上から俺に向かい、杖《つえ》を振り上げたルイスの姿があった。

「何故だ？　チサト。何故フリッツを殺し、オレたちを生かしたのだ？　オレたちは、生きているべきではない存在なのに！」

鼠がルイスの足元から、水が湧き出すように現れる。それらは波のように蠢《うごめ》いて、こちらに襲い掛かって来た。切除でそれに穴を開けると、飛沫の代わりに血潮が舞う。

「全てを知っていたなら、オレが、オレたちが旧鼠《ウエアラット》だと知っていたなら、生きているべきではない存在なんだと知っていたなら、何故生かした！　オレたちは生まれるべきではなく、死ぬべき存在、悪なんだというのにっ！」

「……そうやってお前が死に急ごうとするから、フリッツは死ぬ事で秘密を守るしかなかったんだよ！」

解剖刀《メス》が日光に焼かれて煌《きら》めき、その煌めきの数だけ鼠が死体へと変わっていく。砕けた刃の粒子が血に巻き込まれる前に、鼠たちの凶暴な凶悪さを秘めた凶猛な鳴き声が甲殻海亀《ザラタン》の背中に響き渡った。藻の木々をまとめて薙ぎ払いながら、俺の方もルイスへ問いかける。

「どうして、どうしてフリッツは、お前ら義兄妹はそうやって死に急ぐんだ？」

生まれ落ちた命に、そもそも悪だの正義だのあるわけがない。

「何故地べたを這《は》ってでも、どれだけ汚くても生きようとしない？」

生きれば、いいではないか。

生きていれば、それでいい。

生きていれば、いいんだよ。

生きているだけでいいんだ！

生きてはいけない理由が、そんな理由、あってたまるかっ！

それが許されない世界なら、医者なんて——

「助けたくても、救いたくても救えない命もあるっていうのに、何で——」

「オレたちの血は、体を作り出しているのは、そんな回復薬《ポーション》を付けていれば治るようなものではないんだよっ！」

俺とルイスの会話は、噛み合っているようで徹底的に食い違っている。それは俺が回復薬や《魔法》がない世界からやって来た《転生者》《レインカーネーター》であるという事と、回復薬などの存在が当たり前のアブベラントで生きて来たルイスの差なのかもしれない。だが、その二人の差は大きすぎる。俺にとって彼の当たり前が前世でも適用されていたのならこの世界に転生する程の後悔を抱えなかっただろうし、ルイスはそんな俺の懊悩《おうのう》を理解出来るはずもなく、想像する事すら出来ないからだ。

……当たり前の事なのに、何で当たり前が当たり前じゃないんだろうな。

解剖刀を協奏曲の指揮者のように動かし、鼠たちの断末魔を響かせながら、俺は苦味を含んだように笑った。

「それでも、それがフリッツの最後の頼みだったのさ。お前たちには秘密にして欲しいと、生きていて欲しいと、あいつはそう願ったし、あいつはそういう奴だっただろ？　義理でも、お前はあいつの兄貴だった。兄貴なら、わかるだろ？」

慟哭《どうこく》の代わりにルイスが上げたのは、獣の如《ごと》き咆哮《ほうこう》だった。彼は忌み嫌っていたが、その叫び声は鼠のそれによく似ている。

鼠たちを盾に俺の切除《レセクション》を退けるルイスへ、それでも俺は言葉を紡いだ。

「あいつは最後まで、人として死にたがっていた。お前たちにも、そう生きていて欲しかったと願っていた！　それが、フリッツの正義だったんだよっ！」

「本当の事を隠して、黙って、騙《だま》すのが不義でなくて何だと言うんだっ！」

その叫び声に応えるように、鼠たちが俺の方へ雪崩《なだ》れ込んでくる。俺はその鼠の動きに、少し眉を動かした。右側から回り込むように移動してくる齧歯類たちを片っ端に解剖刀で殺し、殺し、殺し続ける。舞い上がり、そして舞い落ちる血の雨が、吠《ほ》えるルイスの血涙のようだ。彼も、フリッツの気持ちは理解出来るのだ。理解出来るから、割り切れないのだ。

「何故《なぜ》、どうしてオレたちはこんな呪われた血を持って生まれたんだ？　こんな旧鼠の血を引いてさえいなければ、フリッツも死ぬ事はなかった！　まだ生きて笑っていたはずなのに、何故オレは、オレたちはこんな魔物の血の、いつかフリッツのように大切な人を傷つけてしまうかもしれない、爆弾みたいな血を引いているんだよっ！」

今度は、右後方から鼠たちが現れた。だが既に、その行動は読めている。それらを射殺しながらミルを左手で抱え直し、俺は口を開いた。

「……それが、お前がマリーを殺そうとする理由か」

「義妹がまだ人であるうちに終わらせてやりたいと思う事の、何がいけない？　マリーにわざわざオレが抱えているような、世界を呪うような事実を伝える必要もないだろう？　それにチサト。お前はオレを止める資格はないはずだ！　フリッツを人として生かし、終わらせたお前にはなっ！」

「だからお前は切り捨てたのか？　ジークを、メイアを、カールを、お前が救った彼らを！」

「オレだって、救いたかったさ！　フリッツが死に、お前が去った後、オレは生きようと思った。マリーもいたし、何より死んだフリッツの代わりに生きようと、あいつが成そうとした正義を引き継ごうと思ってな！　だからオレが出来る事なら、出来る範囲で全ての人たちに手を差し伸べて来たっ！」

俺たちの戦闘の影響か、山が、甲殻海亀の背中が大きく動いた。地面が揺れ、傾くが、そんな事、俺たちには関係ない。鼠たちが木々を薙《な》ぎ倒し、その鼠たちを俺の切除が薙ぎ倒していく。鼠の血で水溜まりが出来るような有様の中で、ルイスの独白は続いていた。

「でも結果は、どうだ？　結局オレの体は魔物の血が流れていて、オレのした事は結局周りから爪弾《つまはじ》きにされた、忌み嫌われていた者同士が傷の舐《な》め合いをしていただけだったよ！　意味がない。気持ち悪い！　オレがやって来た事も、あいつらの存在も、オレの存在自身も、全くの無意味だったんだよ！　なら切り捨てて、ごみ屑《くず》のように扱って、オレの役に立ってもらう方がいいだろうがっ！」

そう叫ぶルイスに、俺は思わず顔を背ける。世界全てを嘲笑《あざわら》うようなルイスの言葉だが、その反面彼は泣きそうな表情を浮かべていた。その表情から、ルイスが口にした全てが彼の本心ではない事が容易にわかる。そうでなければ、メイアに生き残れだなんて、言わないだろう。

だからだろうか？　その感情の吐露をした瞬間、ルイスに隙が生まれた。

俺はそれを見逃さず、彼が足場にしていた岩に解剖刀を差し込んでいる。

岩が崩れ、鼠たちは俺を攻撃するのではなくルイスを守ろうと、自分たちの体を犠牲にして落下する彼を受け止めた。瞬間、切除で加速していた俺が真上から彼の手にした杖と、鳩尾《みぞおち》ごと、地面を踏み砕くように落下。直撃し、杖は粉砕。ルイスと地面の間に挟まれた鼠たちが圧《お》し潰され、赤い血肉と臓物の、奇怪な絨毯《じゆうたん》を作り上げた。彼の背中から鼠たちの血飛沫《ちしぶき》が上がり、ルイスの口から空気の塊が漏れる。

ちょうど地面の揺れが収まった所で、何か言おうとするルイスの喉元を足で押さえた。彼の身動きを封じながら、俺は言葉を紡ぐ。

「止《や》めろ。お前じゃ、俺に勝てない。力だけでなく、お前は優しすぎる。それじゃ、俺には勝てないよ」

俺が何を言わんとしたのか、理解したのだろう。ルイスの体から、力が抜けていった。

そう、ルイスは優しすぎる。ここぞという所で、非情になれない。なれないから、こいつは度々俺を攻撃する時、こちらの右側を狙ってきたのだ。

何故なら俺の左腕には、ミルがいる。彼女が天使族《エンジェル》だと気づいていない以上、ルイスにはミルはただの少女に見えたはずだ。だからルイスは、左側から攻撃を出来なかった。

ルイスの目的は、自分の血を根絶やしにする事だ。そのためなら、自分の仲間の命すら切り捨てられるし、ロットバルト王国に巨大な魔物《モンスター》すら誘《おび》き寄せる事だってしてみせる。

彼はマリーを殺せるなら、手段を選ばないのだ。そしてその本懐を成し遂げた後、ルイスは自分で自分の命に幕を引くつもりなのだろう。

だが――

「お前は、自分の自殺にロットバルト王国や自分を慕う仲間すら巻き込む事を厭《いと》わない癖に、自分の血と何ら関係のないミルを巻き込む事をためらった。どれだけ悲惨な被害を出しながらも、最後の最後で殺さない選択肢を考えているようじゃ、俺には勝てない」

俺は、殺してしまえる。

俺とは、違うのだ。

無論、俺だって、殺さなくていいのなら、殺したくはない。

死ぬ必要がないのなら、誰しも生きていて欲しい。

でも必要なら、殺す。殺してしまえる。

誰かを救いたい《殺したい》と願っているから。

俺はミルのためなら殺《すく》してしまえるのだ。

……僕はもう、誰を最終的に選ぶのか、決めているから。

選ばなかった人たちの面影が脳裏を過《よぎ》る。だが、それすらただの雑音だと、俺は苦笑いで無視をした。

ルイスが完全に抵抗の意思を失ったのを確認し、俺は彼の上から足をどけ、それでもいつでも殺せるように解剖刀に手を添えながら、彼に向かって問いかけた。

「一つ、教えて欲しい事があるんだ」

そう、一つだ。

たった、一つ。

たった一つ違っていたら、ルイスはジークと、メイアと、そしてカールと、俺がまだ知らない彼が今まで手を差し伸べ続けて来た人たちと、今頃支え合って生きていたに違いないのだ。

その、たった一つの違い。それが知りたくて、それだけが知りたくて、俺はルイスの前にいる。

「お前は、どうやって自分に旧鼠の血が流れていると気づいたんだ？」

そう。ルイスが、自分に流れる血の秘密さえ気づかなければ、今回起こった一連の狂瀾《きょうらん》怒濤《どとう》の事件は発生しなかったのだ。フリッツが死んでまで秘匿しようとしたその事実に、彼は一体どこで気づいたというのだろうか？

ルイスは、先ほど言っていた。マリーにその事実を伝える必要はない、と。ならば、誰かに聞いたのではない。気づかされたのだ。

そしてルイスが血の秘密に気づき、デジレ王たちを殺害する直前、よく会話していた人物たちが誰なのかも、アンドリューから俺は聞いている。それらを勘案し、ドゥーヒガンズから続く騒動の中で感じて来た違和感を繋《つな》ぎ合わせると、一つの推測が成り立つのだ。

その推測へ答え合わせをするかのように、体を起こしたルイスの口が、ゆっくり動く。

「それは――」

そう言った後、ルイスは口から血反吐《ちへど》を吐く。彼の体は、巨大な刃物で貫かれていた。

検死するまでもない。即死だ。ルイスは銛《もり》に貫かれ、たった今死亡した。

「チサト、無事かっ！」

先端回転銛《トグリング・ハープーン》を構えたピルリパットが、藻で出来た木々を掻《か》き分けてこちらへと向かってくる。俺は解剖刀を握り直し、一歩下がりながら人虎《ウエアタイガー》へと向き直った。

「チサト。何故すぐにルイスを殺さなかった？　まだ周りには鼠《ねずみ》がいるのに」

「……聞きたい事があってね。それより、よくここまで来られたな」

「ああ、甲殻海亀が追っていた大海畸形《クラーケン》を、ようやく捕まえた所でな。そいつを食ったら満足したのか、大人しくなったよ。乗り込むのも簡単だった」

「……なら、残りの大海畸形は二体か」

「そっちの方も、問題ない。一体はカラボス港へ上陸を許し、まだ戦闘は続いているが、ジョヴァンとアンドリューが健在である今、もう勝利は目前だろう。後は、この甲殻海亀《ザラタン》の動き次第だな」

「……なるほど。だからお前は、甲殻海亀に乗り込んできたのか」

そう言った後、俺はミルを地面へ降ろし、彼女と共にピルリパットの背後へ視線を向けた。そして、更に言葉を作る。

「マリーと一緒に」

「そうだ。マリー様が、お前は最後の最後でルイスに情けをかけて、隙を衝《つ》かれるのではないか？　と心配していてな。一緒に上陸はしたが、自分を先行させたのだ」

その言葉に導かれるように、木々の間からマリーの姿が現れる。しかしその表情は、いつも身に着けている隠体套《アバヤ》で窺《うかが》い知る事は出来ない。無言のまま、マリーはピルリパットの後ろへと並んだ。それを気にした様子もなく、人虎は小さく頷《うなず》く。

「やって来たら、実際にお前はルイスに止《とど》めを刺せる状況だったのに、そうしていないではないか。流石《さすが》に焦ったぞ。ですが、やはりマリー様は慧眼《けいがん》であらせられますな！　チサトは奴《やつ》と話をしようとしていたみたいだが、最終的にはきっと、マリー様の言う通りの状況になっていたに違いない！　自分もマリー様の言葉がなければ、最後の一撃は躊躇《ためら》っていたかもしれませんなっ！」

ピルリパットの言葉を聞き、俺は僅かに俯《うつむ》くと、苦々しげにこう漏らした。

「……そうか。やっぱり、お前が黒幕だったか、マリー」

「は？　何を言っているんだ、チサト」

困惑するピルリパットの背後で、隠体套が微《かす》かに揺れている。顔を見せなくてもわかる。笑っているのだ、マリーが。

鈴を転がしたように微《かす》かに布の間から漏らした後、マリーは俺に向かって問いかける。

「黒幕？　面白い事をおっしゃいますね、チサト様」

「何の黒幕なのかは、聞かないんだな」

更に、鈴を転がすような音が大きくなる。カールと違い、この程度の指摘でマリーは自白してくれないようだ。もちろんそれは俺も予想していたが、全く想定外の事態にピルリパットがついてこられていない。

「待て。待て、チサト！　自分は、さっぱり状況が理解できないのだが？　マリー様が、黒幕？　ロットバルト王国を反乱の渦に巻き込んだ黒幕は、ルイスだろうがっ！」

「そうだ。デジレ王たちを殺害し、今日までロットバルト王国を危機的な状況へ追い込んだのは、紛れもなくルイスだ」

「なら――」

「だがシュタールバウム家に流れる血の秘密を気づかせ、ルイスに今回の反乱を起こさせるきっかけを作ったのは、いや、その前のフリッツの悲劇だって、間違いなくそこにいるマリーが関係しているんだよ」

「は？　血の、秘密？　フリッツ様の、え？　チサト、自分にはお前が何を言っているのか――」

「面白いですわね、チサト様」

ピルリパットの言葉を遮って、ころころとマリーは笑う。自分が従事している王女が放つ剣呑《けんのん》な雰囲気に、人虎は思わずマリーから一歩下がった。その離れた距離を元に戻すかのようにマリーは一歩、前へ踏み出す。踏み出した足の下で、俺がぶちまけた鼠の臓物が更に潰れて地面の血が泡立った。

顔が見えなくても、わかる。マリーは今、俺を挑発的な目で見つめているに違いない。

「そこまでおっしゃるのであれば、何か根拠がおありなのでしょう？」

「……最初に違和感を覚えたのは、お前が呪われたって聞いた時だ」

あの時、ピルリパットはこう言っていた。

『反乱だ！　ルイスは突然、デジレ国王陛下とターリア王妃殿下を手に掛ける、凶行に及んだんだ！　きっと、自分以外の血族を殺し切った後に、王位を簒奪《さんだつ》する手筈《てはず》だったに違いない。だが、マリー様は既の所でその魔の手から逃れる事が出来た。しかしその途中、卑劣な奴の《魔法》で呪われ、このような醜い姿になってしまわれたのだ……。そうですよね？　マリー様』

そもそも、ルイスの天職《クラス》は、獣使い《ビーストテイマー》だ。しかも鼠の扱いに特化したもので、彼が《魔法》を使ってマリーを呪えるわけがない。よしんば『魔道具』を使っていたのだとしても、そんなものがあるならルイスはロットバルト王国中を呪い、マリーを殺す事が容易に出来ただろう。

だが、ルイスはそうはしなかった。いや、しなかったんじゃない。そもそも、ルイスはマリーを呪ってなんていなかったのだ。

「ルイスは、鼠なら自分の意思通りに操る事が出来る。だから最初はマリーに流れる血を使い、自害させようとしたんだろう。だが、獣使いの力では魔物である旧鼠《ウエアラット》をそこまで操れなかった。全身に鼠の毛を生やすぐらいが、限界だったんだろうな」

だからマリーが毛だらけの状態を見た時、多毛症の事を思い出しはしたが、それをマリーたちに一度たりとも俺は口にしなかったのだ。

……更に多毛症は遺伝子以外の原因もあると知っていたが、俺は回復薬《ポーション》での修復方法をすぐに断念している。

それに、ルイスを倒したとしてもマリーが元の姿に戻らない事も俺は考慮していた。マリーの状態を見た時、すぐにルイスがマリーの血を操った事まで推測する事が出来たのだから。マリーに生えた全身の毛が彼女の遺伝子、血に起因していると、すぐに気づけた。

「旧鼠？　それが、マリー様たちの血の秘密だと言うのか？　チサト」

「そうだ。そこまで踏まえた上で、再度ピルリパットの言葉を思い出してみよう。更におかしい所が出てくる」

……ピルリパットはあの時、『そうですよね？　マリー様』と言ったんだ。

つまりピルリパットは、全てマリーに言われた事を真実だという前提で発言していたのだ。無論、その時はまだマリーが自分の血の秘密に気づいていない可能性も、俺は考えていた。だが、ロットバルト王国に戻って来て、完全にその可能性は否定される。

……『きっと、自分以外の血族を殺し切った後に、王位を簒奪する手筈だったに違いない』だと？　王位を簒奪するなら、この国の国民を取り込んで反乱を起こした方が確実だろうが。

アンドリューの話では、ルイスは反乱を起こす前にヨハンやカールといった、城下町マウゼリンクスやカラボス港の代表格と親密な関係を築いていた。現にカールは、ルイスのために命を投げ出して見せた。それだけの忠誠心を持たせる事が出来ていたのなら、国を乗っ取るなら彼らの力を借りるはずだ。オディール城のジョヴァンたちも、国という形を維持する事に注力する節がある。なら、マウゼリンクスとカラボス港を味方につけていれば国を維持するため、近衛《このえ》騎士たちもルイスに賛同する可能性は高い。国盗《くにと》りのために少数の仲間を率いてデジレ王たちを殺害する理由が、ルイスには全く存在していないのだ。

その前提で、ドゥーヒガンズでルイスが口にした台詞《せりふ》を、俺は思い返す。

『マリーは、オレたちは、そしてフリッツも、存在してはいけなかったんだ。何故《なぜ》なら、汚いから。悪だから。だからマリーに必要なのは、死という幸せだ。今すぐ死ぬ、即刻死ぬ、直ちに死ぬ、即座に死ぬ。それがマリーの、そしてオレの幸せだ』

「あの瞬間、俺はルイスが自分の血の秘密を知っていた事に気づいたんだよ」

そこから俺の行動は、常に何故ルイスがその秘密に気づいたのか？　を探っていたのだ。

……血の事を知っている人物は、限られている。

まず、その血を直接引いているデジレ王だ。そしてその妻である、ターリア王妃。だが彼らがルイスに話したとは考え辛《づら》い。話すつもりなのであれば、デジレ王がクララ王太后、そしてルイーゼ王妃を殺害した時、更にフリッツが死んだ時点で子供たちに話すはず。それ以前に、二人が今後自分たちの口から血の秘密を言う事はないと、俺は確約をもらっていた。それがフリッツを殺し、ロットバルト王国から逃亡する前に二人に確かめた事だった。

……その際、知りたくもない事も知ってしまったがな。

だから、デジレ王とターリア王妃は除外出来る。無論、死んだフリッツや国自体から離れていた俺が、ルイスに血の秘密を話せるわけがない。

……なら、ジョヴァンはどうだ？

ロットバルト王国に長らく使える近衛騎士団団長なら、シュタールバウム家が抱える秘密に気づいてもおかしくない。でも、気づいたとしても、あの妖精猫《ケット・シー》はルイスに伝える事はないだろう。

……何故なら近衛騎士たちは、ロットバルト王国を保つ事が重要だからだ。

ルイスが自分の秘密に気づいた結果、どうなった？　マウゼリンクスの住民は決起し、カラボス港の住民もそれに対抗する様にオディール城を非難。国は三分割されてしまった。ルイスの性格を知っているジョヴァンが、この事態が引き起こされる可能性を許すはずがない。

「そうなると、結論は一つだ。ルイスが、自分で血の秘密に気づいた。いや、気づかされたんだ。先にその真相に気づいた奴に、促されてな」

「それが、わたくしだという決定的な証拠はないのでしょう？」

言葉の節々に嘲《あざけ》りの色が宿るマリーを、俺は冷たく一瞥《いちべつ》する。

「物的証拠はなくても、ルイスが気づくきっかけなんて、そんな事件なんて、一つしかない。そうだろう？　ピルリパット」

「……フリッツ様の、死」

沈痛な面持ちのピルリパットへ、俺は小さく頷いた。

ロットバルト王国第二王子の死は、ルイスには軽くないものだ。

……もちろん、ピルリパットや、俺にとってもな。

だからルイスが自分の血を怪しむきっかけは、フリッツの死に不信感を抱いた時以外にあり得ない。つまり、フリッツが死んだあの日、あの瞬間、ロットバルト王国にいた人間だけがルイスを血の真相へ誘《いざな》う事が出来るのだ。

……その観点から、まだオディール城へやって来ていないアンドリューは除外出来る。

カールは留学していたし、ヨハンは城下町の状況に精通してはいるが、オディール城の内情まで把握出来ていない。出来ていたら、ターリア王妃に国が乗っ取られるだなんて発想は出てこないだろう。そしてそんな発想に乗ったマウゼリンクスの住民も、カラボス港の住民も同じように除外出来る。

そうなると、残りの容疑者はオディール城に住む人だけだ。だが——

……アンドリュー、そしてジョヴァンを始めとした近衛騎士たちに、デジレ王やターリア王妃は先に除外している。

だからもう、この時点で二人しかいないのだ。ルイスを凶行へ走らせる事が出来た人物は。

一人は、ロットバルト王国第一王女。マリー・シュタールバウム。

もう一人は、その第一王女の従者であるピルリパット・チャイカ。

「そこから俺は、ずっとお前らの行動、発言に注意していたよ。どちらが鋭い？　話す言葉は演技じゃないのか？　どっちの方がシュタールバウム家の血の秘密に気づける？　いや、二人が共犯の可能性もあるのでは？」

「ち、違う！　自分は、自分ではっ！」

「そうだな、ピルリパット。お前じゃない。お前じゃ、そんな器用な真似《まね》は出来ないよ」

フリッツを死に追いやったシュタールバウム家への復讐《ふくしゅう》という線も考えたが、それならそもそもマリーを逃がす必要がない。

「ですが、ピルリパットがチサト様へ復讐するために、あえてわたくしをグアドリネス大陸へ逃がした、とは考えられませんか？　何せチサト様は、フリッツお兄様に直接手をかけた相手。想い人《おもびと》の仇《かたき》をその手で取りたいと考えるのは、十分あり得る話ではありませんか？」

「ま、マリー様っ！」

自分を犯人に仕立てようとするマリーの発言に、遅まきながらピルリパットは自分が仕えていた主の本性を知る。そしてすぐさま、人虎《ウェアタイガー》は反論した。

「お、お言葉ですがマリー様！　自分は、チサトがグアドリネス大陸へ、それもドゥーヒガンズで生活していた事を知りません！　そんな事、出来るわけが——」

「あら？　出来るじゃありませんか。わたくしたちがロットバルト王国に戻ったあの日、ドゥーヒガンズでチサト様とお会いしていたジェリケという『商業者』の方とすれ違ったでしょう？　あの方からチサト様の情報を得る事も可能じゃありませんか？」

「……確かに、ジェリケは半年もこの国にいたというからな。話を聞こうと思えば、聞けなくもないだろう」

「そ、そんな……」

俺とマリーの言葉に、ピルリパットの顔面が蒼白《そうはく》となる。しかし俺は、すぐに自分の言葉を否定した。

「だが、だとすると更にピルリパットがマリーを逃がす理由がない。俺に復讐したいのであれば、それこそロットバルト王国を滅ぼした後にも実現可能な事だ。居場所もわかっているんだから、猶更《なおさら》な」

「うふふっ。確かに、おっしゃる通りですね」

「……逆に、マリーの方がジェリケから俺の居場所を聞いたんだろ？　そしてルイスを狂わせ、グアドリネス大陸にいる俺を巻き込む事にした」

「あははは っ！」

マリーの発する、鈴の音のような笑い声が、不気味でならない。彼女は自分の発言を、すぐに否定される事を理解していた。理解していて、わざと反論されるためにあえてピルリパットが犯人という可能性を提示したのだ。マリーは自分が否定される一連のやり取りですら、楽しんで対応出来る余裕を持っている。俺の知る限り、初めてピルリパットがマリーを恐れるような目で見つめていた。そんな二人の変化を、ミルは無表情に見つめている。

「ですが、チサト様。それはピルリパットがルイスお義兄様《にい》を狂わせた可能性が低いという論拠であって、わたくしが犯人であるという証拠ではありませんよね？」

「そうだな。だからこれから、俺はお前が自分の血の秘密に気づけたであろう論拠を積み重ねていこう」

「あらら、うふふっ。楽しみですわね」

このやり取りの異常さ。自分が犯人だと責められている中平然と笑える豪胆さが、既にマリーの狂気を示していた。だが俺も、ここで引くわけにはいかない。死ぬ直前まで義兄弟の事を思っていたフリッツとの約束が、契約がある。ミルの言葉を借りるなら、こう言わざるを得ないだろう。

けーやく、せーりつしてる。

……だから俺は、ここで引くわけにはいかないんだ！

「まず、お前は洞察力が高い。いや、高すぎて異常なんだよ」

今日まで俺たちが関わって来た事件。その中で、マリーはそれら全てで、重要な事に気づいていた。

最初は、ジークの行動の違和感だ。

『今わたくしたちを追っている猫背のあの方、どうして回復薬をお飲みになられているんでしょう？』

『それに、鼠《ねずみ》さんをあんなに食べて、大丈夫なんでしょうか？』

更に、メイアの事件。

『面接の時に伺ったのですが、メイア様の義手義足は気圧の変化で動く『魔道具』が内蔵されているようですよ』

だが、この嘘《うそ》を吐《つ》いたのは、悪手だった。船の中、メイアは俺にこう言った。

『でも、変ですね。あの面接では私、この義手義足の『魔道具』については何も――』

つまり、マリーは話も聞かずにメイアが義手義足である事に気づいたのだ。その瞬間、俺はほぼマリーが黒だと思って行動をしてたのだ。

そして極めつけは、カールが引き起こす前哨《ぜんしょう》戦となった笛吹き男《ラッテンフェンガー・フォン・ハーメルン》への言及だ。

『チサト様。これは笛吹き男なのではないでしょうか？』

妖精猫のジョヴァンですら、笛の音なのか疑問だったのだ。それを、どうしてマリーは笛だと、更にそれを奏でているのが魔物《モンスター》の笛吹き男だと判断できたのだろう？

決まっている。知っていたからだ。

「マリー。お前がルイスを狂わせた犯人だ。だからルイスがどんな戦略を積み重ね、自分を殺そうとしているのか逆算出来たんだ」

「うふふっ。うふふっ、あはははっ！」

そう笑いながら、マリーはその場で隠体套《アバヤ》を脱ぎ放つ。当然、その下からは鼠の如《ごと》き毛に覆われた体が現れる。

「まぁ、論拠としては弱いですが、及第点を差し上げましょう。チサト様、よくわたくしの行動を見て、手掛かりとなるような発言を聞いていましたね」

そう言って嬉《うれ》しそうに笑うマリーの体に、変化があった。

毛が、収縮していくのだ。ピルリパットがルイスに呪われていたと言っていた、鼠のような毛が、なくなっていく。

俺はそれと、同じ光景を見た事がある。フリッツが死に、旧鼠《ウエアラット》になりかけた体から人のそれへと戻る、あの現象だ。つまりマリーはルイスの力で鼠の毛を生やされた後、いつでもそれを元に戻す事が可能だったのだ。

「い、いつから、いつから、マリー様は、自分の血の事に気づいていらっしゃったのですかっ！」

ピルリパットの、慟哭《どうこく》とも言える叫びが甲殻海亀《ザラタン》の背中に響き渡る。その人虎の疑問には、マリーではなく俺が答えた。

「……最初からだよ、ピルリパット」

「さ、最初？　いつ？　ルイス様が狂われた、その最初？」

「違う。俺が最初にお前らと出会って、フリッツを俺が殺す事になった、あの時にはもう、とっくにマリーは自分の体に旧鼠の血が流れていた事に気づいていたんだ！」

苦々し気にそう告げる俺の言葉を聞き、ピルリパットは雷に撃たれたように体を震わせる。そしてその両目に薄《う》っすら涙を浮かべ、もうこの世で信じられるものは何もないと言うように、首を振った。

「う、嘘だ。嘘だ！　嘘だっ！　そんな、そんな馬鹿な、馬鹿な事があっていいわけない！　あるわけないだろうっ！」

だが残念ながら、それが真実なのだ。そう考えなければ、おかしいのだ。

……俺も、マリーがルイスを狂わせたという前提に立ったから、ようやくわかった事なんだよ。

俺がマリーに聞かせた、隔世遺伝の話。あの時マリーは、同じ魔物でも兄妹で違う性質を持っている事に、妙に納得していた。

それはそうだろう。自分たちが、義兄弟たちが魔物で、更にフリッツだけ魔物の血が濃く出ている事を知っていたのだから。そうなると、もはや過去にマリーと交わした言葉の、その全てが恐ろしくなる。その中でも、最も怖気《おぞけ》が走るのは、あの言葉だ。俺を応援した、あの言葉だ。

『頑張ってくださいね、チサト様！　チサト様なら、どんな魔物でも倒せますわっ！』

マリーは、応援していたのだ。フリッツが魔物であると知っていて、それでも俺に自分の兄を殺すように、頑張れと声援を送っていたのだ。

「あなたは、いや、お前は何で、何でフリッツ様が死ぬとわかっていて何も手を打たなかったんだっ！」

ピルリパットの口から、このアブベラント中を呪い尽くせるのではないか？　と思える程の絶望色に染まり切った怨嗟《えんさ》が放たれた。大気を震わせる悲哀な怨念と悲惨な積怨と悲痛な怨念が籠った叫喚を受けて――

あろうことか――

マリーは、照れ笑いを浮かべた。

「だって、チサト様の愛が欲しかったんですもの」

「……はは、ははははは」

絶句した後、ピルリパットは思わずとでも言うように、乾ききった笑い声を上げる。その声色は本当に乾き切っていて、彼女の心がどれだけ罅割《ひびわ》れてしまったのか、簡単に想像できてしまった。

意味が、解《わか》らないのだ。本当に、ピルリパットにはマリーの心中を理解する事が出来ない。愛情の形は千差万別だとは言え、自分の兄を見殺しにし、義兄を狂わせてまで手に入れたい愛がどういうものなのか、ピルリパットにとってマリーの愛情表現、その手法と実現方法が、想像の埒外《らちがい》過ぎたのだ。

「でも、チサト様。一つだけ、訂正させてください。わたくしが自分の体が異常である事に確信を持ったのは、あなたと出会った事がきっかけなんですよ」

「……何？」

「あなたと出会って、わたくしは初めて飢えを、渇きを覚えたんです。自覚出来たんですわ」

俺と初めて出会った時の事を思い出しているのか、マリーが恍惚《こうこつ》の表情を浮かべ、右手を頬に添える。この場で弾劾されているのを忘我しているかのように、彼女は自分の中の耽美《たんび》な記憶に浸り、多幸感でその身を捩《よじ》り、嬌声《きようせい》に近い溜息《ためいき》を漏らし始めた。

「愛されたいと、あなたに、あなたの愛に満たされなければ、この渇きは収まらないのだと。そこで初めて気づいたんですよ。ああ、フリッツお兄様も、同じようにチサト様を求めてあの姿になったんだ、と」

俺に止《とど》めを刺す事を求めた時のフリッツの言葉が、脳裏に蘇《よみがえ》る。だがその寂寥《せきりよう》感も、マリーの粘つく様な情欲の気配に、俺の記憶は嫌悪感で侵されていく。不快感を隠しもせず、俺は吐き捨てるように口を開いた。

「……マリー。お前は本当に、両親に似ているよ。特にターリアにはそっくりだ」

「あら？　では、ご覧になられたんですね。お父様とお母様の睦《むつ》み合いを」

「何が睦み合いだ！　あれは、ただの暴力による共依存だっ！」

ターリアを初めて見た時、俺は彼女の格好が暑そうに思えた。何故《なぜ》なら袖だけでなく、首元や裾の長い女洋装《ドレス》を身に着けていたからだ。だが、今ならその理由がわかる。シュタールバウム家の血について確かめに行った際、二人のその現場を俺はこの目で目撃したのだ。

ターリアのあの不可解な服装は、デジレから受けていた虐待の跡を隠すためのものだった。

「酷《ひど》いですわ、チサト様。あれはお母様が、自分の正義と愛を満たすために必要な事でしたのに」

「……魔物の血を抑えるためデジレに殴られるのが正義で、それでもデジレの傍《そば》に居続ける事が愛だと？」

「少なくとも、お父様の暴力はわたくしや、フリッツお兄様、そしてルイスお義兄様には向きませんでしたわ」

マリーの言葉を借りるのなら、ターリアは自分の飢えた正義を満たすためにデジレの暴力を受け入れ、愛の渇きを満たすためにデジレに依存し、依存させたという事なのだろう。

その関係に忌避感を覚えた俺に向かって、あの時ターリアはこう言ったのだ。

『わたしぃが満たされるなら、後はどーでもいぃーのよぉ。わたしぃの渇きぃが、飢えがぁ満たされるのなら、フリッツも、マリーも、どーなったっていーのよぉ』

ルイスは、自分の血についてこう言っていた。旧鼠の血が流れているのなら、生きているべきではないのだと。生まれるべきではなかったのだと。死ぬべき存在、悪なんだと。

「……俺は、今までも大勢殺してきた。そしてこれからも殺していくだろうし、自分以外の善悪の在り方について何か言える様な立場じゃないのはわかっている。だがそんな俺でも、魔物の血を引いているかいないかに拘《かかわ》らず、何が絶対的な悪なのかはわかっているつもりだ」

「わたくしもですわ、チサト様。でも、悪なら、悪でいいではありませんか」

そう言ってマリーは両手を広げ、見る者全てを魅了する様な笑みを浮かべる。

「悪として生まれたなら、そのようにこの世に生まれ落ちたのなら、悪として生きればいいのです！　だってわたくしたちは、そのようにこの世界、アブベラントに生まれ落ちたのですからっ！」

妖艶、妖美、爛漫《らんまん》、流麗。思い浮かぶ全ての美辞麗句が、吐き気を催す程今のマリーに当てはまる。マリーがこちらに向かってゆっくりと歩いてくるが、その度に俺の嘔気《おうき》も増していった。

「誰かに愛してもらいたいと思うのは、いけない事なんですか？　誰かの愛で満たされたいと思うのは、そこまで強欲なものなのでしょうか？　何かを求めるのは、欲を持つのは、そこまで非難されなければならないものなのですか？」

淡々とした、平淡な声だ。だが、それ故一層、その言葉がマリーの慟哭だとわかる。

「チサト様なら、わかるでしょう？　わかって、くださいますでしょう？」

わかってしまう。そして、今悪心を感じている理由も。俺なら、俺だからわかってしまうのだ。何故なら――

「その子を死んだ妹さんの代わりにして、その子を守るために誰かを殺して、殺しておきながら誰かを助けたいだなんて願っている。チサト様。その想《おも》いが、行動が、悪でないのなら、一体何だと言うのです？」

違わない。何も、違わなかった。先ほど自分の口から言ったばかりじゃないか。俺は、自分以外の善悪の在り方について何か言える様な立場じゃない、と。

そうだ。俺は善か悪かで言えば、絶対的に、絶望的なまでに、圧倒的に悪に属する者だ。この世界を殺し尽くすと言われた、殺しの才能を持つ男。それが、俺だ。

「だから、チサト様。わたくしたち、似た者同士なのです」

呆然《ぼうぜん》とする俺に構わず、マリーは本当に嬉しそうに歩みを進め、ピルリパットの傍を通りすぎる。

「だからわたくし、あなたの愛に飢えているのです。欲しているのです。渇いているのです。手に入れたいと思うのです。だから、チサト様？　そのためには――」

そして、マリーの目が、ミルへと向けられた。マリーの瞳孔は極限まで開き、飢えた野獣のそれとなっている。

「その女。邪魔ですね」

その瞳は生き残るためにどうしても必要な獲物を見つけた、鼠《ねずみ》のものと全く同じだった。

「初めて見た時から、ずっと目障りだったと思っていたのですよ。当たり前に、当たり前にチサト様の隣にずっといて……っ！」

出会った時からミルの名前を一言も口にしなかったマリーは、犬歯を剝《む》き出しにしながら歯ぎしりした。

「ピルリパット。チサト様の傍にいる邪魔なあの女を、その銛《もり》で射殺しなさい」

絶対零度の冷たさで、マリーがそう吐き捨てた。鼠の女帝の背後で、ピルリパットが脊髄を氷柱《つらら》で強引に搔《か》き混ぜられたかのように、その体を震撼《しんかん》させる。自分の想い人を何もせずに見殺しにした狂える相手でも、今マリーの放っている凍《い》てつく悋気《りんき》に精神が絡めとられているのだ。人虎《ウエアタイガー》が鼠に睨《にら》まれ、身動きが取れなくなる。

だが、それでも王女の従者として宛《あて》がわれた身。ピルリパットは固まり切った筋肉を引き裂くように、強引に首を振った。

「で、出来ません！」

ドゥーヒガンズで思わずルイスを敬称で呼んでしまったように、ピルリパットは裏切られたマリーに対して敬語を使ってしまう。人虎は自分が裏切られたとわかっていても、愛したフリッツの妹であるという事と、彼が死んでから守り続けてきたマリーへの情が、まだ残っているのだ。

だがそんな従者を、マリーは路傍の石を一瞥《いちべつ》するかのように、小さくこう吐き捨てる。

「……そう。なら、あなたはもういりません」

その言葉よりも早く、ピルリパットの体が飛来した何かによって貫かれる。人虎の腹部から飛び出したそれは、貝を鏃《やじり》に使用し、藻を捩《よ》じり合わせて作った槍《スピア》だった。

「わたくしの天職《クラス》は、狩人《ハンター》ですよ？」

マリーはピルリパットが止めなければ干上《セイレーン》がらせる女との戦闘にも参加しようとした、武闘派だ。《魔法》も、魔物《モンスター》と戦える程には扱える。

「あなたをそそのかし、ルイスお義兄《にい》様を殺させている間に一人で行動出来たのですよ？あなたも無効化する仕掛けを造る事なんて、朝飯前です」

「マ、リー……っ！」

吐血混じりのピルリパットの声が零《こぼ》れ落ちたその時、巨大な地震が発生。そして世界が割れるのではないかと思うほどの咆哮《ほうこう》が、空に向かって放たれる。甲殻海亀《ザラタン》が、行動を開

始したのだ。奴《やつ》は当然背中にいる俺たちに、関心を払うわけがない。食餌はもういいのか、甲殻海亀は進行方向を更に沖へ、そして海中深くへと沈もうとしている。奴が動く度に地面が垂直に揺れ、甲羅上の木々や打ち上げられた魚介類、魔物、そして負傷したピルリパットが転げ落ちていった。俺はミルを抱え上げて地面にへばりつくのに必死になり、人虎まで助ける余裕がない。

マリーはというと、少し俺から距離を取り、藻で出来た木の枝を摑《つか》んで、悠然とぶら下がっていた。その瞳は俺の腕に収まる天使の少女へと向けられ、嫉妬の業火が渦巻いている。焦熱が宿る眼光を向けられたミルは、全く光を映していない眼球をマリーへと動かして、こうつぶやいた。

「くさい」

「辞世にしては、随分短いですのね」

構いませんけど、とマリーが口にした所で、揺れが安定する。甲殻海亀が海底を歩くのではなく、沖へ泳ぎ始めたのだろう。激しい上下運動はなくなるが、これからは一気に陸地を離れ、海水の中へと沈んでいく事になるはずだ。そろそろ逃げ出す準備をしなければ、このまま海底へ引きずり込まれてしまう。

それがマリーにもわかっているはずなのに、旧鼠《ウエアラット》の女はそんなものは関係ないと、俺と、俺に抱かれるミル以外重要なものはないとでも言うように、笑いながら怒っている。

「さて、どこまで話しましたっけ？　その女は殺すのが決まっているので、その前は――」

枝から手を放して地面に降り立つと、泰然とした足取りでこちらに近づいてくる。来れている。ミルを殺すと言ったマリーに俺は切除《レセクション》を放っているが、俺の行動を全て読んでいるかのように、彼女の背後からピルリパットを射貫《いぬ》いた槍が飛んできて、解剖刀《メス》に宿った力を相殺。では空間を抉り取ろうとすれば、藻を編んで作った網で結合された岩が飛んできてそれを防ぐ。それを見て俺は魔物の血を引く女帝の言葉を思い出し、戦慄していた。

……マリーは、あなた『も』無効化する仕掛けと言っていたっ！

俺の力を知っているこの女は、俺の技能《スキル》に対抗するための用意を既に甲殻海亀の背中に完成させていたのだ。

「ああ、そうそう。わたくしとチサト様が、悪だと言うお話でした。助けたいのに殺すだなんて。うふふっ。その独善的で利己的な矛盾。やはりチサト様はわたくしと同じ、悪ですわ」

「……黙れ」

「いえ、それ以上！　チサト様はわたくし以上の、異常な、異質で、異様な悪なのですっ！」

「黙れと言っている！」

解剖刀を乱れ撃つが、その度に槍が、岩石がその全てを防いでいく。投石器を持ち込んだとしか思えない仕掛けも、マリーの狩人としての才能と《魔法》があれば実現出来るのだろう。そしてそれを造る手間を惜しんで彼女がこうして俺と会話する時間を求めているという粘質的な執着心を感じ、俺は歯噛《はが》みする。だが一方で俺は、マリーの言っている事を肯定していた。

助けたいと思っているのに、殺す。その圧倒的な矛盾は、確かに悪そのものだろう。悪以外の何物でもないだろう。だが――

「殺さなくていいのなら、俺だって殺したくなんてなかったさ！」

俺はただ、救いたかっただけだ。助けたかっただけだ。嘉与《かよ》に、妹に、ミルに、笑って過ごしてもらえれば、それでよかったんだ。それ以上、望んでいないのだ。それがいい。それでいい。それ以外、要らなかったんだ。要らないんだ、本当に。

「誰も殺さない、傷つけなくていい世界があるのなら、そこに行きたい！　この世界にそれがないのなら、次こそそんな世界に転生したいよっ！」

そしてそこで眠り、死んでしまいたいぐらいだ。

でも、ここは違う。この世界は、アブベラントは、そんな世界ではない。

だから、だったら――

「だったら、俺たちを傷つけようとするな！　害そうとするな！　なんでこの世界は、アブベラントでは、お前たちみたいな奴は、全てに優しくなれない？　皆を救える力を持ってるくせに、救おうとしない？　手を差し伸べられない？　助けようと思わない？　何でだよっ！」

僕には出来ない事が出来るくせに、何故《なぜ》やらないいんだ？　そうした憤りは、常に俺の中にある。

何で、こんな結末にしかならない？

何でちょっとだけ、手を差し出してやらない？

ほんの少しだけの思いやりで、全てがもっとましに、皆がもっと笑える世界になるかもしれないのに。

何でよりによって、全ての釦《ボタン》を綺麗《きれい》にかけ間違え続けたみたいな、こんな糞《くそ》みたいな結末にしかならないんだ？

何でだ？

何でなんだよっ！

……だがそれは、それこそマリーの言っていた通り、俺の独善的で、利己的な感情だ。

それはわかる。わかるよ。わかる。わかるから、だから、だったら、だったらさぁ！

だったら、だったらせめてさぁっ！

「何もしないなら、何もするなよ！　近づくな！　触れるな！　触れようとするな！　誰かを、俺を、僕たちを、僕たちに敵意を向けるな！　防がせようとさせるな！　退けないといけないような事をするな！　排除させようとするなよっ！」

僕に。

「僕に、お前らを殺させるような真似《まね》、させないでよぉっ！」

「ええ、ええ、そうですね。そうでしょうね、チサト様。わかっています。わたくしには、最初に出会った時から、わかっておりますとも、チサト様の本質は」

言っている意味が、解《わか》らない。俺の慟哭《どうこく》を、痛惜を、悔悟にも似た魂からの叫びを受けて、何故かマリーは、満面の笑みを浮かべながら、彼女は俺の事をわかっていると言う。それも、俺と出会った時からだと言う。だからだろうか？　マリーは俺に向かって、決定的な一言を口にした。

「だから殺させたのです。チサト様に、フリッツお兄様を」

「……は？」

俺は、そんな間抜けな声を上げてしまう。だがマリーはそんな事気にも留めず、頬を赤らめた。

「だってチサト様。まだあの時は、救えると信じていらっしゃったじゃありませんか。諦めていなかったではありませんか。殺さなくても、誰かを救えるのだ、と」

「……お前」

「でもそれでは、そのままではチサト様が悪にはならない。いえ、そのままでもいずれ到達されたでしょうが、わたくし、すぐにでも同じになりたかったのです。それにお母様を見ていると、意中の男性を自分好みに染めるのは、楽しそうで」

「……お前！」

「それにわたくし、早く欲しかったのです。チサト様の愛が。同じになりたかったのです。悪に。だからオディール城の隠し通路の話をしたんです。お城に魔物が出たという噂《うわさ》、わたくし以外から、聞いた事はありましたか？　チサト様？」

「……お前っ！」

「ですが、上手《うま》くいきませんでしたわね。本当はわたくしが最初にお兄様を殺したチサト様を見つけて、慰めて。でもピルリパットが、ああ。あの子は本当に、使えない子ですね。なる、はずだったのです。そうすれば、あなたはわたくしから離れられなくなる。なる、はずだったのです。そうすれば、あなたはわたくしから離れられなくなる。なる。先にあの子が部屋に入ってしまったから、チサト様を逃がさなければなりませんでしたもの。でも、素直なのがあの子の可愛《かわい》い所ですよね？　あの日もフリッツお兄様の手当なんて、一目見たら無意味だってわかりそうなものではありませんか？　あんなに綺麗に喉が裂けているのに、誰がどう見ても死んでいるのに、助けようとあんなに焦って！」

「……お前は！」

「チサト様の居場所を知った時、わたくし、本当に嬉《うれ》しかったんですよ？　だからチサト様のいらっしゃるドゥーヒガンズに逃げ込んだように見せかけるため、お義兄様を狂わせる事にしたんです！　少しでもか弱い所をチサト様に見せようと周りの人間を気遣ったりしてみせて。ですが、慣れない事はするものではありませんね。ピルリパットを出しゃばらせ過ぎました。ルイスお義兄様も、出来ればチサト様にわたくしを守る形で殺させたかったのに。もう少し早めに処分していてもよかったでしょうか？　どう思われますか？　チサト様」

「……お前は、悪だ！　最低で最悪で最凶で最狂の害悪だっ！」

「ですから最初から、そう申し上げているではありませんか？」

お揃《そろ》いですね、わたくしたち。

と、マリーは初恋の相手に愛を伝えるかのようにはにかんだ。

気持ち悪い。気持ち悪い気持ち悪い気持ち悪い気持ち悪い気持ち悪い気持ち悪い気持ち悪い！　気持ち悪い！　気持ち悪い！　気持ち悪い！　気持ち悪い！　気持ち悪いっ！

マリーの言っている言葉が、気持ち悪い。マリーの考えている事が、気持ち悪い。マリーが俺に向ける愛が、気持ち悪い。だが、何より気持ち悪いのは――

そんな醜悪で悪辣で邪悪な巨悪の権化であるマリーすら、俺はどうにか救える方法はないのか？　と考えてしまっている事だ。彼女を殺すと、俺はもう決めている。だから、殺すだろう。でもその直前まで、俺はきっと考えてしまうのだ。

俺が求めているのは、誰も傷つかない、幸せになれるような、そんな世界だ。そしてそんな世界は存在し得ないと、少なくともアブベラントはそうではないと、理解している。

理解しているが、そこで諦めてしまえば、そこで俺が諦めてしまえば――

……ミルは、彼女は、どうなる?

天使の彼女が傷つかず、幸せになり、笑っていられる世界を、諦めてしまう事になる。

だから俺は、諦めきれないのだ。天使が笑っていられる理想郷。そんな夢物語を現実にするには、このアブベラントで求める限りは、いや、この世界のどこにも居場所がない天使が安らげる場所を求めるのであれば、この悪女《マリー》ですら幸せになれる様な世界も求めないと、嘘《うそ》になってしまうから。

何事にも、出来る事と出来ない事はある。

俺だって、殺さなくていいのなら、殺したくはない。

死ぬ必要がないのなら、誰しも生きていて欲しい。

でも必要なら、殺す。殺してしまえる。

誰かを救いたい《殺したい》と願っているから。

俺はミルのためなら殺してしまえる《救ってしまえる》のだ。

俺は、ミルを選んだ。彼女の幸せを選んだ。それ以外の選択は、捨てた。でもそれは逆に言うと、その幸せにつながるのであれば、その全てを救うという選択をした事に他ならない。

そしてそれを、マリーには見抜かれている。

「チサト様が営まれている『復讐屋《ふくしゅうや》』の話を聞いた時、わたくし、笑いを堪《こら》えるのに必死だったんですよ？　だってチサト様、死体を漁《あさ》ってでも誰かを助けようとなさっているんですもの」

その通りだ。金を稼ごうと思えば、ミルと生きていくためだけならば、他の仕事だっていい。それこそ、『冒険者』になれば、十分食べていけるだろう。だが俺は、この期に及んでまだ縋《すが》っているのだ。医者としての生き方に、誰かを救いたいという想《おも》いを、俺は捨てきれていないのだ。

医者でありながら、もう患者へ解剖刀を入れる事も出来ない俺が出来る事なんて、殺す事ぐらいだ。殺し、殺され、死んだ相手を更に捌《さば》き、漁る事しか出来ない。

それでも嘉与がもし、俺を許してくれるなら、彼女はきっと俺が誰かを助ける事を望むだろう。自分を助ける事が出来なかった代わりに、到底無理なこの難題を押し付けるだろう。

だから、誰かを生かす事が出来ないのであれば、せめて死んだ後の死体を医者として診ようと、俺はそう決めたんだ。

「でも、どうせ殺したのでしょう？　あなたに、そしてその女に危害を加えようとした人たちを」

『復讐屋』の門を叩《たた》く人たちは、どす黒い感情をその身に秘めている。でも、それでもいいと思った。

「その中には『商業者』もいたでしょう。『冒険者』であれば荒っぽいですし、新米の『冒険者』も殺した事があるのではないですか？　チサト様」

たとえ復讐という名の表に出すのも憚《はばか》られる様な感情を抱えていたとしても、家族を奪われた遺族が、愛《いと》しい人や仲間と二度と会う事が出来ない人たちが、生きていたいとさえ思ってくれれば。

「そして殺したのは、当然人族《ヒューマン》だけではありませんよね？　亜人《デミ・ヒューマン》も当然いたでしょう。老若男女、問わなかったでしょう。ああ、獣人《セリアンスロープ》の少女であっても、チサト様は躊躇《ためら》いもなく殺してきた事でしょう」

その地獄色の熱情を活力に、顔を上げてさえくれれば、俺は良かったのだ。

届けられた遺体を捌き、漁り、何故死んだのか、どう死んだのか、誰に殺されたのかを暴き立て、曝《さら》け出す。検視で事件性を確認し、検死で具体的な死因や死亡状況を判断し、解剖して更に詳細な死因、死体の損傷を見つけ出す。生を死に転換し、生を謳歌《おうか》している者の命を奪い、死という終焉《しゅうえん》へ誘《いざな》った相手を特定する。

……そうする事で、少しでも、ほんの少しでも、生きようとさえ思ってくれれば、俺は――

「ああ、愛おしい。本当に、愛おしいです、チサト様。この世界は、あなたがお考えの通り優しくはない。誰も彼も自分の我儘《わがまま》をぶちまけて、そうやってアブベラントは成り立っているのです！　そして、そう！　あなたはそれを気づいている！　気づいていて、なお誰も傷つかない、あり得ない世界を求めるその矛盾！　それほど殺しておいて尚《なお》、チサト様は、本当に誰にも死んで欲しくないだけなのですね！」

もう、聞きたくなかった。マリーの話を、声を、あいつが発する声紋を、俺の鼓膜を震わせ、神経を通して脳細胞に伝わるあいつの全てを遮断する様に、俺は手にしていた全てを手放し、耳を塞ぐ。

手にしていた解剖刀《メス》がぼろぼろと地面に落ち、金属音の悲鳴が鳴ったのだろうが、耳を塞ぐ俺にはもう聞こえない。無様に狼狽《うろた》え、マリーから距離を取ろうと足掻《あが》く俺を、解剖刀と一緒に地面へ降り立ったミルの碧色《へきしょく》の瞳が見つめていた。逆にマリーは、もう一瞥《いちべつ》たりともミルの方を向きはしない。いつでも殺せると思っているのだろう。いや、単に彼女の姿が見えていないだけかもしれない。奴《やつ》の瞳には今、俺しか映っていないのだ。

聞きたくなくて耳を塞いでいるのに、マリーの口の動きから、彼女が何を話しているのか理解出来てしまう。

「ああ、あぁ、なんて、なんて耽溺《たんでき》したくなるような甘美で耽美《たんび》な想いなのでしょう！　早くめちゃくちゃにして差し上げたいっ！」

「……それでも、俺は殺したくないんだ」

「殺してください、チサト様！　そしてその矛盾を、行き場のない怒りを、激情を！　全て、そう！　全てわたくしにぶつけて、ぶちまけてくださいませっ！」

「……いつだって、死んで欲しくなかった。殺したくなんてなかった！　ニーネの事だって、僕はっ！」

「いいのです！　いいのですよ、チサト様！　他の女の名前を出そうとも、過去の女に囚《とら》われていても、全てわたくしが忘れさせて差し上げますわ！　だから、殺してくださいませっ！」

「……嫌だ。僕は、もう殺したくない！　ニーネみたいに、僕にもう殺させないでよっ！」

「殺して、殺して、殺し尽くすのです、チサト様！　そしてわたくしへの愛を証明してくださいませ！　さぁ、さぁさぁ早く、早くわたくしを満たしなさいっ！」

マリーの手が、ついに俺に届く。こちらの方が身長が高いはずなのに、俺は彼女に容易に押し倒された。馬乗りになったマリーは、その紅緋《べにひ》色の瞳一杯に、俺の姿を収める。

「そんなに似ているのですか？　あの女は」

「な、に――」

「似ているのでしょう？　チサト様の、死んだ妹に」

マリーの口角が吊《つ》り上がり、毒林檎《りんご》が熟れて弾《はじ》けた様に、笑う。

「チサト様は、あの女のためなら殺すのでしょう？　でしたらわたくし、なりますわよ？　死んだチサト様の、妹そっくりに。そうなれば、殺してくださいますわよね？」

その言葉に、俺は小さく首を振る。

マリーは、こう思っているのだ。単に俺が、ミルを嘉与《かよ》の代替品扱いしていて、そのミルがいなくなれば俺はまた別の妹の代わりを探すに違いない、と。

だから彼女はミルを排除して、俺の妹に、嘉与に成り代わろうとしている。単なる代替品なのであれば、妹そっくりなのであれば、俺の隣にいるのはミルでなくても自分でもいいんじゃないのか？　と、マリーは俺の今の在り方に真正面から切り込んで来る。

確かに、彼女の指摘は正しい。俺はミルに、妹の事を重ねている。そしてミルと出会う前に嘉与とそっくりの人物と出会っていたら、俺がその人に傾倒していたであろう事は、想像に難くない。

マリーの俺に対する分析は的確で、だから俺も、それに異論を挟む余地はなかった。

だが、そんな俺の口から溢《あふ》れたのは、全く違う言葉だった。

「……違う」

「顔が似ていればいいのですか？　なら、整形いたします」

「……よせ」

「声が似ていればいいのなら、喉を取り換えますわ」

「……止《や》めろ」

「身長が高すぎると言うのでしたら、骨を折って取り除きましょう」

「……黙れ」

「胸が大きすぎますか？　でしたら、削《そ》いで、抉《えぐ》りましょう」

「……もう、喋《しゃべ》るなっ」

「全て、あなたの好みにこの体を作り替えましょう。完璧に、万全に、十全に、チサト様がご満足いただくものにしてさしあげます。だから、諦めてくださいませ。そんな誰かを救いたいなんて、優しく、ぬるく、反吐《へど》が出そうな甘い想いを。さぁ。さぁ！　さぁっ！　さぁ、だからチサト様！　わたくしのために、わたくしごとこの世界を殺し――」

「第二保全対象、チサトにおいて脅威の接近を観測しました」

身の危険を察知した窮鼠《きゅうそ》のように、マリーが俺の上から飛びのいた。彼女は先ほどとは打って変わり、怯《おび》えるような瞳で、ある一点を見つめている。そこにいるのは、天使の少女だった。

無機質な声が、ミルの小さな唇から零《こぼ》れ落ちた。瞳から光をなくした彼女の衣類を吹き飛ばし、ミルの背中から巨大な光源が溢れ出す。

「安定状態解除《スリープモード》。殺戮武装《ジェノサイド・ウエポン》、《翼》の展開を実行——失敗《エラー》。左翼への接続途絶。再起動《リスタート》します。——成功《サクセス》。右翼を展開します」

ミルの背中から、眩《まばゆ》い光の翼が咲き誇る。それを見たマリーは、驚愕《きょうがく》にその顔を歪《ゆが》ませた。

「な、何なのです？　何なのですか、チサト様！　あの女は、一体何だと言うのですっ！」

マリーの取り乱す声を聞きながら、しかし俺は彼女以上に戸惑っていた。マリーは俺に危害を加えようとしたわけではない。つまり、俺の身に危険は及んでいないのだ。それなのにミルは、天使族《エンジエル》の少女は、何故《なぜ》俺に脅威が迫ったと考えたのだろう？　初めての事象に、俺は困惑するしかない。

……まさかミルは、俺の精神がマリーに蝕《むしば》まれていた事を脅威が迫ったと判断したのか？

だが、その疑問の答えを探している余裕があるわけがなかった。来る。かつて地下迷宮《ダンジヨン》で俺を叩き潰し、シエラ・デ・ラ・ラメを一閃《いっせん》し、ドゥーヒガンズの教会を火の海に変えた、あの《翼》が！

懐に手を伸ばすと、解剖刀は二本だけしか残っていない。俺は一本を光の翼へ、もう一本をミルの足元、落とした解剖刀へ加速するために使用する。翼の迎撃に使った解剖刀が、切除《レセクション》の効果を発動。火花が散り、紫電が迸《ほとばし》り、紅雷が猛《たけ》り狂った。

光源を下、甲殻海亀《ザラタン》の背中に向かうように切除を放ったからか、氷菓《アイスクリーム》をすくう匙《さじ》のように、光の翼は山を削り取っていく。それを見てマリーは慌てて仕掛けた罠《わな》を発動させるような身振りをするが、天使族の力の前には無力だ。それに気づいた鼠《ねずみ》の女帝は、ある行動に出る。

俺の背中に、隠れようとしたのだ。

それはマリーとミルの翼の間に俺を挟む行動で、つまりそれは俺を盾にする行為だった。

「さっきまで押し倒していた相手をあっさり見捨てるのかよっ！」

「それとこれとは話が別です！　天使族がこんな所にいるだなんて、どうやってわたくしに想像出来ると言うのですかっ！」

舌打ちしながらも俺は落とした解剖刀を拾い、上げ切る間も惜しんで居抜き、光の翼の軌道を変える。マリーに対する苛立《いらだ》ちもあるが、今はこの状況に対処するのが最優先事項。この圧倒的な光源が上空へ向かった瞬間、天使族がこの場にいる可能性に、誰かが気づくかもしれないからだ。

そんな事、許せるわけがない。これからのミルの幸せのために。

この天使族の幸せのために切り捨てて来た、ニーネを含む命のために。

俺を身代わりに差し出したマリーを背後に、ミルと対峙《たいじ》する。前頭葉に、側頭葉に、頭頂葉に、後頭葉。俺の脳髄に存在する脳細胞、その一つ一つが沸騰しそうな程思考を回転させながら、俺は俺の、そしてミルのための最適解を演算。更に解剖刀を振るい光の翼の威力を減少させる中、俺の脳裏に一つの答えが浮かび上がる。微《かす》かな光明。いや、それは暗闇から浮かび上がってくるような、優しい光ではない。どちらかといえばそれは、淡い陽光を真っ二つにした後滲《にじ》み出てくる、どす黒い、墨より黒く、闇よりも濃い暗黒のそれだ。でも涅色《くりいろ》が白く思える程のそれは、マリーの言うところの悪そのものの俺が選ぶには、上等すぎるほどの闇《光》だった。

……だが、それを実行するにしても紙一重。越えなきゃいけない課題が二つもある。俺が生き残るのには分が悪すぎる二つの賭け、いや、それでも俺とミルが一緒にこの先生き残るには、この方法しかないっ！

気弱になりかけた自分の心を殺すかの如《ごと》く、俺は吠《ほ》え、切除を放つ。光の翼の威力を削り《殺し》ながら、その力の進行方向を下、甲殻海亀へと向けていく。天使族の翼を受けて、魔物《モンスター》が世界を割らんばかりに悲鳴を上げた。だがその悲鳴を掻《か》き消すように、ミルの翼が雷鳴の如き唸《うな》りを上げて甲殻海亀の甲羅を抉り取っていく。

振動、激震、震撼《しんかん》し、地面が割れ、甲殻海亀の鮮血が噴出してくる。火山が噴火する様な光景だが、湧き出す血がすぐにミルの翼に衝突。高速で沸騰し、異臭と激臭が熱気を伴う白煙や血煙と共に湧き出した。光の翼を生み出している今のミルならいざしらず、甲殻海亀の背に乗っている俺とマリーは世界が壊れたのかと錯覚する程の揺れに曝《さら》される。更に俺がミルの発する光源の進行方向を変化させたことで、マリーの足場が沈没、隆起して彼女の体が浮き上がり、流される。そして俺の足場も聳立《しょうりつ》、陥没。沈んだ俺の場所へと、宙に浮いたマリーが落下してくる。俺の狙い通りに。

……ここしかないっ！

俺は解剖刀を一本だけ残し、残り全てをミルが放つ光の翼に叩《たた》き込んだ。そして俺は降ってきたマリーに向き合い、彼女の体を抱きとめる。

ただし、最後に一本残した解剖刀を向けたまま。

「……え？」

俺に重なったマリーが、天使族を恐れ俺を生贄《いけにえ》にしようとした女が、溜息《ためいき》をするように呆《ほう》けた言葉を吐き出した。マリーは、何が起きたのかわからない、という顔を浮かべている。だが彼女の狩人《ハンター》の才能が、自分の身に何が起こったのかマリーに教えたのだろう。

「ど、うして、チ、サト様が、直接わた、くしに刃、物を突き立て、ているの、です、か？」

そうだ。俺は嘉与を殺してしまったあの時から、生きている存在に直接刃を立てる事が出来なくなっていた。それは事実で、前世でどれだけ執刀医を務めようとも無理で、料理をするのにも生魚すら捌《さば》けない有様だ。だから過去、マリーたちと出会った時に切除による遠距離攻撃しかしてこなかったし、マリーも俺が直接攻撃してくる事を計算出来なかったし、する必要もなかった。むしろ、そこを計算しなくていい分、彼女は俺の攻撃を全て読み切った罠を仕掛けることが出来ていたのだ。

だが、アブベラントで二度目の生を受けた俺であっても、生きている存在の方から自分が手にしている刃物に向かって来る状態なんて経験していない。

そう、今俺が握る解剖刀《メス》に向かってマリーが落下してくる様な状況は、俺も初めてだ。初めての事象は俺自身にもどうなるか判断出来ず、故にマリーも対策を講じていないし、講じられない。

深々と自分の胸に突き刺さる解剖刀を見ようとして、マリーが吐血。その血が俺の顔に付着した。マリーの血による化粧をした俺に向かい、口元を血で汚しながら、彼女は嬉《うれ》しそうに笑う。

「……やっぱり、チサ、ト様は、悪、ですの、ね」

その笑みに応えるように、俺は手にした解剖刀に力を込める。そして、紅緋《べにひ》色の瞳から目を逸《そ》らすことなく、やるべきことを実施した。

「切除っ！」

瞬間、俺の技能《スキル》が十二分に発動。手にした解剖刀は、その刀身が刺さったマリーの命を確実に刈り取る。彼女の口から、鼻から、そしてその両眼から、血潮が吹き出して俺を濡《ぬ》らす。そんな中、俺が手にした解剖刀は、確かにこちらに誰かの命を奪った感覚を伝えてきた。

解剖刀は次の瞬間には砕け、粒子となってマリーの鮮血の中に消えていくが、俺の手に残る感触は一向に消え去る気配がない。

久々に得た、何かを手に掛けた感触。

嘉与以来、得ることのなかった感触。

嘉与の喉元を貫いた時の、あの感触。

直接的な死の感触が、俺の中にある。

瞬間、俺の中から、強烈な何かが這《は》い上がってきた。嘔気《おうき》だ。

網膜に直接、強烈な光を当てられた様な感覚に、俺は前後不覚になる。世界が暗転し、俺は自分で直接殺したマリーの死体と共に崩れ落ちて、そのまま嘔吐《おうと》を繰り返す。ミルと一緒に食べた魚料理が、我先にと俺の口から零れ落ちる。どれだけ吐いても、早くここから自分を出してくれと言わんばかりに、胃の中で消化しきっていない粘土状のそれらが暴れだし、ついに食道を通ってまた俺の口から吐き出された。食道が気管支を圧迫し、息も絶え絶えになりながら、吐瀉物《としゃぶつ》が口だけでなく鼻からも漏れ出し、鼻水も流れ出す。胃酸の酸味を吐き出すように唾を吐いて這いつくばりながら、俺はこうなる事がわかっていて賭けた自分の状況に、必死に堪えていた。

……ミルが天使族だと知ったマリーは、確実にここで始末しなくてはならない。

だが彼女は俺の攻撃に対して全て対応策を講じており、普段通りの戦い方をしていては勝ち目がない。であれば、普段通りではない戦い方をするしかなかった。

……だが、俺にあるのは殺しの才能で、暗殺者《アサシン》という天職《クラス》で、切除という技能しかない。

だからマリーを殺すなら、切除を使うしか、彼女に解剖刀を至らせるしかない。だが、繰り返しになるが普通に戦う方法は、遠距離攻撃はマリーに通用しない。更にミルからの攻撃を回避するため、彼女は俺を中心にしてミルと対角線上の位置を保とうとしていた。遠距離がだめなら近距離で対応するしかないが、今度は俺が刃物を生きている相手に突き立てられないという問題が発生する。

……だから俺は、マリーに、彼女の方から刃に刺さりに来てくれる状態を作る必要があった。

喩《たと》えば、ミルの光の翼の軌道を変え、俺たちの足場を強引に変化させ、マリーを宙に押し上げるとか。

唯《ただ》でさえミルが天使族だと露見しない様に振る舞いつつ、自分とマリーの足場の高さの調節をするなんて、考えるだけでも正気の沙汰とは思えない。だが、これを成し遂げなければ、ミルの光の翼を露見させずに彼女を討つ事は絶対に出来なかった。

だから俺はそれを実行し、そして結果は知っての通りだ。脳が溶けそうな程の演算の果て、ついに俺は賭けに勝ったのだ。

だがこれは、二つあった一つの賭けに過ぎない。

……残りの賭けの賽《さい》は、もう投げている。

マリーを直接殺す事になれば、今嘔吐を続ける様に、何かしら俺に拒絶反応が出るのは容易に想像出来た。だからマリーを殺した後、俺はミルの光の翼へ抵抗する事が出来なくなる。故に俺はマリーを殺すための解剖刀以外、先にミルの翼に放ったのだ。

ミルの翼の威力を削りきれれば、俺の勝ち。逆なら、俺は彼女の《翼》に焼かれて死ぬしかない。

……俺とミルが一緒に生き残るには、これしかなかったんだ。

このアブベラントで俺の居場所は、ミルの隣だ。この天使の少女が穏やかに過ごせる事こそ、俺の願いだ。彼女のためなら、彼女が笑顔でいられるのなら、俺はなんだってやるだろうし、事実今までそうしてきた。そして、これからもそうしていくだろう。

……だがミルは、俺の精神がマリーに蝕《むしば》まれていた事を脅威と判断した。

ならミルは、マリーを排除しない限り、《翼》を停止する事はない。だから、先にミルの《翼》に対処した後マリーを殺害するという方法は取れないのだ。たとえマリーを殺した後、俺がどんな状態になろうとも。

……俺はただ、ミルに笑っていて欲しいだけなんだ。

山奥などで隠居生活を送る事も考えた。だがその考えは、ファルフィルの下で夢想した様に、このアブベラントでは現実的ではない。ミルに敵意を向ける人が出る可能性を、完全に否定できないからだ。

……だったら、もう俺が取り得る選択肢は、一つしかない。

殺すのだ。

殺し尽くすのだ。

そう、ミルに仇《あだ》なす存在を。

片っ端に、右から左に鏖殺《おうさつ》し尽くす。

今のアブベラントがミルにとって優しい世界でないのなら、この世界にまだ安息の地が存在しないのであれば、安らげる場所に作り替えるしかない。そしてその方法は、ミルの敵を総別《そうべつ》間引く以外に方法がないのだ。あの天使の少女に敵意を持たない存在がいない場所を、俺が作るしかないのだ。

それがあの時、賭けをしようと思った俺が得た答えだ。俺のその決意は、この世界を殺し尽くす事と同義であると知っていても、悪そのものの俺が選ぶには、上等すぎるほどの闇《光》だ。

……そうだ。ミルに守らせてしまった俺には、上等すぎる答えだ。

マリーに迫られ、俺の精神は不安定になってしまった。その結果、ミルは脅威を排除するため、俺を守るために翼を出すに至ったのだ。

……守ろうとしていた相手に気遣われていて、どうするっていうんだよっ！

ミルに言わせれば、相互補完関係というやつなのかもしれない。だが、もしミルが傷つく様な状況になったのであれば、俺は彼女を傷つける状態に何故《なぜ》してしまったのだと自分を責めるだろう。だからひょっとしたら、今ミルは自分自身を責めているのかもしれない。

そんな必要性は僅かばかりもないのに、俺を危険に晒《さら》してしまったと、後悔しているのかもしれない。

……そんな感情、天使族《エンジェル》にあるのか知らないが、俺がマリーの言葉如きで揺るがなければ、ミルは《翼》を出さずに済んだのは事実だ。

だから俺は、ここで死ねない。死ねるわけがない。正直、マリーが相手でも、ミルだけ生かす手段なら、いくらでもあったのだ。それこそ、ミルに俺ごとマリーを殺させてもいい。ミル一人になっても、地下迷宮《ダンジョン》の時から人としての生活を学んだ彼女であれば、案外上手《うま》くやっていけるかもしれない。

でも、それでは駄目なのだ。少なくとも、今ミルは俺と一緒にいる事を望んでくれている。

そして何より、俺もそうしたい。

俺には、ミルが必要だ。

嘉与《かよ》の代わりではなく、俺にはミルが必要なんだ。

マリーは、ミルを単純に俺の妹の代替品だと思っていた。事実、俺もそう思っていた節《ふし》もある。でも、マリーに迫られ、答えに窮した時、気づいたのだ。

……俺には、僕にはミルが、ミルとして、必要なんだ。

いつの間にか、この天使の少女を、僕は唯一無二の存在として大切に思っていたのだ。だからマリーに迫られた時、心が乱れながらも、最後まで否定し続けた。ミルを、嘉与の代わりだと、認めなかった。

……僕は、誰かを生かす事が出来ないのであれば、せめて死んだ後の死体を医者として診ようと、そう決めていた。でも――

何事にも、出来る事と出来ないことはある。

自分の想《おも》いを殺してでも、今はミルと共に穏やかな場所で生きていきたい。僕には彼女が必要で、そして僕は既にミルを選んでいる。この世界の全員を救えない《殺せない》のであれば、僕はミル一人を生かすためにこの世界全てを殺して《救って》見せる。何故なら、ミルが笑って過ごせる世界が、僕の、僕たちのいるべき世界だからだ。

……だから、たとえゲロだらけになってもマリーを殺そうと思ったし、僕はミルが安らげる場所を作るための鏖殺を決意出来たんだ。

吐瀉物に塗《まみ》れ、旧鼠《ウエアラット》と妖精《フエアリー》の混血の血に濡れる僕に向かって、天使族の光の翼が迫る。

結局、投げた解剖刀だけでは、あの《翼》を殺し尽くす事が出来なかったのだ。それは即《すなわ》ち、僕が二つ目の賭けに負けた事にほかならない。

切除《レセクション》で力が削られているとはいえ、直撃すれば即死。それ以外の未来はない。触れた瞬間絶命必至のそれが眼前に迫る中、それでも僕の心中は穏やかで、だからこそ光源を見つめながら——

僕は、笑った。

「もう、僕は大丈夫だよ。ミル」

「脅威の収束を確認」

僕に触れる寸前、ミルの光の翼が凍りついたが如《ごと》く、宙に停止。天使の少女は、無表情にこちらを一瞥《いちべつ》する。

「安定状態《スリープモード》に移行します。殺戮武装《ジエノサイド・ウエポン》、《翼》の展開を抑止——失敗。左翼への接続途絶。再起動《リスタート》します。——成功。右翼の収納を開始します」

天使の背中から生える光の翼が、徐々にその光を収束させていく。視界の端で、沸騰する甲殻海亀《ザラタン》の鮮血と海水が、泡立ちながら混じり合う。僕が立っている場所は歪《いびつ》な十文字が刻まれた甲殻海亀の甲羅、その破片の一つだが、それでも下手な船よりも大きい。耳には、まだ冷め切っていない粉砕された甲羅の一部が、海水で冷却されている音が聞こえる。いずれこの甲殻海亀の死骸も海の恵みとなってそこに住む魚介類、そして魔物《モンスター》たちの餌になるのだろうが、少なくとも見渡す限り生命体と言えるような存在は、僕とミル以外いなかった。

やがて光の翼を収め切ったミルが、こちらに近づいてくる。汚物と汚液に塗れる僕に、それらの汚れなどまるで目に入らないと言わんばかりに、全裸となったミルが、座り込む僕の隣に当たり前のように立った。

「そーごほかんかんけー」

「そうだね、ミル」

辺りは悪臭が漂っているのだろうが、自分の吐瀉物でその匂いも気にならない。だが、周りの肌を焦がす様な熱気だけは、確かに感じる事が出来た。

「いっぱい、よごれた」

「そうだね、ミル」

「はだか。きるもの、ない」

「……僕の服を――」

「ばっちい」

ひとまず僕の着ている服を、海水が沸騰していない場所を探して洗う。それをミルに巻こうとするが、彼女は匂いについて苦言を呈し、了承がなかなか降りない。上空を鷗《かもめ》たちが舞い、海風が僕たちを包み込んだ。ここは魔物の死骸の上で、辺りは鮮血と海水が湯だつ地獄のような場所だった。

それでも今、この時だけは、周りにミルを害する存在が僅かばかりもいないこの場所は、確かに僕らにとって天国だ。

服を無理やりミルに巻いていると、水平線、その線上辺りで、黒い煙と何か棒のようなものが見える。そして、その棒が倒れた。恐らく、ジョヴァンかアンドリューが大海崎形《クラーケン》を倒したのだろう。

「いらい、おわった」

「うん、そうだね」

そう言いながらも、俺は改めて辺りを一瞥する。

……沖にも離れているし、ミルの翼を見た奴《やつ》はいなそうだな。

依頼を完遂させたのであれば、まずは陸地に戻らなくてはならない。このまま誰もいないこの場所に留《とど》まり続けたいのは山々だが、やがて甲殻海亀の死骸を狙い、海水に住む魔物たちが集まってくるだろう。そうなれば、戦闘は避けられないからだ。ここは所詮、仮《かり》初《そめ》の楽園でしかないのだ。

「おなかすいた」

そう言って俺を見上げるミルの頭を、笑いながら撫《な》でる。マリーはこの手で確実に殺したが、ピルリパットがどうなったのかは分からない。だが、負った傷と辺りの惨状を考えると、とても無事ではすまないだろう。ミルと共に笑って過ごせる安住の地の当ては全くなく、その地の開拓には必ず血の雨と臓物という肥料が必要となる。考えるだけでも気鬱で陰鬱で憂鬱になりそうだ。

だがそれでも、俺の心は晴れやかだった。やるべき事が明確になったことで、この手を振るうのに迷いもなくなった。

新たな暗い決意と共にミルを抱えながら、俺は甲殻海亀の割れた破片を見繕い始める。帰るための刃物が、全くないのだ。刃と言えるものを見繕い終えた所で、改めて天使の少女を一瞥する。

「行こうか、ミル」

「うん」

その言葉を聞いた後、俺は切除を使ってロットバルト王国へ向かい、海上を走駆し始めた。

# 終章

開拓者街道《パイオニアレーン》経由で戻った俺たちを、ドゥーヒガンズの入口で待っている人影があった。

『金貸し』の、ファルフィルだ。

「何だ？　依頼を終えて借金返済に出向けそうな日時は手紙で伝えていたが、わざわざ出迎えに来てくれたのか？」

「自分でも信じてない癖に止《や》めなさいよ、そういう台詞《せりふ》言うの」

そう言いながら、ファルフィルは右手を差し出してくる。俺と彼女の関係性を考えれば、意味はわかる。だから俺は懐から革袋を二つ、取り出した。

「宝石は、避けておいた」

「助言が無駄にされなくて良かったわ。私としても、あなたには借金を早く返済してもらいたいですもの」

そう言いながら、ファルフィルはミルに向かって意味ありげな視線を送る。だが当の天使はそれには頓着した様子も見せず、町中へ視線を送り続けていた。そしてそんなミルの反応も予想済みだったのか、ファルフィルは気にした様子もなく俺から革袋を受け取ると、中身の勘定を始める。そして全て数え終えると、彼女は満足そうに俺の方へと頷《うなず》いた。

「私の読み通り、あなたが受けた依頼は金になったみたいね。あの男の所へ嗾《けしか》けた甲斐《かい》があったわ。もう次に受ける案件で、チサトの借金は返済出来るんじゃないかしら？」

「そいつは嬉《うれ》しい知らせだな」

「……たまにでいいから、顔を見せにいらっしゃい。ミルちゃんの」

「気が早すぎるだろ？　まだ返し終えてないのに」

そう言いながら、俺は少し眉を顰《ひそ》めてファルフィルへ問いかける。

「どうしたんだ？　お前。様子が変だぞ？」

手紙で伝えていたとはいえ、『金貸し』、しかも店の主であるファルフィルが直接出迎えてくれるという状況が本来あり得ないのだ。そもそも、俺は手紙で出向くと、店まで向かうと記載している。待っていれば届く金のために労力を割くなんて非効率的な事、こいつがするなんてありえない。

……つまり、俺がドゥーヒガンズに入る前に伝えたい何かがある、という事だ。

その考えが当たっていたのか、ファルフィルは腕を組むと、難し気な表情を浮かべた。

「……ちょっと、面倒な事になってるわ」

「どんな？」

「他の大陸から神殿の『司教』たちが来てるの。それも、『聖女』様を連れてね」

「……そういえば、ジェラドルがそんな事を言っていたな」

冒険者組合《ギルド》の受付でピルリパットたちと揉《も》めていた時の事を思い出し、俺は首を捻《ひね》る。

「その『聖女』様とやらが、どうかしたのか?」

「別に、『聖女』はどうでもいいのよ。問題は、その『聖女』を使ってあの男がやろうとしている事よ」

「ジェラドルが、どうかしたのか?」

「……『聖女』様に、墓を見せるって言うのよ」

「何……?」

『聖女』に墓という不穏な組み合わせに、俺の中で嫌な予感が広がっていく。そしてそれが正解だとでも言うように、ファルフィルは口を開いた。

「どうやらあの男、『聖女』様の力で過去の事件を調査させようとしてるみたいなの」

「……それで、その事件に関係しそうな墓が、俺が所持する共同墓地だ、って事か?」

「ええ、そうよ。あの男は金さえ払えばチサトは協力してくれると思ってるみたい。でもあなた、後ろ暗い事件も絡んでるんでしょ?　それで、その『聖女』様の力っていうのが――」

ファルフィルの話を、俺とミルはただ黙って聞いていた。

「この情報をどうするかは任せるけど、借金を返済する前に捕まったりしないでよね」

「……忠告、痛み入るよ」

「ミルちゃん、悲しませたら許さないんだからね」

そう言い残し、ファルフィルは先に町、自らが店を構える南区へと戻っていった。その後ろ姿を見ながら、俺は露骨に舌打ちをする。

……ああ、本当に、忠告痛み入るよ。

ファルフィルから伝えられた情報を反芻《はんすう》しながら、俺はミルの手を取って冒険者組合へと向かっていく。途中で心なしか、天使が俺の手を僅かに握り返してきたように感じた。

だが残念ながら、今の俺に反応する余裕はない。脳細胞を焼き切らんばかりに稼働させながら、俺は組合の門をくぐる。瞬間、中からいつも通りの喧騒《けんそう》が聞こえて来た。

そしてその中心にいるのは、外套《コート》を着こむ集団に向かい、膝を突かんばかりに頼みごとをしているジェラドルだった。

「頼む！　一度、一回だけでいいんだ！　『聖女』様と話をさせてくれないかっ！」

「……我々は、今しがた到着したばかりなんだがな。先に組合との連携事項について話をさせてもらいたい」

「なら、その後でいい！　『聖女』様に会わせてくれ！　『聖女』様の力が、どうしても必要なんだっ！」

「……もう少しでジェラドルの土下座が見られると思ったんだが、そういう流れにはならなそうだな」

皮肉気な口調でそう言うと、そこでジェラドルは初めて俺の存在に気が付いた。彼が縋《すが》りついていた一団が奥の部屋へと通される中、ジェラドルは俺の方へ慌てて向かってくる。

「チサト、戻ってたのか。聞いてくれ、『聖女』様が、『聖女』様の力がっ！」

「おいおい、俺は男に抱き着かれて喜ぶ趣味はないし、唾をかけられたら喧嘩《けんか》を売られたと思う人間だぞ？　そんなに急に近づくなよ」

ミルの口がほんの僅かに、へたくそ、と動いた気がしたが、それは一旦無視する。俺も演技過剰なのは自覚しているが、それでも今はジェラドルさえ騙《だま》し切れればそれでいい。今こいつに敵に回られたら、全てが終わる。

両手でなだめると、ジェラドルは自分の失策を呪うように顔を顰《しか》めた。

「わ、悪い。少し、興奮しちまってな」

「……それで？　『聖女』様の力が、どうしたっていうんだ？」

既にファルフィルから聞いている情報だが、ジェラドルの口から話を聞く事で、こいつに俺への仲間意識を植え付けさせたい。

……それに改めてジェラドルから聞く事で、情報の正しさを確認出来るからな。

情報通のファルフィルが、間違った情報を俺に送って来るとは思わない。だが今回ばかりは、何度だって確認してもいい内容なのだ。少しでも誤解があれば、それが俺とミルの破滅へ一瞬で繋《つな》がりかねない。

……そんな事になる前に、俺はその要因を全て排除して《殺して》みせる。

「そうだ、そうだな。それなんだがな、チサト」

俺が考えている事を気づきようもないジェラドルが、嬉しそうに口を開いた。

「聞いて驚け！　『幸運のお守り』の件が、一気に解決するかもしれないんだっ！」

「……へぇ。それは確かに、違法『魔道具』の取り締まりをしているお前にとって、いい知らせだな」

「お前、俺の言う事を信じてないな？　確かに俺の力だけでは無理だ。でも、『聖女』様の力があれば、それも可能なんだよ！」

「……だから、その『聖女』様の力って何なんだよ？」

勿体《もったい》ぶる様な言い回しのジェラドルに苛立《いらだ》ちながらも、俺は肩を竦《すく》めて苦笑いを浮かべて見せる。やがてジェラドルは自分の力でも手柄でもないのに、自慢する様にこう口にした。

「今回いらっしゃった『聖女』様はな、死者の声が聞こえるって言うんだっ！」

その言葉に、俺は全身全霊を込めて、顔の表情筋を操作。顔が強張《こわば》らないようにするのに、必死だった。そして浮かべた皮肉気な笑い顔で、ジェラドルを挑発する。

「おいおい、死人に口なしって言葉、知ってるか？　そもそも死んだ人間に話なんて聞いて、どうやって『幸運のお守り』の件を解決しようっていうんだよ」

ここまでは、いい。順調だ。冒険者組合に辿《たど》り着く前に考えた会話の流れになっている。

……問題は、この後だ。

緊張感を高める俺とは対照的に、ジェラドルは軽快に口を開いた。

「お前、『復讐《ふくしゅう》屋』として解剖した『冒険者』の死体を、共同墓地に埋めてるだろ？」

「ああ、そうだな」

だから、後ろ暗い遺体もそこに眠っている。俺が殺した死体も、そこに眠っていた。

「……それが、どうしたっていうんだ？」

だから、それがバレるのは、俺の殺人がバレるのは、良くはない。

「だからさ。お前が解剖した『冒険者』の死体の中に、直前まで『幸運のお守り』を追ってた奴《やつ》がいた事がわかったんだよ」

良くはないが、最悪それは何とかなる。ジェラドルは喚《わめ》くだろうが、金を積んで冒険者組合の上層部を黙らせる方法だって取れるだろう。そのために、返済目前のファルフィルからの借金を増やしてもいい。

だがあいつは、あいつだけは、あいつの死体だけは、調べられたら駄目だ。

「……なるほどな。それで？　その『幸運のお守り』を追っていた『冒険者』っていうのは、一体誰なんだ？」

何故《なぜ》ならあいつは、見てしまっている。俺が絶対に守りたい、守り切りたい、秘密にしたい、殺してでも秘密にしたい、あの光景を見てしまっている。

……だから、ここが正念場だ。

違う名前が出るのであれば、それでいい。だが、あいつの場合──

「ニーネだよ。焼死体となったあいつの検死を、俺がお前に依頼しただろ？　チサト」

あいつ《ニーネ》は、ミルが天使族《エンジェル》だという事を知っている。知ってしまっている。

知ってしまったからこそ、あいつを俺は殺したのだから。

……『聖女』に、ニーネの死体を、あいつの声を聞かせるわけにはいかない！　それこそ、殺してでもっ！

俺が心中殺意の濃度を高めている隣で、ミルがこちらを無表情に見上げている。今度こそ俺は彼女の手を優しく握り、そして僅かに強く、力を込めた。

そんな俺の心境を知らないジェラドルは、いつも俺に依頼する様に、気安くこう言った。

「お前の墓に眠るニーネの遺体を『聖女』様に診せてもらえないか？　金は払うからさっ！」

# あとがき

はじめましての方ははじめまして。お久しぶりの方はお待たせいたしました。メグリくくるです。

前回のあとがきの反省を活《い》かして、１巻の衝撃のラストが生まれた裏話でも書こうかと思っていたのですが、今回もあとがき一ページという事でまた謝辞で埋まってしまいました。私ポンコツ過ぎですね。

イラストを担当頂いた岩崎美奈子さん。今回も素敵なイラストありがとうございます！　一読者として次巻も楽しみにしておりますので、引き続きよろしくお願いいたします。

担当編集のＯさん。これぐらいなら大丈夫だろう、という所も的確に指摘頂けるので、本作もクオリティが格段に良くなったと思います。本当にいつもありがとうございます！

また、本作を世に出すにあたりご協力頂いた編集部の方々、校正さん、その他私の知らない所でご尽力頂いた多くの皆様に多大なる感謝を。本当にありがとうございます！

そして最後に、稚拙な本書を手にとって頂いた読者の皆様に最大級の感謝を。

次作も楽しんで頂けるよう尽力しますので、皆様引き続きよろしくお願いいたします。

メグリくくる

OVERLAP

暗殺者は黄昏に笑う 2

発　　行　2022年6月25日　初版第一刷発行

著　　者　メグリくくる
発 行 者　永田勝治
発 行 所　株式会社オーバーラップ
〒141-0031　東京都品川区西五反田 8-1-5
校正・DTP　株式会社鷗来堂
印刷・製本　大日本印刷株式会社


Printed in Japan　ISBN 978-4-8240-0208-2 C0193